朝ごはん

川上健一

Kawakami Kenichi

山梨日日新聞社

朝ごはん◎目次

装丁　多田和博
装画　木内達朗

朝ごはん

春

冬の名残の透明な青空が、土木建設事務所の窓に広がっている。雲ひとつない。

春三月。雪をかむった南アルプスが遠くに光っている。眠気をもよおすふんわりとした暖かな空気が、狭い事務所の中に漂っている。電話の鳴る音もしなければ、話し声もない。

午後三時過ぎ。この時間はいつも、不思議に事務所の電話も携帯電話の呼び出し音も鳴らない。誰もが仕事に集中しているか、もしくはのんびりとくつろぎたい時間帯なのだろう。

「またですか？」

そのしじまを破るように、島森慶は思わずすっとんきょうな声を上げてしまった。それから落胆の吐息をひとつ。

胸に建設会社の社名の入った薄いブルーの仕事着を羽織って、セミロングの黒い髪をきっちりと後ろに結んでいる。仕事をする時は決まってそうしている。中肉中背だが、顔が小さいのですらりとした雰囲気をかもし出している。うっすらと化粧をほどこした丸顔の目元に小さな泣きぼくろ。落胆の吐息は吐いても、生来の人好きのする笑みは消えなかった。

「またって？」

いましがた慶に解雇を通告した社長は、社長室の机から首をひねって慶を見上げた。頬がたるんだ脂ぎった顔つきの中年男で、ぎょろ目が落ち着きなく動いている。

「いえ、それはいいんですけど……、リストラクチュアリングってことですね」

「リストクッチャラリン？　何だそれ？」

社長は眉根を寄せてぎょろ目を瞬く。初めて聞く言葉で、何のことか意味が分からないと顔に書いてある。

衝立の向こうの事務室から失笑が漏れた。小さな社屋である。社長室といっても従業員たちと同じフロアの角にあり、衝立で囲ってあるだけだ。話は筒抜けなのである。

慶は笑い声に反応して事務室を振り向き、ニッコリと笑みを浮かべてしまう。

「な、何がおかしい！」

中年男の社長は衝立の向こうに怒声を投げつける。とたんにシンとなった。

慶はまた社長を見つめる。笑みは小さくなったが消えてはいない。

「で、何だ？　そのクッチャラリンというのは？」

「リストラクチュアリング、リストラということです」

「リストラクッチャラリンか。なるほど、それを縮めてリストラというんだな」

「リストラクチュアリングです、社長」

慶は笑いながらいう。また事務室の方から失笑が漏れ聞こえてきた。

「そ、そんなの分かってるわい！　いちいち訂正しなくていいッ」

社長は吠えた。顔が真っ赤だ。

「すみません」

「そういうことだ。リストラクッチャラリン、つまり早い話がリストラだ。全ては景気なんだよ。景気のせいだ。不景気なんだよ。どん底。公共工事はガクンと減るし、一般仕事の工事代金は叩かれて安いし、おまけに支払いも渋い。お先真っ暗。このままでは会社は立ちいかなくなっちゃうんだよ。分かってくれるよな？」

不景気の最大の被害者は自分だというように、社長は盛大に顔をしかめた。

「で、私がリストラなんですね？」

「考えてもみなよ。この不景気に、こんな小さな会社に事務方が五人も必要か？」

社長はパッと左手を開いて、右手の人指し指で左手の親指を折る。

「主任は勤続二十五年の古株だから、これはいてくれなくちゃ困る。仕事のことから経理のことまで、何から何まで分かっているからな」

続いて人指し指。

「康子さんはパートだけど、大学生の息子さんと今年から大学に入る娘さんがいるから、辞めさせる訳にはいかん。旦那が働いているといっても、今年から大学生二人だから金がかかる」

続いて中指を折った。

「慶ちゃんは」

といいかけて、社長は薬指と小指を折り、

「ユッコとミナは若いし、まだ入ったばかりだから、辞めさせたらかわいそうだよな」

といい、中指をつまんで慶を見上げた。

「となると、君なんだよ」

そういって社長は慶に近づいてと手招きした。

「はい?」

「ちょっと」

社長はグイと顔を突き出した。

「はあ……」

慶は腰を折って少しだけ顔を近づける。

「あのさあ」

と社長は声をひそめていう。

「本当のことというと、康子さんもユッコもミナも、うちをクビになったらどこかに就職するのはなかなか難しいと思うんだよ。性格きついし、文句ばっかりいうし、そのくせボーッとしてるだろう? その点君は、朗らかで性格いいし、仕事はできるし、人受けはいいし、それに頑張り屋だ。毎日朝一番に出社して、みんながくる前に事務所の中も玄関前もきれいに掃除してくれている。そういえば君は朝が好きなんだよな？」

「はい。大好きです」

慶は社長に合わせて声をひそめていう。

「そうそう。覚えてるぞ。君はうちの会社を受けにきた時に、履歴書に趣味は朝って書いてあったよな」

「はい。そうです」

「趣味は朝ってどういうことなんだって聞いたと思うんだけど、忘れてしまったな。何で朝が好きなんだ？」

「だって、夜明けってきれいじゃないですか。それに空気もきれいで静かで落ち着くし。音楽聴いたり、本を読んだり、書き物したり、それに散歩なんか最高だし、気分がいいから朝ごはん作るのが楽しいし、朝ごはんって、おいしくて大好きなんです。三食のうちで一番おいしいんです」

慶のうれしそうな声が大きく、朗らかになっていく。

「そんなことしてんのか？　何時に起きてるんだ？」

慶に釣られて社長も大きな声になった。

「今はだいたい四時過ぎですね。夏はもっと早いです」

「四時！　だって嵐の日もあるじゃないか。雪が降って寒い時だってあるんだぞ？」

「嵐の日もいいですよ。分厚い雲とか横殴りの雨なんか見てるだけで飽きないし、それに嵐の朝はよく虹が出ることがあるんです。朝の虹って本当にきれいですよ。雪の朝なんて何もかもが真白で感激もののきれいさですよ」

いっているうちに慶の瞳が朝日のようにキラキラと輝く。

「俺は夜の方がいいな。バーもクラブもあるし。いや、まあいい。それでだ、リストラの話だ」

と社長はまた声をひそめる。

「さっきもいったように、誰かが辞めなければいけないんだ。君ならすぐにどこかに就職できる。他の三人の女子社員はそうはいかん。ましてやこの就職氷河期のご時世だ。分かってくれるよな？」

「分かってても分からなくても、リストラされるのは私なんですよね？」

「そういうことだ」

「そうですか。しょうがないですね。分かりました」

慶はうなずいて小さな吐息を吐く。

「本当は朝いおうと思っていたんだけど、現場に直行したから遅くなってしまった。もう今日は帰っていいよ。明日からこなくていいから。だけど今月分の給料は、残りの日数出てこなくても月末にひと月分払うから。それとこれは少ないけど、退職金だ。二年間よく働いてくれたお礼の気持ちだ。気持ちだから少しだけど。本当はドカンと出したいけど、これしか出せないんだよ」

社長は引き出しから封筒を取り出して差し出した。薄っぺらい封筒だった。

「そうですか。ありがとうございます」

「あ、それと、失業保険はちゃんとやってるから、ハローワークにいって申請して、もらうようにな。まあ、君ならすぐにどこかに就職できるだろうけど、もらうものはもらった方がいいからな」

「分かりました」

「ところで、また、ってどういうことだ？　前にも会社辞めてくれって、俺にいわれたことあるのか？　そんなこといった覚えはないけどなあ」

「いいえ。何でもありません。こっちのことなんです」

慶は苦笑して答える。

慶が思わず、またですか？　と口走ってしまったのには理由がある。どういう訳か、勤めた会社はだいたい二年でリストラになってしまうのだ。これで四回目だ。前の会社も、その前も、そのまた前の会社も二年ほどで辞めさせられている。きっと最初に勤めた図書館を辞めてしまったたたりだと慶は思っている。

本が好きだったので図書館員になりたかった。大好きな本に囲まれて仕事がしたかった。念願が叶って図書館に就職できた。ところが働き始めてすぐに、読み聞かせが苦手なことに気づいた。図書館員は子供たちに絵本や物語を読んでやる仕事もあるのだが、その読み聞かせがうまくできないのだ。さらさらと読むのは得意なのだが、感情を込め、子供たちの興味を引きつけるように抑揚を利かせて読むことができなかった。毎日練習してみたし努力もしたが、子供たちが熱中してくれるような読み聞かせがどうしてもできない。そのことが心の大きな重荷となった。日に日に大きくなり、へとへとになって自分から二年で退職した。

　その因果応報が、その後の会社勤めにずっとついて回っていると慶は思っている。

　就職した会社をことごとく二年で辞めさせられてしまうのはきっとそのせいに違いない——。好きな図書館に就職したというのに、読み聞かせがうまくできないという理由だけで辞めてしまったたたりに違いない——。

　慶にはそう思えて仕方がないのだった。

「そうか。という訳でもう今日はいいから。すまんな。みんな不景気のせいなんだよ。俺がどう頑張っても、どうしようもできないんだよ。世の中が悪すぎるんだ」

　社長は己の経営手腕を棚に上げて、言い訳がましくいうのだった。

「はい。あの、もう少しで仕事の区切りがつきますから、それを片付けるまでいていいですか?」

「いいけど、早く終わらせろよな。うちは残業代出ないんだからな」

「はい。分かってます。お世話になりました。ありがとうございました」

「うむ。元気でな」

　慶はおざなりに笑った社長に頭を下げて社長室を出た。出るなりまた吐息をひとつ。それから自分の机に歩いていって座った。

　座るなり、

「さあて、三時過ぎたし、慶ちゃんちょっとお茶にしよっかあ」

と康子さんが慶の袖を引っ張った。少し強引なくらいに引っ張られたので、慶は驚いて康子さんを見上げる。厚化粧の康子さんは物見高そうな目つきで小刻みにうなずいた。厚化粧がはらはらと降り落ちそうな勢いだ。話がしたくて居ても立ってもいられないという態度だ。強引な康子さんに引きずられるように慶はあとに続く。事務所の玄関横に応接室があり、その隣に小さな調理場を設えた従業員のための休憩所があり、中に入るなり、

「なんかさあ、そんな感じがしてたんだよ」

と康子さんはいうのだった。

「聞こえてたんですか？」

「当たり前でしょう。狭い上に社長のあの大声だもの。小声でしゃべってもまだ普通にしゃべるよりも声が大きいんだからさ」

康子さんはヤカンに水を入れてガスコンロにかけながら続ける。

「ユッコちゃんとミナちゃんが入ってきた時からそんな感じがしてたのよ、慶ちゃん、辞めさせられるんじゃないかって。だってうちの経営状態じゃ、事務方は三人もいれば十分だもの。ユッコちゃんとミナちゃんは仕事絡みか選挙絡みで誰かに頼まれたのよ。断れなくて入れたに決まってるもの。任せてくれっていい格好したのよ。となると、誰かが辞めなければならない。ということは慶ちゃんしかいないもの」

「そういうことだったんですか。康子さん、私って辞めさせられやすいんでしょうか。辞めさせられるのって、これで四回目なんです。しかもどういう訳か……」

といって慶は、決まって二年勤めるとなんです、という言葉を呑み込む。

「どういう訳か、何？」

「いえ、いいんです。何でもないです」

慶は笑ってごまかす。どこでも二年勤めると辞めさせられるといったら、そんなことがあるのと目を丸くして驚き、笑われてしまうに決まっている。

「そう。まあいいわ。それで、辞めさせられたのって今回が四回目なの？」

「ええ。そうなんです。何か私に欠点があるんでしょうかねえ」

「慶ちゃんに？　欠点なんて何にもないわよ。いつも笑顔だし、仕事はできるし、気が利くし、遅刻や欠勤はないし、あ……」

康子さんは真っ赤に塗りたくった唇を開けたまま、慶を見やった。

「何ですか？　やっぱり欠点があるんですか？」

慶は目を見張った。

「欠点じゃないけど、あれよ、慶ちゃんいい人だからよ。だから辞めさせられやすいのよ。きっとそうなんだよ」

「いい人かどうかは分からないですけど、でも、いい人が辞めさせられやすいんですか？」

逆じゃないかと慶は首をひねる。いい人なら会社に残ってほしいと考えるのが普通ではないだろうか。

「そうよ。だって、慶ちゃんって、いつも笑顔だし、会社にも仕事にも文句いわないし、気が強くないし、そういう人ってトラブルなしに辞めてくれるって思われちゃうのよ。ごねたり喚いたりしないで、すんなり辞めてくれるんじゃないかって。だから辞めさせやすいんだよ。それに慶ちゃんみたいないい人だったら、辞めさせてもすぐにどこかに就職できるだろうって、辞めさせる方は後ろめたい気分にならないってこともあるのかもね」

「そうなんですかねえ。社長も、君はすぐにどっかに就職できるって笑ってました」

「そういうことなのよ。いい人はどこかにすぐ就職できるけど、リストラの時は真っ先に辞めさせられるってことなのよ。ね、退職金いくら出た？」

康子さんの目がギラリと光った。

「これです。まだ中身は見ていませんけど」

慶は薄っぺらな封筒をポケットから取り出した。

「薄！　まさか小切手？」

「じゃないと思いますけど」

触った感触は紙切れ一枚という感じではない。

「どれどれ」

康子さんはひったくるように封筒を取り、両手の指先で触りまくった。

「十万円。一万円札が十枚ね」

康子さんはきっぱりという。

「封筒の上から触っただけで分かるんですか？」

「分かるわよ。長いこと他人の金勘定ばっかりしていると、指先が機械的になっちゃって、血も涙もない正確無比なお金センサーになっちゃうんだから」

「はあ、すごいですね」

と慶は笑う。

「笑っている場合じゃないわよ。冗談じゃない、少なすぎるって、社長室で喚いた方がいいわよ。もっとくれなきゃ辞めないし、労働基準監督署に訴えるとかなんとかいってさ。あの社長、おっかないのは見かけ倒しで、本当は小心者だから、ごねたら絶対退職金アップしてくれるから」

「いえ、いいんです」

慶は封筒をポケットにしまって、

「しょうがないんです」

と笑顔でいう。納得している笑顔だ。好きで入った図書館を、自分のわがままで二年で辞めてしまったたたりだから、就職した会社を二年で辞めさせられるのはしょうがないし、だから退職金が少なくても文句はいえない。

「私なら大暴れしちゃうよ。あ、だから社長、それを察して、恐くて私を辞めさせられないのかもね。私って慶ちゃんみたいないい人じゃないものね」

康子さんも納得顔でうなずく。

「お湯沸きました。お茶にします？　それともコーヒーですか？」

「ありがとう、お茶にするわ。私が淹れるよりも、どういう訳か慶ちゃんが淹れた方がおいしく感じるのよねえ。安物のお茶だというのにさ」

康子さんは慶がお茶を淹れて当然という態度でイスを引き、背もたれに寄り掛かった。

慶が急須に茶葉を入れて、

「でも明日は」

とうれしそうに笑った時、ノックもなしにいきなりドアが開いて、ユッコとミナが入ってきた。

「ねえねえ、慶ちゃん辞めちゃうの？」

ユッコがのんびりした口調でいう。小太りで大きなつけマツゲ。いってからもおちょぼ口を丸めたまま突き出している。

「リストラなんでしょう？」

とミナが続けていう。うりざね顔でショートヘアを茶髪に染めている。二人ともカラフルで派手なネイルアートをしている。

「うん。短い間だったけど、ユッコちゃんとミナちゃんと一緒に働けて楽しかったわ。お世話になりました」

慶は姿勢を正して律儀に頭を下げた。

「世話なんか全然してないよ」

「でも慶ちゃん、ちっとも深刻じゃないわよね。どっちかっていうと、悲しいってよりも何だか楽しそう」

ユッコとミナは慶に返礼もせずにイスに座った。

「そういえばそうだわね。明日は、っていってうれしそうだったけど、明日何かいいことあるの？」

と康子さん。

「いいことっていう訳じゃないけど、そうか、明日は出社しなくていいんだから、久し振りにあそこでゆっくり朝ごはんが食べられる、って思ったら何だかうれしくなっちゃって」

八ヶ岳南麓。標高一〇〇〇メートルにある特別な場所が目に浮かぶ。白々と明ける広い空。富士山、南アルプス、八ヶ岳、眼下に広がる甲府盆地。光りのひと粒ひと粒が見えそうな澄んだ空気。七輪の上でこんがりと焼けたパン。それにほかほかの湯気が立つ白いごはん。おいしい朝ごはんの匂いがしてきそうで、慶は思わず深呼吸をしてしまう。

「ふーん。おいしいの？　そこの店」

ミナが指のネイルアートを見ながら気無しにいう。

「どこ？　何ていうお店？　何がおいしいの？」

ユッコは顔を輝かせて慶を振り向いた。おいしいものには目がない、と表情がいっている。

「お店じゃないんだ。自然の中」

と慶はいう。

「自然の中？　オープンカフェ？」

ユッコはおちょぼ口を半開きにしていう。

「ううん。建物はないの。原っぱの上」

「なあんだ。お店じゃないのか」

ユッコはつまらなそうにおちょぼ口を曲げる。

「慶ちゃん、山ガール？　山にいってお弁当食べるってことだよね？」

ミナが指のネイルアートをハンカチで拭きながらいう。

「山ガールじゃないよ。お弁当持ってってていうのはちょっと違うんだけど、でもそんな感じね。康子さんと私はお茶にするけど、ユッコちゃんとミナちゃんは何を飲む？」

「私コーヒー」

とユッコ。

「私も。そんなとこでお弁当食べておいしいの？」

とミナ。二人とも席を立たない。康子さんと同じ態度だ。

「おいしいよ。東京から山梨にきて分かったんだけど、山梨って朝ごはんがおいしいとこだって、つくづく感じるんだ。特にあそこで食べると最高においしいんだ」

慶はテーブルにコーヒーカップとインスタントコーヒーの瓶、砂糖と粉ミルクのスティックを出しながらいう。

「だけど、そこって原っぱでしょう？　レストランの方がおいしいよ」

とユッコ。

「朝ごはんがおいしいなんて、仕事持ってる主婦は思ってる暇ないわ。バタバタしちゃっておいしいも何もあったものじゃないもの」

と康子さん。

「慶ちゃんって、いつも豪華な朝ごはん食べてんの？」

ユッコがコーヒーカップにインスタントコーヒーを入れながらいう。

「私にも入れて」

とミナ。

「自分で入れなよ。好みの分量があるでしょうに」

「ないよ。コーヒーなんて濃くても薄くてもどっちでもいいよ。どうせインスタントだし」

ユッコはしょうがないなあとおちょぼ口を尖らせていい、そういう人にはもったいないから薄くていいよね、とスプーンに半分だけ入れた。

「豪華じゃないよ。普通の朝ごはん。トーストに紅茶とか、あったかいご飯にお味噌汁だよ」

と慶はいう。急須から二つの湯飲み茶碗にお茶を注ぐ。

「なあんだ。おいしいっていうから、朝からステーキとか刺身でも食べてるのかと思っちゃった」

とユッコ。

「まさか。普通の朝ごはん」

慶は、はいどうぞといって、康子さんの前にお茶を置く。

「そうなんだ」

ユッコはとたんに興味をなくして立ち上がり、ヤカンを持って二つのコーヒーカップにお湯を注いだ。

「慶ちゃん、社長がもう帰っていいっていうんだから、さっさと帰っちゃえば」

ミナがネイルアートに息を吹きかけていう。

「そうよそうよ。どうせ仕事してもしなくても、今月分の給料は変わらないんだしさ」

とユッコ。

「でも、やりかけだから、今日中に切りをつけてから辞めたいんだ」

慶は両手で湯飲み茶碗を包み込むように持ち、一口飲んでおいしいと笑う。

「あたしならさっさと帰っちゃうよ。だってクビになったのに仕事するなんてバカらしいじゃん」

ユッコはコーヒーカップに二つめの砂糖スティックの封を切って入れていう。

「そうだよ。クビにした会社のために頑張ることなんかないよ」

とミナ。

「あんたたちも、慶ちゃんみたいにいつも切りをつけてから帰ればいいのに。だから仕事がたまっちゃうんだよ」

康子さんはそういってからズズッとお茶をすする。

「だって慶ちゃんは彼がいないからできるけど、私たちは彼に会わなくちゃならないから遅くまで仕事なんかしてられないもの」

とミナがいい、

「だよね」

といいながらユッコが三つめの砂糖スティックをコーヒーカップに入れる。

「慶ちゃん、まだ彼氏いないの？」

二年前、入社してすぐに康子さんから根掘り葉掘り質問されて、彼氏はいないと答えている。

それから二、三カ月毎に、彼氏できた？　と康子さんは聞き続け、慶は決まっていませんと答えているのだった。

「ええ。いないんです」

と慶は笑う。

「慶ちゃんが彼氏いないっておかしいよね。男の人が奥さんにしたいって思うタイプだから、モテそうなのにね」

「康子さん、それは昔のことだよ。今はちがうんだから」

ミナはいってからコーヒーを飲んだ。まずい、と顔をしかめる。

「そうそう」

ユッコはうなずきながら、四つめの砂糖スティックに手を伸ばしかけてやめ、スプーンで勢いよくカップの中をかき回した。

「どう違うの？」

と康子さん。

「いまは奥さんにしたいと思う女より、遊んで面白いっていう女友達タイプとか、結婚とか家庭の匂いのしない愛人タイプっていう女の方が男にモテるんだよね」

とミナはいう。まだ顔をしかめている。

「そうそう。昔なら慶ちゃんタイプの方が、私たちよりモテたんだろうけどね」

ユッコはコーヒーカップをおちょぼ口に持っていくと、味見をするように一口飲んだ。すぐにコーヒーカップを置いて砂糖スティックに手を伸ばす。

「そうお？」

康子さんは懐疑的だ。

「そうだよ。友達見ても、彼氏いないタイプって、真面目でさ、しとやかっていうか、落ち着いてるっていうか、そんな感じの子が多いんだよね」

ミナはそういってコーヒーを飲む。またまずいと顔をしかめた。

「まずけりゃ砂糖入れればいいじゃない。甘けりゃ何でもおいしくなるんだから」

「やだ。あんたみたいに太りたくないよ」

「いいんだもんね。私の彼氏は、あんたみたいな痩せは好きじゃないっていってるもん」

「あ……、わあ！」

慶が声を上げる。視線は窓の外だ。

「どうしたの？」

「何？」

「イケメンがきた？」

康子さんとミナとユッコが慶を見て、それから慶の視線の先の窓の外に目を向ける。

「桜。ポツポツ咲き始めてる」

慶は、パッと顔を輝かせて窓辺に歩み寄った。

青空をバックに、道路の向こう側に大きな桜の木が見える。蕾が膨らんでピンクのベールに包まれているようだ。そのピンクのベールに、点、点、と白い模様がついている。昼間の暖かさで開花したのだ。

「春だ……」

慶はうれしそうに笑う。甘い微風が頬をなでていく。


街は静まり返っている。朝の気配が感じられるが外はまだ暗い。街路灯が眠たそうにぼんやりと灯っている。

「忘れ物は……」

と慶はつぶやいて、運転席から車内を見回した。

後部座席で、朝ごはんセットが入った大きなバスケットが室内灯に浮かんでいる。薄手の保温マット、膝掛け毛布、ヤカン、皿、マグカップ、茶碗、箸、ナイフ、フォーク、フライパン、鍋、魔法瓶、水道水を入れたボトル、パンや卵やハムやトマトを入れた保冷バッグ、蜂蜜、ジャム等が入っている。

助手席に赤いダウンジャケットとマフラーが置いてある。今朝はそんなに寒くはないけれど、それでも長時間外にいると身体が冷えてしまうことがある。それに、アパートのある長坂町が寒くなくても、これから向かう八ヶ岳南麓の高原はここよりも標高が高いので確実に気温が低い。

防寒用具を持っていくに越したことはない。

「そうだ、手袋」

目のとどく所に手袋はない。

慶は後部座席を振り向く。やはり手袋はない。助手席のダウンジャケットを持ち上げる。あった。自分で編んだカラフルな毛糸の手袋が、小さなデジタルカメラと並んで、ちゃんと定位置にいますというように指をいっぱいに広げて助手席に座っている。

「あったあった。えーと、七輪、炭、消壺は持ったし、あれも持ったし」

指を折ってトランクに入れてあるあれこれを確認する。

準備オーケー。忘れ物はない。深呼吸をしてスタートキーを回した。車が小さく身震いして目覚める。少し待ってからライトを点け、ゆっくりとアクセルを踏む。車は静かに動き出した。

ライトに照らされたゆるやかな登り勾配の道を、八ヶ岳を目指して進む。

白々と明け始めた空に、八ヶ岳の峰々がうっすらぼんやりと浮かび上がっている。頂上付近はまだ雪化粧のままだ。中腹から麓までは黒い裾野を広げている。夜はまだ明け切ってはいない。

風もなく、穏やかだった。エンジン音とタイヤの走行音だけが聞こえる。しばらく走っても、すれ違う車も後ろからやってくる車もなかった。

ウインカーを出して左に曲がる。道なりにしばらく走ってもう一度左に折れる。そこからは細いくねくね道が続いて、登ったり下ったりと忙しい運転になった。小さな集落といくつもの別荘らしき建物、こんもりとした小さな森を抜けていく。

森を抜けると道は二股に分かれ、慶は右の道にハンドルを切った。少し走ると、ヘッドライトの明かりに目覚めたばかりの原っぱが浮かび上がる。枯れ草と新しい緑の草が混じり合っている。やがて道は平らになり、慶は左端に車を寄せて停めた。外に出て、ゆっくりと景色を見ながら一回りした。

なだらかな丘の上だった。空も山も、白々と明けていた。丘の南側は視界が開けていて、右手に南アルプスの白い峰々が空高くそびえ立っている。甲斐駒ヶ岳の神々しい山頂がくっきりと見え始めていた。

南側、正面の葉のない林の遠くに、富士山のシルエットが見える。その向こうの山並みの空が、わずかにオレンジ色に染まり始めていた。秩父山系の稜線の空が赤みがかって、日の出を予感させた。その真横の八ヶ岳の上空に、薄いベールのような雲がかかっている。

開けた景色なのに、それでいて景色に包まれているような、気の休まる場所だった。

道の先の原っぱの脇に一軒の小さな平屋がある。木造の古ぼけた家で、そっけない簡素な作りだ。屋根から色あせたブリキの煙突が突き出ている。人の住んでいる気配はない。板壁もガラス窓も埃にまみれて汚れている。形のいい枝振りを見せて、落葉樹の大木が屋根の向こうに見える。

家の横に小川があり、流れ下る落ち込みの音がコロコロと笑うように聞こえている。小川と家の間に耕しかけの畑がある。慶が先週の日曜日にきた時にはまだ耕されていなかった。小さな畑だった。

「ウーッ」

慶は背伸びをした。そのまま、また一回りして、

「おはよう」

と景色に挨拶をする。

それから車のトランクを開けて、七輪、炭の袋、分厚い布袋に入った消壺を小川のほとりまで運んだ。

早朝の小川の水は澄んでいた。慶は清らかな水の流れを見つめる。流れは早く、なめらかだった。コロコロと笑うように聞こえる落ち込みの音に耳を傾けた。

車に引き返すと、後部座席から朝ごはんセットのバスケットを運んだ。重いので気合いを入れて運んだ。

草の上に保温マットを広げて膝掛け毛布を敷く。保温マットの脇に七輪を置き、その中に着火剤を入れて火をつけた。消壺から使い古しの炭を取り出して七輪に入れる。消壺の炭が少なかったので、炭の袋から新しい炭をひとつ出した。大きな炭で、慶は火箸を炭の隙間に差し込んで器用に二つに割った。二つに割った炭を七輪に入れ足す。雨の降らない日曜日の早朝にちょくちょく野山に出かけては七輪で湯を沸かし、パンやシャケを焼いて朝ごはんを食べているので手慣れたものだった。

膝掛け毛布の上にダウンジャケットを着て座った。炭がおきるまで、明るくなっていく景色に見ほれてつくねんとする。あれこれ考えなければならないことがあっても、いまは大好きな夜明けの景色と朝ごはんを楽しみたい。考えるのは朝ごはんの後でもいいのだ。

二十分ほどで炭がおきた。炭と炭の間から勢いよく炎が上がっている。慶は空気調節口を小さく閉めた。こうしておけば炭が長持ちする。ボトルからヤカンに水を入れて七輪に乗せた。ヤカンの湯が沸くのを待つ間に、慶はデジタルカメラを持って原っぱを歩き回る。ブログに載せる写真を撮るのだ。

慶は『朝ごはん』というタイトルのブログをやっている。早朝の景色やその日の朝ごはんの写真を載せて、思いつくままの文章を書いている。ほとんどが野外での朝ごはんなのだが、アパートでの朝ごはんを載せることもある。

前回もここで朝ごはんを食べた。七輪でご飯を炊き、タマネギとワカメの味噌汁を作ってシャケを焼いた。シャケを七輪で焼いている写真を載せると、いつも、おいしそう！　と反響が多い。

原っぱを一回りしてくるとお湯が沸いていた。ヤカンの注ぎ口から立ち上る湯気にレンズを向けて、シャッターを押す。慶は再生画面を見て満足の笑みを浮かべた。早朝の青い風景に白い湯気がゆらいでいい感じだ。

保温マットの上に敷いた膝掛け毛布に座り、ふかふかの鍋敷にヤカンを置く。慶が手作りしたカラフルな布の鍋敷だ。小さな円筒形のコーヒーミルにコーヒー豆を入れ、ハンドルを回して豆を挽く。それからマグカップにペーパーフィルターのドリップを乗せてコーヒーを淹れる。丁寧に三回蒸らしてから淹れた。ふわりとしたコーヒーのいい香りに包まれる。

淹れたてのコーヒーを一口飲んだ。

「あー、おいしい」

思わず言葉が漏れる。

そのままマグカップを両手に包んで日の出を待った。

ほどなくして日の出が訪れた。甲斐駒ヶ岳と八ヶ岳の頂上が明るくなると、夜が音もなく流れ去り、新しい一日の光りが降りてくる。

太陽が顔を出した。

「きれい」

と慶は笑う。朝一番の日の光りに、慶の笑みが明るく輝く。日の出は数えきれないほど見ているのに、慶はいつもきれいといってしまう。

日の出の写真を撮り、またマグカップを手に、新しい朝の輝きに満ちた景色を楽しんだ。お腹がグーッと鳴った。

慶は網を取り出して七輪に置く。フライパンを網の上に乗せ、小瓶の蓋を開けてオリーブオイルを垂らす。煙が少し立ってから卵を一個割って落とした。ジュウと音を立て、すかさず卵の周りに水を数滴差して蓋をかぶせる。グジュグジュとおいしそうな音がして、それからパン！　パン！と、水が蓋の中で勢いよく弾けた。蓋をしたままのフライパンを鍋敷の上に取り、網をどかしてから七輪の中の大きな炭をひとつ取り出して消壺の中に入れた。炭はみんな白くなっていていい具合なのだが、パンを焼くには火力が強すぎる。

再び網を七輪に戻して、網の上に厚切りの食パンを乗せた。慶は注意を逸らさずにじっと網の上のパンを見張る。自動の電気オーブンと違って、ちょっと目を離したスキに黒こげになってしまうことがあるのだ。

香ばしいパンの香りが立ち上り、慶は反対にひっくり返した。少し濃いめのいい焼き具合だった。そのまましばらく裏面を焼き、焦げ具合を確かめてからパンを手に取る。

「アチ、アチ」

焼きたてのパンは熱く、右手、左手と持ち替えながら声が出てしまう。

パンを半分に割った。じんわりと焼いたので、中がフワリと柔らかい。香ばしい匂いを胸いっぱいに吸い込んだ。焼きたての香ばしい匂いを嗅ぐのが大好きなのでいつもそうしてしまう。

何もつけずにそのままかじる。

「んー」

おいしいという代わりに満足の笑みを浮かべながらモグモグと口を動かし、もう一口かじる。

網の端にパンを置き、保冷バッグの中からトマトを取り出す。真っ赤なトマトだ。キッチンで洗って持ってきた。大きな皿の上に置く。

蒸らしておいたフライパンの蓋に手を伸ばす。そろそろいい頃合いだ。蓋を取るとホカホカの湯気が盛大に飛び出した。黄身がきれいに白い薄皮をかぶっている。半熟の証だ。トマトを置いてある皿に移し、七輪の網から食べかけのパンを手に取って、薄切りハムを乗せて食べ始める。

慶は景色を見回しながら食べた。朝日に目覚めた南アルプスや八ヶ岳が、背伸びをしているように青空にくっきりと立っている。見渡す限りの景色に元気な朝の息吹が満ちていた。小川のせせらぎが耳に心地好い。

トマトは丸かじりで食べた。目玉焼きは、フォークで白身を切り取りながら食べていき、白い薄皮をかぶっている黄身を丸く残した。その黄身をフォークですくって丸ごと口に入れる。半熟の黄身が口の中でとろけた。薄切りハムを乗せたパンを食べ終えると、もう半分のパンに蜂蜜を垂らして食べた。たっぷりと垂らした。食べてしまうと、マグカップのコーヒーを飲み干し、保冷バッグの中から小さなタッパーを取り出した。蓋をあける。大きい苺が三個。ヘタは取ってある。大きく口を開けて押し込み、膨れた口を動かして、

「おいしい」

と何度目かのおいしいをいって、慶はうれしそうに笑う。

二個目の苺を口に入れたとたんに、目の隅に人影が映って慶は振り向いた。

耕しかけの畑で、おばあさんが一人、笑みを浮かべて慶を見つめている。鍬を手にして身体を支えるように立っている。

慶は慌てて立ち上がる。おはようございますといおうとするのだが、口の中は苺で塞がっていて声が出ない。間抜けな様に笑いが込み上げて口を手で抑える。とりあえず会釈だけをと、口を押さえたまま頭を下げた。

頭を上げようとしたその拍子に息を吸い込んでむせた。苺が飛び出しそうになって慌てて口を抑える。その様がまたまたおかしくて笑い出しそうになる。苺と笑い声が一緒になって飛び出しそうなので、慶は両手で口を抑えて必死にこらえる。慶は、すみません、といいたくておばあさんに何度も頭を下げた。

おばあさんがやってきた。鍬は畑に立てて置いてきた。野良着姿で日除けのつば広の帽子を被り、白髪が見え隠れしている。少し腰が曲がっているせいで、歩くのがおっくうそうに見える。

「ごめんねえ。びっくりさせたかい？」

おばあさんは苦笑する。

日に焼けた細面の顔。深い皺がきれいな線を描いている。口元の皺がまとまってえくぼのようだ。

「すみません。食い意地が張っているものですから、大きな苺をそのまま放り込んでしまってむせてしまいました」

慶は笑って、モグモグさせている口を手で抑えたままいう。

「ほうさよねえ。苺は大きいのをそのまま口に入れて食べるのがおいしいんだよねえ。私もそうやって食べるのが好きだよ」

「えー、そうなんですか。私も好きなんです。すみませんでした。改めまして、おはようございます」

慶はきちんと両手を前に置いて挨拶する。

「はい、おはようございます。七輪まで持ち込んで、おいしそうに食べてたけど、朝ごはんかね」

「はい。ここで食べる朝ごはんは最高なんです」

「へー、あんたもかね。私もここで食べる朝ごはんはうまかったなあって、しょっちゅう思い出すよ」

おばあさんはうれしそうに笑って原っぱを見回す。

「あらあ、ここで食べたことあるんですか」

思わぬ言葉が返ってきたので、慶はパッと顔を輝かせる。

「食べるも何も、ここに住んでたんだよ。ほら、あの家」

おばあさんは背後の平屋を指さした。

「まあ、あの家に住んでいたんですか。いい雰囲気ですてきですよね。あそこで朝ごはん食べたら本当においしいでしょうねえ」

「すてきなもんかね。ボロ屋だよ。もう建ててからだいぶ経つからねえ。いまは小屋代わりに使ってるよ。息子は取り壊せっていうんだけど、何だかもったいなくてねえ。最初に住んだ頃はまだカマドがなくて、あんたと同じようにその七輪とストーブで煮炊きしたもんさよ。子供たちも小さくてにぎやかで、毎朝バタバタ忙しい朝ごはんだったけど、ロクなおかずもこしらえなかったけんど、ここを離れてから何だかよく思い出すようになったねえ、あの頃の朝ごはんはおいしかったなあって」

「笑い声が聞こえてきそうですね。おいしいって、食べる時の雰囲気も大事ですよね」

「だけんど、連れ合いが死んで、子供たちがみんな家を出ていって一人になってからも、ここでの朝ごはんはおいしかったねえ」

「きっと景色ですよね。ここの雰囲気って、本当に朝ごはんがおいしいって景色なんですよね。そうですか、こんなすてきな所に住んでたんですか。いまはどちらに住んでいるんですか?」

「ほら、あの林の向こうの下に見える集落の中だよ。息子が家を建てて、そこに一緒に住んでいるんだよ」

丘の西の方にある、葉が芽吹いていない林の間から、こじんまりとした集落が広がっているのが見下ろせる。古い大きな家に混じって、新しい家も所々にあった。

「まあ、じゃあ、息子さんのご家族と一緒に暮らせて幸せですね」

「さあ、どうだかねえ」

おばあさんは顔を曇らせて寂しそうな笑みを浮かべた。

「あ、ということは、ここはおばあさんの土地なんですよね。すみません、断りもせずに入って勝手なことをしてしまいました。ついいい景色だったものですから。すぐに片付けて帰ります。申し訳ありませんでした」

慶は頭を下げた。

「ここが好きなのかね？」

「はい。ここで食べる朝ごはんが大好きで、もう何度か食べているんです」

「毎回、七輪持参で？」

「はい。山梨はどこで朝ごはんを食べてもおいしいですけど、ここでの朝ごはんが最高においしいんです」

「ここの土地はおじいさんが、私の連れ合いだけどね、一人で開墾したとこなんだよ。森だったのをノコギリとスコップとツルハシだけでね。牧草にして、牛飼って、今は牛舎は取り壊してしまってないけどね。ここが好きならいつでもきていいんだよ。この川のそっち側とこっち側は私のとこの土地だけど、あんたがいる川の岸は誰のものでもないんだよ。管理は地区の組がやっているけんど、持ち主は国だから誰が入ってきてもいいんだよ。汚さなければね」

「いつもゴミも炭も持ち帰っています。いつきても紙くずひとつ落ちていなくて、すごく気持ちがいいって思っていたけど、おばあさんがきれいにしてたんですね」

慶は納得してうなずく。

「おじいさんがたった一人で、昔のことだからお金もなくて、機械を使わないで身体ひとつで開墾したとこだからねえ……」

おばあさんは笑って丘を見回す。

「おじいさん、おばあさんや家族のために頑張ったんですねえ。そうですよねえ。きれいにしないと、おじいさんに申し訳ないですよねえ」

と慶はいう。

おばあさんは何もいわない。幸せな思い出に浸っているような穏やかな笑みを浮かべて、黙って丘を見回した。

「あ、いまコーヒーを淹れるとこなんです。よかったら一杯いかがですか？」

「私ゃ、コーヒーはあんまり……。でも、あんたが淹れたコーヒーはおいしそうだよねえ。ご馳走になるかねえ」

「どうぞどうぞ」

「あんた、コーヒーを淹れるのも、卵を焼くのも、パンを焼くのも、真剣な顔してて思わず見ているこっちが引きずり込まれてしまったよ。それに丁寧だったし、食べる時がまた、本当においしそうに食べるから、気持ちがよくて見ほれてしまったさよ」

おばあさんは感心して笑う。

「えー、じゃあずっと見てたんですか。ちっとも気がつきませんでした。私、おいしく作る調理方法を知らないし、真剣に丁寧にやればおいしいんじゃないかってやっているだけなんです。食べるのは、食いしん坊で食べるのが大好きだから、何を食べてもおいしいからうれしくなっちゃうだけなんです」

おばあさんはうなずき、じゃあ遠慮なく呼ばれるよといって、小川にかかる渡り道を目指して歩き出す。渡り道の中には土管が埋めてあり、その中を小川が流れていた。ぐるっと回ってやってくる間に、慶は朝ごはんセットを片付け、膝掛け毛布を敷き直した。

やってきたおばあさんは、慶に勧められるまま、よいしょといいながら敷いてある膝掛け毛布に座る。座るや否や、

「私ゃ、ツネ。浅川ツネっていうだよ。カタカナのツネだよ。あんたは？」

と慶にいう。

「慶です。祝い事の慶事の慶という字です。島森慶です」

「珍しい字の慶だね。慶ちゃんだね」

「はい。みんなそう呼びます。ツネさんて呼んでいいですか」

「私もそう呼ばれているよ」

ツネさんは笑ってうなずいた。慶は消壺から炭を取って七輪に入れる。空気調節口を全開にしてからヤカンに水を足し、七輪にかけた。

「懐かしいねえ、消壺。昔はよく使ったもんだよ。今は便利になって手軽に料理ができるようになったけんど、昔の七輪の炭で煮炊きした方がおいしかったような気がするよ。焼き魚はやっぱり炭の方がおいしいねえ」

「ですよね。炭で焼いた塩ジャケは本当においしいですよね」

慶はコーヒーミルのハンドルを回しながらいう。

「それに同じごはんを食べるにしても、ここで食べる方がおいしかったなあって思うよねえ。ここにいる時は分からなかったけどねえ。新しくて便利な家に住んだら分かったんだよ」

「そうかもしれませんね。そこにいる時は、いいことがいっぱいあっても気がつかないのかもしれませんね。山梨にきて、山梨は朝ごはんがおいしく食べられるって友達にいっても、みんな、そうお?　って首をひねりますからね」

「この辺に住んでるのかね？」

「長坂のアパートです」

「独身かね？」

「はい。一人で住んでます」

「そうかね。どこからきたの？」

「若い娘さんなら、東京の方が華やかで面白いだろうに、何でまたやってきたのかね」

「東京です」

「子供の頃、家族で山梨にドライブにやってきて、八ヶ岳とか南アルプスの景色に圧倒されて、何てすてきな所だろうって感動したんです。子供の頃は元気がなかったんですけど、食べるものが何でもおいしくて元気になったんです。きれいな景色を見て、おいしいものを食べるから元気になれるって思って、いつか住みたいって憧れたんです。それでやってきたんです。山梨って景色も水も空気も奇麗で、ごはんがおいしいだろうなあって、食い意地には逆らえなかったんです」

慶の笑い声が、小川の落ち込みのコロコロと聞こえる音と二重唱になった。

「私らは毎日見ているから何にも感じないけど、そんなにこの景色がいいかね？」

「最高ですよ。朝ごはんが最高においしいんですから。どうしても食い気になっちゃいますね」

慶の笑い声と小川のコロコロの二重唱に、沸騰したヤカンのかすれた高音が加わって夜明けの三重唱となった。

慶は新しいマグカップを取り出し、ペーパーフィルターをドリッパーにセットしてマグカップの上に置く。

湯を少しだけ注いで三度蒸らす。コーヒーの粉がフンワリと膨らんでおいしそうに盛り上がる。いい感じだ。ヤカンからお湯を丁寧に注いでコーヒーを淹れ、ツネさんにマグカップを差し出す。白い湯気が朝日に光る。

「どうぞ。コーヒーミルクと牛乳と砂糖がありますから、お好きなものを入れてください」

慶は保冷バッグから取り出してツネさんの横に置きながらいう。

「ありがとう。私は何も入れんでいいよ。いつもはコーヒー飲む時はミルクと砂糖を入れるんだけど、慶ちゃんが真剣に淹れるのを見ていたら、せっかくだからそのまま飲んでみたくなったよ」

ツネさんはマグカップを受け取り、いただきますといって口に持っていく。その手を止めて、

「いい香りだねえ。値段が高いコーヒー豆なんだろうね」

という。

「いいえ。ブレンドの普通のやつですよ。香りがいいのは、挽きたて淹れたてだからだと思います。それに自然の中だからですよね」

慶がそういうと、ツネさんは真顔でそんなものかねといってから、どれどれと一口飲んだ。

「ああ、やっぱりおいしいねえ」

ツネさんはホッと吐息をつくようにいう。

「コーヒーの味は分からんけんど、真剣に淹れてくれる慶ちゃんを見ていると、飲む前からおいしいって気分になってくるよ。慶ちゃんは朝が好きなんだねえ」

「はい。朝の時間って、誰にも邪魔されない自分だけの時間って感じで、すごく落ち着けるんです。それに新しい一日が始まると思うと、何だかワクワクしちゃうんです。元気をもらえるみたいで。朝って、いつもと同じようだけど、毎日違うんですよね。新しい朝なんだって思えるんです。だから、新しい一日に冒険に出るみたいで、朝起きるとうれしくなっちゃうんです」

「私は、若い頃は朝が嫌いだったねえ。またきつい一日が始まると思って、とっても嫌だったよ。

毎日朝早くから夜まで働き詰めでね、辛かったもんだよ。朝寝坊できたらどんなに幸せだろうって、いつも思ったもんさよ。だから寝る時がホッとして、一番幸せだったねえ。だけどすぐに朝になってね。いつも目が覚めるとガッカリしたもんさよ」

「そうなんですか。私もここにくる前は朝が苦手でした。でもこの景色に出会ってからなんです、朝が好きになったのは。ツネさんは今でも朝が好きじゃないんですか？」

「それが、いつの間にか好きになっちゃっていたんだよ」

ツネさんは慶を振り向いて笑う。

「あらあ、どうして好きになっちゃったんでしょうねえ」

「分からないねえ。いつ頃からかはっきりしないけど、朝はいいねえって思うようになっていたんだよ。今は、朝目が覚めると、ああ、今朝も無事に目が覚めたって、ありがたくてね。七十五歳にもなると、同じ年格好の友達とか知り合いとかが何人も死んじまってねえ。だから元気でいられるのがありがたいってだけなんだよ。慶ちゃんは何をしている人なの？　学生さん？」

「違います。社会人です。もう三十歳を過ぎているんです」

「あれまあ、ほうかね。若く見えるから学生さんかと思ったよ」

「若く見えるのは、まだ子供でちゃんとした大人になってないからなんです。本当に困ったもんなんです」

慶はまた照れ笑いをする。

「そんなことはないだろうけど、じゃあこれから会社にいくのかい？」

「いいえ。昨日までは会社員でしたけど、昨日で会社を辞めたんです。というか、リストラされたんです。クビですね」

「そりゃあ大変なこんじゃないかね」

ツネさんは目を丸くする。

「しょうがないんです。不景気で会社が大変になって、誰かが辞めなければならなくなったんです。それで私がクビになったんです」

慶は悪びれずにいう。

ツネさんは眉根を寄せて同情し、そうかね、と吐息混じりにいう。

「でも、さっき日の出を見ていて分かったんです。私がリストラされたのは当たり前だって。私、働くのは好きなんですけど、何も特技はないし、仕事もテキパキできないし、根性もないし、体力も力もないし、お金を貯めようと働いているだけなので、だからきっと仕事をしていても覇気がなくて、つまんなそうに見えたと思うんですよ。それで社長さんは私をリストラしたんだろうって」

「そうかね。何かしたいことがあってお金を貯めているってこんだかね？」

「夢なんですけどね、朝ごはん屋さんをやってみたいなあって思っているんです」

と慶は笑う。

「朝ごはん屋さんって、朝ごはんを食べさせるお店なのかね？」

ツネさんは少し驚いて慶を見やる。

「ええ。私、山梨のきれいな景色を見て、おいしい朝ごはんを食べて元気になったので、誰かが私の作った朝ごはんを食べて、元気になったらいいなあって思ったんです。でも、そう思ったのはついこの前だから、まだ何にも計画は進んでいませんけどね。あ、すみません。初めて会ったツネさんにこんな話をしてしまって」

「いいさよう。知っている誰かよりも、知らない誰かの方が話しやすいことがあるもんだよ。私も、もう何十年も前のこんだけど、農協の旅行にいって、温泉だったんだけどね、川縁のベンチで知らない人とずっと何時間も話したことがあるよ。同じ年格好の女の人でね、お互い旅館の浴衣と羽織を着ていて、どこからきたんですかって話し始めて、娘時代のことや、結婚してからのこと、夫やら舅、姑のこと、子供のこと、生活のこと、辛いことうれしいこと、お互いに涙流したり、笑ったりして、話が終わらなくてねえ。気がついたら夕方だったんだよ。お互いに名前も知らないで、それじゃあお元気でって別れてねえ。知っている人じゃ話せないようなことも、知らない人なら話せることがあるもんさ」

ツネさんのゆったりとした言葉が二人を包み込む。二、三度暖かくなったような空気に満ちた。ツネさんの朝日に照らされた笑みがやさしく輝いている。

「私、まだそんな経験はないけど、ツネさんのいうこと、すごく分かります。きっとそうかもしれませんね」

慶はゆっくりとうなずく。顔を上げて朝日を浴びる。暖かくていい気持ちだ。

「よけいなことかもしれんけんど、会社辞めさせられて、これからどうするね?」

ツネさんの言葉に慶は振り返る。

「そうですねえ。まだ考えていないんです。とりあえず、今日は朝をたっぷり楽しもうって、ここにきたんです」

太陽が少し高くなって、暖められた大気が微風となって丘を上っていく。草原が揺れ始めた。春の甘い香りが漂い始めた。

「そりゃそうだよねえ。昨日の今日だからねえ。どうするかなんて決められないよねえ」

「働くのって好きなんですけど、ボーッとするのも好きなんです。だから今日一日はリストラ記念のおつかれさん休日にして、ボーッとしようと決めたんです。明日はハローワークへいってみようかなあって、漠然とですけど、今はそんな感じですね」

「いいさよう。たまにはのんびりするのも大事なこんだよ。慶ちゃん。いつか七輪でシャケ焼いて食べさせてくれんかね？　この七輪見てたら、久し振りに七輪で焼いたシャケが食べたくなったよ」

「いいですね！　明日の朝はどうですか？」

慶は朝日に負けないくらいに顔を輝かせる。

「私はいいけど、慶ちゃんは平気かね？」

「もちろんですよ。さっき塩ジャケの話をしていたら、シャケを焼いて食べたいってたまらなくなってたんです」

慶は張り切っていう。

炭火を強めにした七輪にレンガを二つ置いて網を渡す。強めの遠火になって網の上の塩ジャケは程よく焼ける。焦げ目もついて見た目にもおいしそうに焼ける。少しずつ煙を上げていい具合に焼けていく、網の上の塩ジャケを見ているのが慶は好きだった。

「ハローワークにいかなくてもいいのかね？　早く職を探さなくてはいけないいんじゃないの？」

ツネさんは心配顔でいう。

「いくとしても朝ごはんを食べてからで大丈夫です」

慶はそういって、あ、と声に出して口を開ける。

「どうしたね？　やっぱり明日は都合悪いかね？」

「明日の天気予報を思い出したんです。今日の夜から下り坂になって、明日は朝から雨になるといってました。降り出すのが少し遅れてくれればいいんですけど、早く降り出すとちょっと無理ですね」

「天気予報がそんなことをいってたかね。昔はちいっとも当たらなかったけど、近頃の天気予報は本当によく当たるからねえ。そうかね、雨かね」

ツネさんは恨めしそうに空を見上げた。空の青が濃さを増して、甲斐駒ヶ岳の山頂の雪が白く輝いている。

「それじゃあ、あの家で食べるっていうのはどうかね？」

ツネさんは小川の向こうを振り向く。慶はツネさんと一緒に振り向いた。視線の先にツネさんが昔住んでいた平屋がある。平屋に朝日が当たって、古びた板壁が明るく光っている。朝日を浴びたブリキの煙突が青空にくっきりと突き出ている。

「えー！　本当ですかあ！」

慶はうれしさのあまりに思わず大きな声を出す。

「あんなボロ屋でよけりゃあね」

「ボロ屋じゃありませんよ。あの古い感じがすごくすてきなんです。あの家で朝ごはんを食べたら本当においしいだろうってここにくるたびにいつも思っていたんです。憧れだったんです。ぜひお願いします。明日、あの家で朝ごはんを食べさせてください」

慶は興奮を隠し切れずに早口でいう。

「慶ちゃんがいいならいいさよ。じゃあ明日は、久し振りにあの家で朝ごはんにしようかねえ」

ツネさんの声もうれしそうだ。

慶は両手を胸の前でしっかりと合わせる。

「やったあ！　ごはんの用意は私がしますから！　あ、でも、私が作る朝ごはんでいいですか？」

「いいに決まってるさよ。七輪でごはんを炊くのかい？」

「はい。外で食べる時だけですけどね。炊きたてのアツアツごはんを外で食べるのって、最高においしいんです。おいしくて、おかずは何もいらないくらいです。でもお味噌汁も作っちゃいますね。お味噌汁も最高においしいんです。っていうか、本当に食いしん坊だから何でも最高においしいんですけどね」

慶は肩をすぼめてうれしそうに笑う。

「慶ちゃんがいうと本当においしそうだよ。何だか私まで明日の朝が待ち遠しくなっちゃったよ」

ツネさんも、慶の屈託のない笑顔に釣られてうれしそうに笑う。

「でも、息子さんのご家族と一緒に、朝ごはんを食べなくていいんですか？」

慶は遠慮がちにいう。

「平気だよ。朝ごはんをちゃんと食べるのは私だけで、息子の家族はパンをかじりながらあたふたと出かけていくから、一緒に食べるも何もないんだよ。息子夫婦は共働きだし、朝遅い家族だからねえ。子供たちだけでもちゃんと朝ごはんを食べさせてやった方がいいと思うんだけど、口に出したことはないよ。私がいうといい顔しないからねえ。だから慶ちゃんは気にしなくていいんだよ」

「すみません。余計なことをいってしまいました」

慶は恐縮して縮こまる。

「謝ることじゃないさよ。それよりも、そうとなったらあの家の中、少しはきれいにしなくちゃね」

「私がやります。やらせてください。きれいにするのって好きなんです。といっても、ドジだから、いつもどこかを忘れてやり残しちゃうんですけどね」

慶は勢い込んでいってから、自嘲の笑いを漏らした。

じゃあ、悪いけど頼むかねとツネさんはいい、コーヒーごちそうさまといってから、ヨッコラショと掛け声を上げて立ち上がる。

「どれ、ちょっと家の中を見てみるよ。片付けてはあるんだけど、掃除したのはもうずいぶん前だからねえ。あまり汚いんじゃ、慶ちゃんだけにやらせるのは悪いから、私もやらにゃあ」

「ツネさんは肩が痛いんだから、無理しちゃだめですよ。大丈夫です。私にやらせてください。最近運動不足だから、運動不足解消になりますから」

「そうなのかね。まあ、とにかく中を見てみるよ」

ツネさんはそういうと、少し歩きにくそうに腰を曲げて歩き出した。

慶は、急いで後片付けをしてからいきますと、ツネさんに声をかける。七輪の炭を消壺に入れようとして思い止まる。ヤカンに水を足して七輪に乗せる。こうしておけばお湯が沸いて冷めない。飲みたい時にお茶を飲める。マグカップと皿とフォークをナプキンで丁寧に拭き、その他のもろもろの朝ごはんセットと一緒にバスケットにしまって立ち上がる。

原っぱの一軒家を目指して走り出す。あの家で朝ごはんが食べられるんだと、うれしくて笑顔を止められない。ツネさんが玄関の前に立ってこっちを見ていた。慶は思わず手を振ってしまう。


「はーい？　何？　どっかで晩ご飯食べる？」

携帯電話から井原希実の元気な声が飛び出してきた。

「ゴメン、今日はちょっと疲れたから部屋で休みたいんだ。希実ちゃん、今ちょっと話していい？」

と慶はいう。

「いいよ。慶ちゃんが疲れたなんて珍しいね。どうしたの？」

希実ちゃんの声は歯切れがいい。

希実ちゃんは白州で農業をしている。一人で有機野菜を育てて生計を立てている。慶とは同い年で、小淵沢にあるカフェで知り合った。『カフェ・レン』という名前の小さな店で、土曜日と日曜日の週末しか店をオープンしていない。店は店主のユキさんが一人で切り盛りしている。ユキさんはシンガーで、小淵沢のリゾナーレホテルで定期的なソロコンサートをしている。有名歌手のバックコーラスや各種の音楽活動で全国各地に出向くことが多く、週末だけ営業をしているのだった。

慶は『カフェ・レン』にランチを食べにいき、希実ちゃんとたまたまカウンターで隣り合わせになった。カウンターの向こうのユキさんから希実ちゃんを紹介され、互いに一人だったのと、それに同い年だと分かって話が弾んだ。それ以来、連絡を取り合ってお茶をしたりご飯を食べたりしている。

「私、昨日会社をリストラになっちゃったんだ」

慶は希実ちゃんに告げた。

「えー？　またあ？」

希実ちゃんが驚きの声を上げた。

慶がクスクス笑う。

「何？　何がおかしいのよ？」

「またあ？　っていうと思ってたら本当にいうんだもの」

「だって慶ちゃん、その前の会社も、そのまた前の会社も二年でクビになったっていってたからさ、やっぱりまたっていっちゃうよ」

「そうなんだよね。私もリストラだって社長にいわれた時、思わずまたですかっていっちゃった」

慶はクスクス笑いながらいう。

「お祓いしてもらいなよ。絶対に二年坊主悪魔がとりついているんだよ」

「何それ？」

「分かんないけど、三日坊主ってあるじゃない。二年だから二年坊主ってのもあるんじゃないの？」

希実ちゃんの声は真剣だ。

慶は首をひねる。二年坊主などという言葉は聞いたことがない。ましてや二年坊主悪魔なんて。

「うーん。でも、そうかもね。そんな気がしてきた。二年坊主悪魔のせいかも。私にとりついているかもしれないよね」

「絶対にそうだよ。だってそうじゃなきゃ、二年ごとに会社をクビになるはずはないよ。お祓いしてもらいなよ。で、用事は何？」

「明日の朝忙しい？」

「今はまだそうでもないよ。ジャガイモの植えつけはもうちょっと先だし、八時頃からハウスで野菜の苗上げしようと思ってる」

「今、何か野菜ある？」

「何もないよ。ハウスのほうれん草と、ダイコンが少し残ってるぐらいかな」

「そっかあ。明日、朝ごはんを一緒に食べない？」

「いいよ。どこで？　慶ちゃんとこ？　私のとこ？」

と希実ちゃんはいう。希実ちゃんはいつでも打てば響く。

希実ちゃんは白州の台ヶ原の宿場街道沿いにある、二階建ての古い大きな民家を借りて住んでいる。実家は甲斐駒ヶ岳寄りの地区でペンションを営んでいて、二年前まで実家に住んでいた。十年前に、スイスへ有機農業の研修に二年間いき、白州に帰ってきて有機農業を始めた。有機農業についてブログなどで積極的に発言していて、全国から有機農業を教わりたいという若者が毎年やってくる。彼ら、彼女らのための宿泊場所を考えて大きな家を借り、そこに住んでいるのだった。

「ツネさんの家」

と慶はいう。

「その人誰？」

「今日初めて会った人。それがね」

慶は、明日の朝、ツネさんの家で朝ごはんを食べることになったいきさつを話し始める。出会いからツネさんの家まで走ったことをいい、家に入ると広い土間になっていて、真ん中に大きな木のテーブルがあったといい続けた。

「そのテーブルの片側に長いイスがあって、反対側にイスが四個と両端に二個あってね、長イスとテーブルはおじいさんが、亡くなったツネさんのご主人なんだけど、何十年も前に作ったものなんだって。黒ずんで傷がいっぱいあって、角が丸まっていてすごくすてきなんだよ。そこで食べた人の笑い声が聞こえてきそうな、雰囲気のいいテーブルなんだよ。座り心地がすごくいいんだ」

「へー、見てみたいな。その家って古民家ってこと？」

希実ちゃんが興味深そうに反応する。

希実ちゃんは古民家が好きだ。台ヶ原に借りている家も、窓やキッチン周りは新しくなっているものの、家そのものは百年以上も前に建てられた古い家だ。瓦葺きの二階屋で、黒光りがする太い柱と梁が、住人の生活を力強く支えているような印象を受ける大きな家だ。年代物の家具も好きで、収集した骨董のタンスや古いテーブルとイスが所狭しと置かれてある。希実ちゃんの家を初めて訪れた慶は、骨董品の店を始めるの？　と聞いたくらいだった。

「古いけど、いわゆる立派な古民家じゃないんだ。おじいさんが若かった頃にほとんど一人で建てたんだって。おじいさんは大工さんじゃないから難しい建て方が分からないので、長方形の簡単な平屋にしたんだって。ツネさんは小屋を大きくしたみたいなもんだって笑っていたけど、だけどあったかいぬくもりが感じられてすごくいいんだ」

「縁側はあるの？」

「ないよ。基礎と柱は本職の人と一緒にやったけど、あとはおじいさんが一人で作ったんだって。トタンの屋根も自分で葺いたんだって。窓は南側に四つ、北側に三つ、東側と西側に一つずつで、全部古い木枠の窓。昔の古い小学校とかの写真にあるような窓なんだよ」

「あ、その窓はね、今はもうなかなか見られないものなんだよ。もう誰も作らない窓だからね。へー、ますます見たくなっちゃったなあ」

「でしょう？　希実ちゃん、絶対に気に入ると思うんだ」

「土間ってのがいいよね」

「その土間に、柱時計を横にしたようなストーブがあって、薪を燃やしたらあったかそうなんだ」

「分かった。ブリキの薄っぺらいストーブでしょう。それも今どき珍しいよね」

「たぶんそうだと思うけど、とにかくストーブの上でお芋焼いたら最高においしいんだって。皮がカリカリだけど中がホクホクで、割るとホカホカの湯気が立ち上って、ああ、もう焼き芋のいい匂いがプーンとしてきそう」

「カリカリ、ホクホク、ホカホカ、プーンねえ。うまそうだけど、慶ちゃん、勝手に想像していってるよね」

希実ちゃんがズバリといって慶は笑い声を上げる。

「アハハハ、そうなんだけどね」

「慶ちゃんはいつも、食べ物の話となると本当に想像力豊かになっちゃうよねえ」

希実ちゃんのあきれ笑いが目に浮かんで、慶はへへへと照れ笑いをしてしまう。

「土間だったらカマドがあるんじゃない？」

と希実ちゃんはいう。

「どうして分かったの？」

「昔の家で土間があったら、だいたいカマドがあるもんよ」

希実ちゃんはサラリといってのける。

「へー、そういうもんなんだ。さすがは古民家愛好家だね。でもカマドでごはん炊くのは、二十年ちょっと前からしなくなったっていってた。電気炊飯器になったんだって。十年前に引っ越しをするまでは、もっぱらお湯を沸かしたり、たまに煮物をする時に使ってたんだって」

「ふーん。羽釜はあった？　羽釜って分かる？」

「あったよ。お釜にツバがあるやつね。カマドに二つ乗っかってた」

「へー、慶ちゃん、羽釜を知ってたんだ。よく知ってたよね」

今度は希実ちゃんが感心していう。

「知らなかったけど、羽釜っていうってツネさんが教えてくれた」

「だと思ったよ。羽釜なんて年寄り以外は知ってる人少ないもんね」

「希実ちゃん、カマドの羽釜で炊いたごはんって食べたことある？」

「ない。食べてみたいんだけど、なかなかチャンスがないんだ」

「明日一緒に朝ごはん食べない？　私もカマドの羽釜で炊いたごはんを食べたことがないっていったら、ツネさんが久し振りにカマドを使って羽釜でごはん炊いてくれるって」

「えー！　食べる食べる！　食べたーい！　だけど、私がいってもいいの？」

「もちろんだよ。ツネさんがいっぱい炊いてくれるって。いっぱい炊かないとおいしくないから友達連れておいでって。ユキさんも誘おうと思ってるんだ。今、小淵沢にいるよね？」

「いると思うよ。今週はコンサートで出かけるっていってなかったから」

「うん。それで私がシャケを焼いてお味噌汁を作るんだけど、お味噌汁の具の野菜を希実ちゃんに持ってきてもらおうと思ったんだよ」

「うーん、だから今はほうれん草とダイコンしか、あ、そうだ、いいのがあるわ」

希実ちゃんの声が弾んだ。

慶は思わず耳から携帯電話を離して見つめながら、「本当？」といってしまう。それからまた耳に当てて「何？」という。

「ジャガイモ」

希実ちゃんの声が、新鮮な葉物野菜のようにパリッとしたいい響きで返ってきた。

「ジャガイモって、もう新ジャガができたの？」

「違うよ。去年のやつ。冬越しさせたジャガイモって、味が濃くなって、甘みがあっておいしいんだよ。ダメになるやつがけっこうあるけど、いいのを選んで食べると本当においしいんだ。どう？　ジャガイモの味噌汁」

「うん。野菜専門家の希実ちゃんがいうとすごくおいしそう。ジャガイモにワカメを散らすっていうのはどう？」

「いいね、それ。ジャガイモとワカメの味噌汁。ワカメたっぷりでいこう。好きなんだ、ワカメ。じゃあ、いいのを選んで持っていくから。ツネさんの家はどこ？」

慶はツネさんの家の場所を教える。道順がややこしくて、希実ちゃんが納得するまで少し時間がかかった。

「そんな所に原っぱの丘があるなんて、知らなかったなあ。何時にいけばいい？」

「ツネさんがカマドでごはん炊くのを見たければ六時」

「見たいに決まってるじゃない。じゃあ六時ね。疲れたっていってたけど、今日何か疲れることしたの？　それともリストラされたショック？」

「あ、そうか。私リストラされたんだ。うれしくってすっかり忘れてた」

「じゃあ、楽しいことして疲れたんだ」

「そうなんだよ。一日中、ツネさんの家を掃除してた」

「それが楽しいこと？」

「うん。その家で朝ごはん食べたらおいしいだろうなあって、ずっと思っていたんだ。だから、明日の朝食べようってツネさんがいってくれたので、もううれしくてうれしくて。しばらく掃除してないってツネさんがいうから、私がやりますって掃除しちゃったんだ。気がついたら夕方になっていてびっくりだった」

「張り切って掃いたり拭いたりしている慶ちゃんが目に浮かぶなあ。ゆっくり風呂に入って、ぐっすり眠りなよ」

「うん。そうする。ごはん食べて、ブログ更新して、それでお風呂に入ってバタンキューだね、きっと」

じゃあ明日、と希実ちゃんはいい、二人は電話を切った。

ツネさんが、まだ燃えている薪をカマドの焚口から取った。もうひとつの羽釜でお湯を沸かしている隣の焚口に移す。羽釜でごはんを炊いている焚口にはオキ火が残っているだけになった。ツネさんの後ろで慶とユキさんと希実ちゃんと太郎ちゃんさんがカマドを覗き込んでいる。

「ああ、いい香り」

慶が目を閉じ、深呼吸をしていう。幸せそうな笑顔を浮かべた。

慶の幸せそうな笑顔を見たユキさんと希実ちゃんと太郎ちゃんさんも、思わず目を閉じて深呼吸をする。

「本当にいい香りねえ」

とユキさんがいう。あったかい響きのするやさしい声でしみじみという。長い髪をひっつめた丸顔がうれしそうに笑っている。

「いやあ、もう、たまんないすねえ。早く食べましょうよ、ハハハハ」

太郎ちゃんさんはよだれを流さんばかりにいう。太郎ちゃんさんは神奈川県から白州に移住してきた。今ではキノコを栽培して生計を立てている。菌床栽培で椎茸やエノキを育て、主に道の駅に卸している。三十四歳の独身で、百九十一センチの巨漢だ。

「まだまだ。もう少し待たにゃあ、おいしいごはんにはならないよ」

ツネさんがカマドのオキ火を整えながらいう。

「あんたは本当に食べるとなったら我慢できない人だよねえ。食い意地張ってるから生焼け生煮でもワシワシ食べるけど、今にお腹こわして痛い目にあうからね」

希実ちゃんがあきれ顔でいう。

希実ちゃんと太郎ちゃんさんは、同じ白州で栽培農家をしているので以前からの友人だ。昨夜遅く、太郎ちゃんさんも連れていくと、慶の携帯電話に希実ちゃんからメールが入ったのだった。

「でも太郎ちゃんさんの気持ち、すごく分かります。おいしそうなのが目の前にあると、我慢できないですよねえ」

と慶は笑う。

「だろう？　すきっ腹にごはんが炊けるいい香りがしたら、もうグワングワン腹が鳴っちゃってさ、我慢できないんだよ」

太郎ちゃんさんが切なそうにいって笑う。

「ツネさん。最初からずっと蓋を取って炊き具合を確かめていないけど、やはり、初めチョロチョロ中パッパ、赤子泣いても蓋取るな、ということなんですか？」

とユキさんがいう。

「それは違うんだよ」

ストーブに薪をくべている孝明さんがいう。

孝明さんはツネさんの七つ違いの弟だ。隣の地区に住んでいて、大工の棟梁をしている。短いゴマ塩頭に日に焼けた浅黒い顔。野太いかすれ声だ。久し振りにカマドでごはんを炊くから薪を分けてくれとツネさんに頼まれ、寒いだろうからとストーブの分も持ってきてくれたのだった。妻の美佐子さんも一緒にやってきた。

「初めチョロチョロというのは、そうしろというんじゃなくて、そうなってしまうということなんだよ」

「あらあ、どういうことなんですか?」

慶は孝明さんにいってからユキさんと視線を交わす。

「それはねえ」

と大きなテーブルの長椅子に座っている美佐子さんがいう。きれいな白髪に丸くカールがかかっている。

「昔はねえ、稲を脱穀した後のモミ殻でごはんを炊いたもんなんだよ。だからどうしても最初はチョロチョロとした火になってしまったのよ。だったら火が強くおきてから釜をかければいいんだけど、それではモミ殻がもったいないから火をつける前に釜をかけてしまっていたんだよ。だから初めはチョロチョロっていってしまったんだろうねえ。初めはチョロチョロだけどそのうちパッパと燃えてくるから、そうなったら最後まで蓋を取ってはだめだということなんだよ」

美佐子さんがそういうと、慶と希実ちゃんとユキさんがなるほどと納得してうなずく。太郎ちゃんさんは羽釜の蓋の隙間から立ち上る、いい匂いの湯気をじっと見たままだ。

「ツネさん。さっき沸騰した時に薪を半分ぐらいにして、それで今はオキ火にしましたけど、どういうタイミングでそうするんですか?」

慶は真剣な表情でカマドと羽釜を見ながらいう。

「釜が沸騰してきたら、吹きこぼれないように火を弱くするんだよ。それが中火にするということで、それから蓋の間からあぶくが出なくなったらオキ火にするってこんでね。弱火にするということだよ。このまま十分ぐらいかねえ、美佐子さん」

とツネさんは美佐子さんにいう。

「そんなもんだよねえ。昔は釜の音を聞いたりしてやったもんだけど、もう忘れてしまったよねえ」

美佐子さんはツネさんに笑う。

ツネさんはヨッコラショと気合いを入れて立ち上がった。美佐子さんの座っている長イスに腰掛ける。

慶はカマドの隣に置いてある二つの七輪にいきかけて窓の外を見やる。トタン屋根を叩く雨音が強くなって室内を包み込んでいた。

「降ってきましたねえ」

と慶は笑う。先程までは曇り空からポツリポツリと落ちていた雨が、今や本降りとなっていた。

原っぱは雨に濡れ、原っぱの向こうの裸の林に、いつの間にか霧が立ち込めていた。遠くの富士山はもちろん、南アルプスも八ヶ岳も雨雲に隠れて見えない。

「うーん、いい音。室内で雨の音を聞くのって好きなんです」

慶は屋根の勾配が剝き出しになっている天井を見上げる。

「何だか落ち着くわねえ」

ユキさんがうなずく。

「慶ちゃんは何でも好きなんだねえ」

とツネさんが笑って続ける。

「このくらいの降りじゃいいけど、もっと強くなったらやかましいくらいに大きな音がして、話すのがえらくなるよ。叫ぶぐらいに大きな声でいわなきゃ聞こえなくなって、落ち着くどころの騒ぎじゃなくなるさよ」

「そんなに大きな音になるんですか?」

と希実ちゃんが目を丸くする。

「トタンの屋根は雨音が大きいからなあ。それにこの土間の上は天井がないから、屋根の音がそのまま聞こえてしまうんだよ」

孝明さんが大きなテーブルの一人掛けイスに座りながらいう。

慶はカマドの横に回って二つの七輪の上のシャケを覗く。七輪は慶が持ってきたものと、ツネさんの家にあったやつだ。それぞれの七輪の網にシャケが二切れずつ乗っている。上になっている側は、網目がくっきり残ったきれいな焼き色がついている。さっき返したばかりなので、シャケがおいしそうな音を立てて煙が立ち上っている。

「どうだね慶ちゃん。いい具合に焼けたかね？」

慶の背中にツネさんの声が届く。

「はーい。すごくおいしそうです」

「あんたは何だって、すごくおいしそうっていうからねえ」

希実ちゃんがちゃかすようにいってシャケを覗きみ、

「うわあ、本当においしそうだわ」

感心するように声を上げた。

「本当！　おいしそう！」

ユキさんも感嘆の声を上げる。

「ああ、もうたまんねえス！　早く食いてえええ！　あ、本当にヨダレが出てきた！」

太郎ちゃんさんが慌てて右手で口を拭い、本当にもうあんたって人はと希実ちゃんが苦笑する。

「でも本当よねえ。このシャケおいしそうよねえ。市場か魚屋さんで買ってきたの？」

とユキさんが慶にいう。

「昨夜スーパーで買った普通のやつですよ。おいしそうなのは、炭火で焼いているからだと思います」

「まあ、スーパーで。でも、おいしそうなのは慶ちゃんの焼き方がいいからよね。さっきから真剣に、一生懸命って感じでシャケを見張っているもの」

「そうなんだよね」

と希実ちゃんがいう。

「慶ちゃんって、コーヒーとか紅茶淹れる時も、何かを料理する時も、一生懸命見つめてしまうから、見つめられたコーヒーとかシャケはうれしくなって、おいしくなってやる！　って張り切ってしまうんだよ、きっと」

「もしかして、おいしくなれって念力かけてる？」

ユキさんが真顔でいう。

「まさかあ。私ってドジだから、失敗しないようにって気をつけているだけですよ。シャケの切り身、あと五切れありますけどみんな焼いちゃいますね。太郎ちゃんさん食べられるでしょう？」

「もちろん！　だけど何でそんなに買ったんだよ？」

「太郎ちゃんさんがくるっていうから、いっぱい食べると思ってまたスーパーにいって買い足したんですよ。太郎ちゃんさん、食べッ振りがいいから」

「ラッキー！」

「ごはんもいっぱい炊いたから、誰か呼びたい人がいたら呼んだらどうかね」

とツネさんがいう。

「え、いいんですか？」

太郎ちゃんさんがツネさんを振り向いていう。

「お味噌汁も、太郎ちゃんさんが椎茸いっぱい持ってきてくれて、いっぱい作ったから、サントリーのミエちゃんさん呼んでみたらどうですか？」

慶はいたずらっぽく笑う。

「そうだよ。まだ仕事にいくには早いし、カマドで炊いたごはんっていえば飛んでくるんじゃない？」

と希実ちゃんがいい、だよねえ、と慶に向かって意味深な笑みを向けた。

太郎ちゃんさんは、エへへとにやけ顔で携帯電話を取り出す。ボタンを操作しながら玄関に向かい、携帯電話を耳に押し当てながら外に出た。

「あ、そうだ」

慶は顔を輝かせてツネさんを向く。

「私も一人呼んでいいですか？　三分一湧水の所で、『風の樹』っていう名前のお店やっているフミさんという人なんですけど、前にお釜で炊いたごはんを食べたいねえって、二人で話したことがあったんです」

「ああ、あのお店。お弁当がおいしいって慶ちゃんがいってたお店ね」

とユキさんがうなずく。

「私も知ってるよ」

とツネさんがいう。

「別荘の人の所にいって、そこの店に注文したっていう弁当食べさせてもらったんだけど、おいしかったよねえ。野菜の煮物とかは、材料のひとつひとつを違う鍋で、違う味付けで煮てるっていうから手がこんでるよ。何とかという人が一人でやってるっていってたけんど、そうそう、フミさんという人だったよねえ。声をかけてみればいいさよ」

はーいと慶は笑って携帯電話を取り出す。フミさんの番号を押して耳に当て、流しの方に歩いていく。フミさんはすぐに出た。

「おはようございます。フミさん、もう朝ごはん食べました?」

慶がフミさんにそういった時、テーブルで美佐子さんが声を上げた。

「私はその店で時々蕎麦を食べるよ。手打ち蕎麦でね、野菜のテンプラがカラっと揚がっていておいしいのよ」

「山菜のテンプラがうまかったなあ」

と孝明さんが相槌を打つ。

その向こうから、太郎ちゃんさんが満面の笑みを浮かべて玄関から入ってきた。

「どうだった?　ミエちゃんくるって?」

希実ちゃんが太郎ちゃんさんに声をかける。

「すぐいくって張り切ってた。いや参ったなあ、俺がいうとすぐくるもんなあ」

太郎ちゃんさんは自慢げに胸を張る。

「何偉そうなこといってんのよ。あんたに会いたいんじゃなくて、ミエちゃんはカマドで炊いたごはんを食べたいだけでしょうが」

希実ちゃんに突っ込まれてぎゃふんとなった太郎ちゃんさんは、

「いや、まあ、それはそうなんだけどさ、ハハハハ」

と笑ってごまかす。

慶は希実ちゃんと太郎ちゃんさんのやりとりに思わず吹き出しながら、

「そうなんです。カマド炊きごはんなんです。さっき弱火にしたところなんです」

と電話相手のフミさんにいう。

「あら、まだ蒸らしに入っていないの?」

とフミさんがいう。声が弾んでうれしそうだ。

「はい。まだです」

「じゃあこれからいけば、ちょうど出来上がりを食べられるじゃない」

「そうなんですよ。七輪でシャケを焼いて、ジャガイモと椎茸とワカメのお味噌汁を用意してます」

「うわあ、おいしそう。じゃあ私、細切りの塩ふき昆布持っていっちゃう。それからやっぱり生卵よね。好きなのよ、炊きたてのごはんで卵かけて食べるの。お茶はある?」

「ええ。ユキさんが封を切っていないお茶を持ってきてくれました。見たこともないゴージャスな袋に入った高そうなお茶なんです」

「それも楽しみね。じゃあすぐいくね」

「はーい。待ってます」

慶はボタンを押して電話を切った。フミさんがくるそうですといったとたん、

「こらッ、触るな!」

希実ちゃんが太郎ちゃんさんを叱りつけて、七輪のシャケに伸ばした太郎ちゃんさんの手をピシャリと叩く。

「いってえなあ。焦げてるんじゃないかと思って、見てやろうとしただけじゃないよ」

太郎ちゃんさんが手を引っ込めて苦笑する。

「黙って慶ちゃんにまかせておいてよ。誰かが触ると慶ちゃんの味じゃなくなっちゃうんだから。慶ちゃんにまかせた方がおいしいんだよ」

「そんなことないよ、希実ちゃん」

と慶は笑って七輪の前にしゃがむ。

「ううん。希実ちゃんのいう通りなのよねえ。この前私の店でバーベキューやった時もそうだった。誰が焼いても同じだと思うんだけど、不思議に慶ちゃんが焼いてくれたお肉がおいしかったのよねえ。私だけかと思ったらみんながそういうの。本当に不思議だった」

ユキさんが自分の言葉に合わせて、不思議そうな顔で感心するようにうなずく。

「ユキさん。慶ちゃんって、絶対においしい神様と仲良しなんですよ。それでおいしい神様から聞いた、食べ物をおいしくする秘密を知ってると思うんだ。白状しな」

と希実ちゃんがいって慶の肩を突っつく。

「秘密なんか何にもないんだってば。ただの食いしん坊なだけだよ」

慶は誰かに料理を教えてもらったことはない。東京の実家にいた頃に、母の料理を見よう見まねで覚えたということもない。料理をするようになったのは山梨で独り暮らしを始めてからだ。作り方の基本は何冊かの料理の本を参考にしたのだが、自分の好みに合わせて味を整えている。ただそれだけのことで、おいしくするためにひと手間ふた手間をかけているということはない。それなのに、何かの機会に料理をしてみんなで食べると、決まってみんながおいしいと顔を輝かせるのが慶には不思議だった。おいしくするために、特別なことは何もしていないのだ。それでも喜ぶみんなの顔を見るとうれしかった。

「私もそう思うねえ」

テーブルからツネさんの声が上がる。

「昨日、川の所で慶ちゃんが淹れてくれたコーヒー、本当においしかったよ。慶ちゃんから離れた所で、慶ちゃんが目玉焼きとパンを焼くのを見ていたけんど、うれしそうに笑って真剣に七輪の上を見ていてね、何だかおいしそうで食べてみたくなったさよ」

「ほらね。慶ちゃんて、料理する時とかコーヒーとか紅茶を淹れる時に、おいしい神様が乗り移っちゃうんだよ、きっと」

と希実ちゃんはいう。

「俺だっておいしい神様と友だちだよ。何食ってもうまいからさ。あ、ということは、何か食う時に、おいしい神様が俺に乗り移っちゃってるってことか？　ということは、俺って神ってこと？」

「あんたの神様は慶ちゃんの神様と違うのよ。大食らいのがっつき神様だよ」

希実ちゃんの言葉にカマドの前は笑いに包まれる。テーブルでもツネさんと美佐子さんと孝明さんが笑っている。

「にぎやかでいいねえ。朝ごはんで笑うのなんて、久し振りだよ」

とツネさんが誰にいうともなく独りごつ。

「本当だねえ。うちもこの人と二人だけになったから、朝ごはんで笑うなんてことないからねえ」

と美佐子さんがいう。

「何だか、元気になるなあ」

孝明さんがいうと、ツネさんと美佐子さんは笑ってうなずく。

「どれ、そろそろいい頃だよね。蒸らすとするかね」

ツネさんがテーブルに手をついて立ち上がった。

玄関の戸が開いて、うわッ、いい匂いがする！　本当に土間だ！　薪ストーブあったかい！

とにぎやかな三人がドヤドヤ入ってきた。

師匠またひろしさんとチックさんとミエちゃんさんだった。それぞれがおはようございますと歓声のように大きな声を出してみんなと挨拶を交わす。

「おじゃまします。浅井です」

と師匠またひろしさんがテーブルに座っている美佐子さんと孝明さんに会釈した。いつものカーキ色のツナギを着ている。太郎ちゃんさんほどではないが、百八十六センチと背が高い。

「山下です」

とチックさんも頭を下げた。ドラム缶を思わせる肉付きのいいガッシリした体躯でチェックのシャツがはち切れそうだ。笑顔も肉付きがいい。

「原口美江です。お招きありがとうございます。ずうずうしくきちゃいました」

ミエちゃんさんの明るい声が室内に響く。小柄で、エネルギッシュなハキハキした声と、明るい笑顔の持ち主だ。

慶が、カマドから羽釜を降ろしたツネさんを三人に紹介して、ツネさんと三人は挨拶を交わす。慶はカマドに味噌汁の鍋を置いた。あとは味噌を溶かしてワカメを散らすだけだ。

「何で師匠さんとチックが一緒なんだ?」

と太郎ちゃんさんは二人の男を見ながら少し憮然とする。

「だって誰か連れてきてもいいって、太郎ちゃんいったじゃない」

とミエちゃんさんが笑う。屈託のない笑顔に、太郎ちゃんさんが釣られて笑い出す。

「いや、ハハハ、いったけど、違う誰かを連れてきてよ。この二人は大食らいだから、俺の食べる分が減っちゃうじゃない、ハハハ」

「何いってんだよ。俺は太郎ちゃんほどじゃないよ。チックは太郎ちゃんとタメ張っちゃうけど」

と師匠さんがいう。

「そうなんだよね。太郎ちゃんとチックは食べ比べをしてもいつも引き分けになっちゃうんだよね。食べる物がなくなっちゃうから」

とミエちゃんさんがコロコロ笑う。

本当にあんたたちは底無し胃袋だよね、と希実ちゃんがいい、美食家といってくれよなとチックさんが気取ってみんなが笑う。

慶は七輪を覗き込んで、うん、いい感じ、といってシャケを皿に取った。シャケの皮がカリッとして、いい具合に焼き上がった。シャケを大きな紙皿に取り、残りのシャケを七輪の網に乗せる。ジリッと小気味いい焼き音がして、フワリと煙が上がる。流しの所に換気扇があるのだが、電気を止めてあるので使えず、煙は屋根勾配の天井にゆらゆらと上っていく。

紙皿のシャケをテーブルに持っていくと、ユキさんとミエちゃんと希実ちゃんがテーブルセッティングに勤しんでいた。紙の碗に皿、それにコップと割り箸。それぞれを人数分並べている。太郎ちゃんさんとチックさんと師匠さんはストーブの周りに立って暖を取り、釣りの話をしていた。

「あのツナギを着た人のことを師匠さんって呼ぶけど、何の師匠かね?」

とツネさんが慶にいう。

「みんなの渓流釣りの先生なんです。だからみんなが師匠またひろしさんって呼んでいるんです」

「またひろし。珍しい名前だね。ということは、浅井またひろしっていうのかね?」

「またひろしって聞かない名前だよね。どういう字を書くのかね?」

と美佐子さん。

「違うんです」

慶はクスリと笑い、希実ちゃん教えてやってといって七輪に戻る。希実ちゃんが話し始める。

「師匠さんはひろしっていうんです。だけど年上の人たちはまたひろしって呼んでいたんです。なぜかっていうと、釣りを覚え立ての頃に川にいきたくてたまらなかったんですって。それで釣りを教えてくれた人の家に毎日電話して釣りに誘うものだから、電話に出る奥さんが『またひろし君から電話だよ！』って旦那さんにいい続けて、それでまたひろしって呼ばれるようになったんです。今はみんなの師匠になったので師匠またひろしって訳なんです」

「ああ、それでかね。ならよかったさよ。私はまた、ガニマタがひどいからそう呼ばれるのかと思って、かわいそうになっちゃったよ」

ツネさんがホッとしたように笑い、ストーブの所で師匠さんがずっこけ、みんなが大笑いする。

「師匠さんは、何をしてる人かね？」

とツネさんが師匠さんに訊く。

「ハウスで花の苗を育てています。ガニマタじゃないですからね、ほら」

師匠さんは気をつけをして足を揃えて見せる。

師匠さんは白州にある大きなガラスハウスの温室で、カーネーションの苗を育てて出荷している自営業者だ。渓流釣りが大好きで、少しでも時間があると渓流に飛んでいく。

希実ちゃんが、ダイコンと野沢菜の漬け物をそれぞれ紙皿に盛り上げてテーブルに置いた。ツネさんの手作りの漬け物だ。希実ちゃんが、役得役得と呪文のようにいって、ダイコンをつまんで口に入れる。

「おいしい！」

コリコリと歯切れのいい音を立てる。

私もいただいちゃおうとユキさんが野沢菜を、私もとミエちゃんさんがダイコンを口に入れ、すぐにおいしいと声を揃えた。

「ほうかね。野沢菜はちょっとすっぱくなっちゃったよねえ」

とツネさんがうれしそうにいう。

「ちょうどいい具合ですよ。おいしいです」

ユキさんがツネさんに笑みを向けた。

玄関の戸が開いて、おはようございます、とフミさんがやってきた。白いものが混じった髪を後ろに束ねている。わあ、いっぱいいるねえと、みんなの笑顔が伝染したように笑っていう。みんながフミさんと挨拶を交わすと、どれどれ、もういいよねえ、とツネさんが羽釜に歩いた。みんなが待ちきれないという顔でツネさんの後についていく。美佐子さんと孝明さんはテーブルに残って笑って見ている。

「さあて、どうだろうねえ」

ツネさんが羽釜の蓋を開けた。

白っぽい透明な湯気がフンワリと舞い上がる。羽釜を覗き込むように囲んだみんなが、ピカピカに輝く真っ白いごはんを目にして、うわあ！　と歓声を上げ、一斉に深呼吸してあったかい湯気を吸い込む。

いい香り！　甘ーい！　たまんねえす！

歓喜の中、ツネさんは羽釜のごはんをしゃもじで切ってほぐしていく。ツネさんが釜の底からごはんを返すと、薄い茶色のお焦げが顔を出した。

食べたーい！　とみんなが声を揃え、ツネさんが紙皿にお焦げを取って差し出すと、みんながひとつまみずつ口に入れておいしいと顔をほころばした。

慶は七輪の前にしゃがんでみんなを眺める。朝の笑顔は格別だ。炊きたてごはんのように輝く一人一人の笑顔を見ていると、いい一日になりそうな気分がしてうれしくなってしまう。

「シャケが焼けました」

と慶がいうと、

「さあて、そろそろ食べようかね。お兄さん方の誰か、お釜、テーブルの方に持ってってくれんかね」

ツネさんがいい、師匠さんが羽釜を持ち上げてテーブルに運ぶ。美佐子さんがテーブルに鍋敷を置き、師匠さんはその上に羽釜を降ろした。

「誰か、太郎ちゃんさんの椎茸、ストーブで焼いてください」

慶は調理台の上の椎茸を指さす。いくつもの大きな椎茸が洗って縦割りにしてある。その横に、刻んだワカメが山のように盛ってある紙皿がある。ハーイとミエちゃんさんが明るく返事をして、椎茸を入れてある竹の籠を持っていく。太郎ちゃんさんがいそいそとミエちゃんさんの後を追った。

慶はカマドから味噌汁の鍋を降ろして調理台に乗せ、オタマに味噌を取って鍋の中で溶いた。味噌のいい香りが湯気に加わった。慶は紙の碗に汁を少し取って味見をする。

「おいしい。やっぱりいっぱい作るとおいしいね」

慶は独りごちてニッコリ笑う。


食卓が笑顔で満ちている。みんなうれしそうだ。

おいしい、うまい、幸せ、最高、という言葉が途切れることなく続いている。

太郎ちゃんさんとチックさんは紙の碗の大盛りごはんと格闘している。二人とも三杯目の大盛りだ。師匠さんとミエちゃんさんと希実ちゃんと慶は、二杯目のごはんが少し残っているだけだ。孝明さんは食べ終わって箸を置き、ツネさんと美佐子さんの紙の碗には一杯目のごはんが少し残っているだけだった。シャケは人数分に切り分けたが、ごはんと味噌汁と漬け物、それに焼き椎茸とフミさんが持ってきた塩ふき昆布と生卵は早いもの勝ちだった。羽釜のごはんと鍋の味噌汁は売り切れて、漬け物と椎茸と塩ふき昆布が少しずつ残っているだけだった。

「慶ちゃんのお味噌汁おいしい！　ダシは何？　味噌は慶ちゃんの手作り？」

ミエちゃんさんが味噌汁の紙の碗を手にしていう。

「インスタントのダシです。スーパーで買ったやつ。味噌もスーパーのやつですよ」

「えー！　そうなの？　慶ちゃんが作ると何でもおいしいよねえ。希実ちゃんとこで、研修にきている人たちと一緒に食べた朝ごはん、スーパーのパンだったけど、慶ちゃんが焼いてくれたのって何だかおいしかったよねえ」

「そんなことないですよ。みんなで食べたからですよ。みんなで食べるとおいしいからですよ」

「そうかなあ。慶ちゃんが作るごはんって、何だか分かんないけどおいしいんだよね」

「そうなのよね。さっきもその話をしていたのよ。慶ちゃんが作ると何でもおいしく感じるって。シャケもすごくおいしい」

と希実ちゃんがいう。

そうなのよねえ、とユキさんがいう。

「慶ちゃんって、作っている時って真剣だけど、うれしそうに笑っているからじゃないかしら。身体の動きとか、手の動きとかが、何ともいえずにいい感じなのよ。見ている人をおいしそうって思わせる、胸をくすぐるような感じなのよね。催眠術にかかってしまいそうな、いい気持ちにさせるのよ」

「あ、分かる分かる」

とフミさんがうなずいて続ける。

「ほら、お抹茶を点てる人って、上手な人の所作を見てるとおいしそうっていい気持ちになっちゃうのよね。慶ちゃんもそんな感じなのよね、きっと」

「本当だよねえ。私も慶ちゃんがパンを焼いている姿を見て、慶ちゃんが焼いているパンを食べてみたいって思ってしまったさよ。本当においしそうだったものねえ」

とツネさんが慶に笑いかける。

「きっと私、食べたそうにヨダレを垂らしていたからじゃないですか。それよりも、カマドごはん、最高においしいですね。ごはんがこんなにおいしいなんて、びっくりです」

慶はツネさんに満面の笑顔を向ける。

「そうだねえ。カマドで炊いたごはんを食べるのは久し振りだけど、やっぱりおいしいねえ」

「そうなんだよねえ。電気釜のごはんの味になれてしまったけど、昔からのごはんの味はこうだったんだよねえ」

と美佐子さんがいって、愛おしそうにゆっくりとごはんを口に運ぶ。

「このお米は、ツネさんの田んぼで採れたお米ですか?」

とユキさんが尋ねる。

「そうなんだけど、今は息子が田んぼやらないから人に貸しているんだよ。田んぼを貸りた人が米を作って、できた米のいくらかを地代としてもらうというこんでね」

とツネさんがいい、孝明さんが続ける。

「農家はどこでもそうだけど、若いのが農業を離れるからみんな年寄りだけになってしまって、年寄りだけだと田んぼ作業がえらいから、誰かに貸して、できた米を少しばかりもらうという契約が多くなってきたんだよ」

そうなんですかと、みんなが口々にいってうなずく。孝明さんもうなずきながら話し続ける。

「今はコシヒカリだのあきたこまちだけど、昔はこの辺で作っていたのは農林四十八号って米でね。あれは水気が多いから、粘り気があってね、昔は忙しくてごはん時に毎回ごはんを炊いちゃいられんかったから、あの米は冷たくてもパサパサしなくておいしいって人気だったんだよ。弁当のごはんなんかにはよかったなあ」

「へえ、おいしそう。その農林四十八号、食べてみたいですねえ」

と慶はいう。

「何だ慶ちゃん、食べたことないの？」

希実ちゃんが意外そうな顔をする。

「ないよ」

「道の駅に売ってるよ」

「えー、知らなかった。道の駅、よくいくのに見たことないなあ」

慶はさも悔しそうにいう。

希実ちゃんが慶に笑いかける。

「いつも少ししか出ないから売れてなくなっちゃってたかもね。今度見つけたら買っておくからさ」

「うん。サンキュー」

慶は希実ちゃんに笑い、それからツネさんを振り向く。

「ツネさん、お願いがあるんですけど。私にカマドでごはん炊かせてください。もちろんツネさんに教えてもらってですけど。ツネさんの都合のいい時でかまいませんから。ツネさんが楽しそうにごはんを炊いているので、私もホームセンターで簡易カマドを買ってやりたくなっちゃいました」

「そうかね。いつでもいいさよ。慶ちゃんが炊いたお釜ごはん、私も食べてみたいさよ。慶ちゃんが炊いたらおいしそうだよねえ」

ツネさんが笑うと、一斉に、食べたーいと明るい声が上がる。

「いいですけど、ごちそうできるのは、ちょっと先になりそうですよ」

「あら、どうして？」

とユキさんがいう。

「だって、簡易カマドを買って、ツネさんみたいにおいしく炊けるまで、何回か練習しなければならないじゃないですか。だからちょっと先になりそうなんです」

「ホームセンターで買わなくても、ここのカマドでごはん炊いて練習すればいいさよ。そうすればまたこうしてみんなが集まって、おいしい朝ごはんが食べられるじゃないよ」

とツネさんがいう。

「あ、それいいなあ。こんなうまい朝ごはん食べられるなら、毎日練習してほしいなあ」

太郎ちゃんさんが口をモグモグさせながらいう。

「ということは、毎朝ここでごはん食べられるってこと？　やったあ！」

「何いってるのよ。慶ちゃんの朝ごはんなら毎日食べたいけど、慶ちゃんだって仕事があるんだからそうはいかないわよ」

「そうそう。ここは慶ちゃんのお店じゃないんだからね」

希実ちゃんとミエちゃんさんがまくし立てる。

「そりゃそうだよなあ。店じゃないから毎日という訳にはいかないよなあ」

師匠さんが残念そうにうなずく。

「でもやっぱりおいしい朝ごはんを食べると元気になっちゃいますよね。私、朝が大好きなので、いつか朝ごはん屋さんをやりたいと思っているんですけど、みなさんの笑顔を見ていたら早くやりたくなっちゃいました。いつか本当にやりたいですね」

慶は満面の笑顔でいう。

「どうしていつかなの?」

ユキさんが小首を傾げる。

「だって、お店のこと何も分からないし、料理とかコーヒーの淹れ方も、ちゃんと習わなければいけないじゃないですか。それにお金もまだ足りなさそうだし。だからです」

朝ごはん屋かあ、といってフミさんが続ける。

「それいいかもね。気軽にいける朝ごはん屋さんて、この辺にはないものね。私さ、毎日お客さんのために料理してるから、たまにはさ、誰かの作った朝ごはん食べたいって思うもの」

「私もなんですよ。お店やっていると、朝ぐらいはどっかのお店でゆったりと朝ごはん食べたい、誰かが作ってくれた朝ごはんが食べたいって、無性に思うことがあるんですよ」

とユキさんがフミさんに笑う。

「慶ちゃん。朝ごはん屋さん、やってくれんかね」

ツネさんが身を乗り出していう。

「年取ると、一人の朝ごはんは、作るのがおっくうになっちゃって残り物ですましちゃうことがあるけど、そんな時に慶ちゃんが朝ごはん屋さんやっていたら、気軽に食べにいけるからありがたいよねえ」

「本当だよねえ。たまには私も誰かが作ってくれた朝ごはんが食べたいわねえ。寝坊できるし、気分が変わっていつもと違う一日が始まりそうで、いいんじゃないかしらねえ」

美佐子さんがツネさんにいってから慶に笑う。孝明さんが笑ってうなずいている。

「そうだよなあ。俺は寝坊ばっかしだから、朝飯食わないで会社にいっちゃうけど、慶ちゃんが朝ごはん屋をやっていたら、毎日ってぐらい早起きして食べにきちゃうよ」

とチックさんがいうと、

「俺は朝早いから、忙しくなると朝飯食ってる暇がなくて、仕事が一段落した時間にコンビニ弁当ですましちゃうから、慶ちゃんが朝ごはん屋さんやってくれたらちょっとは落ち着いて食えるからうれしいよなあ」

と太郎ちゃんさんがいい、

「あんたたちは出入り禁止。いっぱい食べすぎるから赤字になっちゃうもの」

と希実ちゃんがいってみんながどっと笑う。

「俺はさ、釣りにいく時、慶ちゃんとこで朝ごはん食って、それで昼のおにぎりか弁当作ってほしいなあ。朝早いと、コンビニに弁当揃っていないことがあるんだよね。慶ちゃんが作った弁当持っていったら気分がよくて、絶対にいっぱい釣れそうだよなあ」

師匠またひろしさんがいうと、

「それよりもね、朝暗い内から釣りにいって、それで釣れたイワナを慶ちゃんの店で焼いて、朝ごはんを食べればいいじゃない。そうすれば私たちもおいしい天然イワナの塩焼きで朝ごはんが食べられるもん。いい考えでしょう！」

とミエちゃんさんが瞳を輝かせる。

「自分がイワナの塩焼き食べたいからじゃないの？」

「まあ、そうなんだけどね」

へへへ、とミエちゃんさんが笑うと、

「でもそれっていいなあ。天然イワナの塩焼きって、本当においしいものね。朝ごはんで天然イワナの塩焼き。ああ、食べたいなあ」

ユキさんが胸の前で手を合わせて憧れの目つきをする。

「私もその朝ごはん食べたーい！」

慶はミエちゃんさんに負けないぐらいに瞳を輝かせる。

慶は以前、川魚は独特の澱んだような水の臭いがして苦手だった。希実ちゃんの家でバーベキューをした時に、師匠さんが釣ってきたイワナの塩焼きを初めて食べて、あまりのおいしさに目からウロコものの感激を味わった。さっぱりとした淡白な味でほのかな甘みがあったからだ。人家がない、ずっと山奥のきれいな水の渓流で釣ってくるからだと師匠さんが教えてくれた。

「あんたが食べてどうするのよ。お客さんをほっといて自分が食べるって、マンガだよ」

と希実ちゃんがあきれる。

「あ、そうかあ」

慶は照れ笑いをしてから、

「だけど朝ごはん屋さんやるってまだまだ先のことだから、それまでに師匠さんが釣ってきてくれたイワナでおいしい朝ごはんが食べたいなあ。イワナの塩焼きで朝ごはんの会をしましょうよ。師匠さんお願い」

と手を合わせる。

「じゃあ一緒に釣りにいこうよ。自分で釣ったイワナを食べるのって最高にうまいんだからさ。あ、ダメだ」

師匠さんはハッと気づいたような顔をする。

「あら、どうしてダメなんですか?」

「慶ちゃんがいったら、はしゃいじゃって釣りにならないような気がする」

「俺もそう思う。にぎやかになっちゃって、魚がみんな逃げちゃうよ、絶対」

と太郎ちゃんさんが絶対に力を込めていう。

「えー、そんなことないですよ」

「いや、俺もダメだと思うな。キャーキャーうるさくって、あんまり楽しそうだから熊公が何だ何だって何頭も見物しにきて、おっかないことになると思うなあ」

チックさんが真面目くさった顔つきでいう。

「そんなあ。普通、熊さんって、人間の声がしたら逃げていくんじゃなかったでしたっけ?」

慶は首を傾げる。

「普通はそうなんだけど、慶ちゃんはものすごく楽しそうに騒ぐと思うから、熊も不思議に思って寄ってきそうな感じがする」

「そうそう。ミエちゃんが一緒にいった時も盛大にはしゃいじゃって、やかましくって釣りどころの騒ぎじゃなかったもんなあ。おまけに猿の集団に取り囲まれておっとろしかったよなあ。サルがやかましい! って文句をつけに来たんだよ、絶対」

と師匠さんが顔をしかめ、ミエちゃんさんがエへへへ、と照れ笑いをする。

「釣りの話じゃなくて朝ごはん屋さんの話でしょう。脱線しないでよね。ちょうどいいじゃない慶ちゃん。会社クビになったんだから、朝ごはん屋さんやれば?」

と希実ちゃんがいう。

「慶ちゃん、またクビになったの!?」

フミさんが目をパチクリさせていう。

「そうなんですよ。仕方がないんですけどね」

慶は苦笑いをする。誰もが、また! と驚くのが我がことながらおかしい。

「だったら本当にちょうどいいじゃない。朝ごはん屋さん、始められるじゃない。やりなさいよ。みんながやってほしいっていうんだからさ」

「そうよ慶ちゃん。慶ちゃんの朝ごはん屋さんなら、きっとお客さんがくると思うわよ。慶ちゃん、何でもおいしく作れるんだもの。それに慶ちゃんの持っている雰囲気って、とってもいいもの。慶ちゃんのお店にいきたいって思う雰囲気があるの」

フミさんとユキさんが、慶を見つめて目に力を込めていう。

慶はみんなを見回す。

みんなが慶を見ている。

美佐子さんと孝明さん、フミさん、ミエちゃんさん、太郎ちゃんさん、チックさんが笑っている。ツネさん、ユキさん、師匠さん、希実ちゃんは真剣な顔つきだ。誰一人として冷やかし顔の者はいない。みんなが慶のことをちゃんと考えているのだ。

「ありがとうございます」

慶はみんなに頭を下げた。胸が熱くなって、顔まで熱い。

「すごくうれしいです。みなさんがそういってくれて、本当に朝ごはん屋さんをやりたくなりました。いつか自分で朝ごはん屋さんを始めて、自分を雇えるように頑張ります」

「そうよね。私たち自営業って、自分で自分を雇っているのよね。慶ちゃん、うまいこというわね」

とフミさんが感心して笑う。

「そういうことだよなあ。考えてみれば自分に就職したってことだもんなあ」

花の苗を育てている師匠さんがうなずく。

「そうなんですよね。さっき気づいたんですけど、自分に就職すれば会社とか誰かにリストラされることはないですもんね。自分にリストラされることはあるかもしれないけど、自分にリストラされたら納得できますからね」

慶は晴々とした顔でいう。

「自分にリストラされるって、どういうことよ？」

と希実ちゃん。

「よく分かんないけど、一生懸命やったけど食べていけないからクビとか、そういうことなんじゃないかな。でも好きなことを一生懸命やったんだったら、自分にリストラされても納得できるような気がするんだ」

「いやいやいや、慶ちゃんってほんわか顔に似合わず、時々すごいことというから侮れないよねえ。俺も自分にリストラされないように一生懸命やらなくちゃ」

キノコ栽培家の太郎ちゃんさんが真面目くさった顔でいう。

「太郎ちゃんもボーッとしてばかりいないで、時々いいこといいなさいよね。でも、いいことわないでボーッとしてるのが、太郎ちゃんらしくて私はいいと思うけどね」

ミエちゃんさんが顔を赤くして笑う。

「それって、まるっきりバカにしてない？」

と太郎ちゃんさんがミエちゃんさんに負けないぐらいに顔を赤くして笑う。

みんなの笑い声が明るく響き、その大きな笑い声を、

「慶ちゃん。どうしても朝ごはん屋さんはすぐに始められないのかね？」

とツネさんの声が割った。

「本当はすぐにでも始めたいって気分なんですけど、料理を勉強したり、もう少しお金も貯めないとって感じなんです」

いつかはみんなが喜ぶようなことをしたいと思い、その時のためにと毎月の給料からコツコツ貯金してきた。アパート暮らしなのでそう多くは貯金できなかったけれど、およそ三百万円の貯金がある。十年働いて三百万円。多いのか少ないのか慶には分からない。

「開店資金を貯めないといかんのかね？」

「そうですね。お店を借りるとなったらいろいろかかるだろうし、それに生活費のこともありますから」

「慶ちゃん。だったらさ、私の店で朝ごはん屋さんを始めたら？」

とフミさんがおもむろにいう。

「えー？　フミさんの店でですかあ？」

慶は驚いて目をパチクリさせる。思ってもみなかったことだ。

「だけど、フミさん、お店はどうするんですか？」

「朝ごはん屋さんっていうから、朝だけでしょう？　私の店の開店は十一時半だから、それまでに適当に終わらせればいいわよ。それに私の店は金、土、日の週末だけだし、それ以外は店を好きに使っていいし、最初からあれこれ揃えなくてもいいからその分出費がないじゃない。それに週末は慶ちゃんさえよかったら、朝ごはん屋さんからそのまま続けてさ、私の店手伝ってくれるとありがたいし。もちろん、アルバイト代は払うわよ」

フミさんは大様に構えていう。万事にこの調子だ。フミさんは藍染め作家とファッションデザイナーの顔も持っている。週末以外は染物や、古い着物などを使って創作衣服を作っている。

「それはありがたいですけど、でもやっぱりフミさんにいろいろ迷惑をかけそうだから、遠慮します。ありがとうございます」

「迷惑なんて全然。店ってさ、みんながやってほしいっていう時にやるのが一番なのよ。私の店も、昔、別荘の人たちから食事するところがないからやってっていわれて、それで始めたのよ。私の店をやる前からお客さんがいるんだから、心強いのよね。朝ごはん屋さん、いいと思うわよ。きっと別荘の人たちも食べにくると思うわよ」

「慶ちゃん。それなら、ここでやったらどうかね？」

とツネさんがいう。

「ここでって、この家でですか？」

「そうさよ。ここなら好きなように使っていいさよ。物置にしてるといっても、奥の畳の部屋にガラクタが少しあるだけだし、そんなものは一部屋に片づけられるしね。上がり框の向こうの板の間は広いから、テーブルもいくつか置けるし、何だったら真ん中の敷板を外すと囲炉裏になっているから、そこでも座って食べられるしね」

「ええ！　囲炉裏があるんですかあ⁉」

と瞬時に、古民家大好きの希実ちゃんが歓喜の声を上げる。どこどこ、囲炉裏はいいねえ、朝ごはんもお酒飲むのも最高だよね、とみんなが口々にいう。

慶は室内を見回す。土間。カマド。囲炉裏つきの板の間。窓から見える家を囲む芝草。その向こうの畑。草原の丘。南アルプス、富士山、秩父の山々、八ヶ岳。朝ごはんがおいしい大好きな景色だ。

「義姉さん、そりゃあダメだよ。今の若い人は酒落た店にしたいだろうから、ここを酒落た店にするとなったらエライお金がかかりそうだよ。慶ちゃんはお金がないっていってるんだから、ここじゃあ無理なんじゃないかねえ」

美佐子さんが深い吐息と共に首を振る。

「洒落た店にするってんならそうだけど、このままでもいいっていうんならそんなに改装費もかからんよ」

と孝明さんがいう。

「このままでもお店ができるんですか？」

慶はおずおずという。

「できるできる。俺は商売柄飲食店を建てたり店内を改装したりしてるから、保健所の営業許可関係のことは知ってるんだ。大雑把にいうと、厨房さえ四角く囲ってあればオーケーだ。客席は土間だろうと板の間だろうと汚くないならいいんだよ」

「そうなのよ、慶ちゃん。とにかく厨房をきちっと囲って清潔にすればいいの。だから、ここの場合は厨房を囲うのにお金が必要で、あとはこのままでいいというならこのままで営業できるのよ」

ユキさんが慶に笑顔を向ける。

「そうそう。極端な話が、店の中にトイレが無くてもお店はできるのよ。トイレ無いからどっかでしてくださいい、という店でもいいいんだから」

とフミさんが笑う。

「ええ⁉ そうなんですか⁉」

と慶は目を丸くする。トイレが無くても飲食店ができるなんて信じられない。

「まさか？ トイレ無しじゃ営業できないでしょう！」

師匠またひろしさんも目を丸くする。

「そうだよなあ。食べて飲んだらトイレいきたくなっちゃうよなあ。すみません、トイレどこですか？ って聞いて、うちトイレ無いんですっていわれたらパニックになっちゃうよなあ」

太郎ちゃんさんがいって笑うと、みんなもそうだよなあと笑う。

「だってね、都会のビルの中の店とか、田舎の店って、トイレが店の中に無くて、ビルの共同トイレとか店の外にあるっていう所がいっぱいあるじゃない。実際問題としてはトイレが無いと困っちゃうけど、でも営業許可的にはトイレが無くても大丈夫なのよ」

とユキさんはいって笑う。

「とにかく、ここでお店やろうと思えばできるのよ。厨房の設備は安い中古だっていいいんだし、お金をかけて立派に造らなくってていいのよ。何だったら私が中古屋に一緒にいって見てあげるわよ。好きなのよ、中古屋さんでいいもの探すの」

とフミさんが笑う。

慶は改めて室内を見回す。

きれいでセンスのいい造りの洒落た店もいいけど、土間のある簡素な雰囲気の店も落ち着いていていい。それに、何といったって、ここは朝ごはんがとびきりおいしい、最高の景色の中の場所だ。

「カマドはどうなんですか？　厨房にあってもいいんでしょうか？」

慶は孝明さんに尋ねる。

「いいんだよ。前に古民家を改築して店にしたいって施主がいて、それで昔からあるカマドを囲って厨房にしたいっていうから、保健所に聞いたことがあったんだよ。厨房の床は板なりタイルなりちゃんと敷かなくちゃいけないんだけんど、昔からあるカマドの所はそのままでいいということだった。その店は結局、厨房の位置関係でカマドは厨房に取り込めなくて片付けてしまったけどね。だからここも厨房の囲いの中なら、カマドのあるところだけはそのままでいいんだよ」

「そうなんですか！」

慶はうれしくなって声を弾ませる。それからまた室内を見回す。

ここで食べる朝ごはんは最高においしい。外で食べても、この家の中で食べても、おいしくて元気が出る。

慶は姿勢を正してツネさんに向き直る。

「ツネさん、私にここのお家を貸していただけますか？　ここなら朝ごはん屋さんができそうな気がします」

慶はいってからギュッと口元を引き締める。大きな決心をしたので笑顔も強張ってしまう。

「いいさよ。お金がないなら、初めは家賃なんかいらんから、好きなように造り直して使っていいさよ」

「あの、初めからちゃんと家賃を払わせてください。お店をやるならちゃんとやりたいんです。そうじゃないと、ずぼらな私は何でも甘えてしまうと思うんです」

「そうかね。慶ちゃんがそうしたいんだったら、家賃のことはちゃんとしようかね」

「といっても、そんなに多くは払えないと思いますので、よろしくお願いします」

「しっかりしてるというか、ちゃっかりしてるというか、これなら慶ちゃん、ちゃんとお店やっていけるかも」

希実ちゃんがいってみんなが笑う。

「私、ツネさんからここを借りて、朝ごはん屋さんをやります。この家なら力まずに、ありのままの自分で朝ごはん屋さんができると思うんです。よろしくお願いします」

慶はいってから大きく息を吸う。深呼吸が気持ちいい。

みんなが喜んでくれる何かがしたかった。朝ごはん屋さんならそれができるかもしれない。一生懸命おいしい朝ごはんを作れば、きっと誰かが喜んでくれる。

みんなが、わあ！　と喜びの歓声をあげ、続いて祝福の拍手が沸く。

「朝ごはん屋さん、すごくいいと思う。お店っていろいろと大変は大変だけど、慶ちゃんなら大丈夫だと思うわ」

とユキさんがエールを送る。

「そうね。最初からお客さんがいっぱいくるという訳にはいかないだろうけど、でもさ、初めのうちお金が大変だったら、朝ごはん屋さん終わってから、私の店でアルバイトしたっていいしさ」

「フミさん、お願いします。フミさんにいろいろ料理のイロハを教わりたいんです」

「慶ちゃん。私の所も時々お手伝いお願いしたいわ。パーティーが入ると一人じゃてんてこ舞いになっちゃって、いつも大変なの」

「ありがとうございます。みなさん、よろしくお願いします」

慶は立ち上がって深々と頭を下げた。

初夏

瑞牆山の空が明るく輝き始めた。雲が多いものの日の出は拝めそうだ。草原の丘を渡る五月の微風が、開け放した窓から初夏の甘い香りを運んでいる。

店内に新しい朝の光りが差し込んでいる。慶にとっても新しい朝の始まりだ。土曜日。慶の店、『朝ごはん屋・おはようございます』開店の朝。

慶は大きく口を開けて、ブルーベリージャムをたっぷり乗せたトーストにかじりついた。厨房の小さなスツールに腰掛けて、窓の景色を眺めながらの朝ごはんだった。厨房の窓に、八ヶ岳の峰々が青く輝き始めている。

ブルーベリージャムは、希実ちゃんから去年もらったお手製のジャムだ。甘さと酸っぱさが程よく、果肉が残っていて歯ごたえも楽しめる手作りならではのジャムだ。希実ちゃんの畑で栽培しているブルーベリーで、今年は一緒にジャムを作ろうと約束をしている。

「ああ、おいしい」

慶は幸せそうに笑う。それからマグカップのミルクティーを一口飲んで、

「んー、おいしい」

とまた笑う。笑みを浮かべたまま広い厨房を見回す。

二槽式のシンク。大きな調理台。ガスレンジ。トースター。冷蔵庫。フミさんと一緒に中古屋に出向いて格安で揃えたものだ。土間にあるカマドでは、羽釜のごはんがもうすぐ炊き上がりそうだ。カマドの横に炭がおきている七輪が二つ。そのすぐ上で、大きな換気扇が静かに回り続けている。

慶はトーストの最後の一かけらを口に入れ、食べてからミルクティーを飲み干す。深呼吸して息を吐き、

「さて」

と小さく気合いを入れて立ち上がる。胸まである麻の白いエプロンの結び目を、ギュッと締める。厨房を出て土間の店内に立ち、ゆっくりと見回す。この日の開店に向けて、三日かけて隅から隅まで入念に掃除した。

厨房を仕切るカウンターにはイスが四つ。土間の真ん中にツネさん家族が使っていた大きなテーブル。東側の窓と南側の窓に四人掛けのテーブル。上がり框から続く板の間には囲炉裏を開けてある。板の間はピカピカに磨き上げた。

「いよいよ開店だよ。よろしくお願いします」

慶は店内に頭をさげ、

「頑張ろうね！」

と小さくガッツポーズを作る。

南側の出入り口から外に出ると、丘の草原が気持ちよさそうに揺れていた。南アルプスの甲斐駒ヶ岳の残雪が、朝焼けに赤く染まって一輪の大きなバラの花のようだ。富士山は雲に隠れて見えなかった。丘を囲む樹木の新緑が清々しい。

玄関を出ると、南側のテラスに四人掛けのテーブルがひとつ。そして東側のテラスにもひとつ。二つのテラスは高さを低くしてある。

慶は北側の道に面した店の看板の所までいって、家の西側の駐車場を見た。砂利を敷いたスペースには四台の車が楽々駐車できる。慶の車はその向こうの草地に停めてある。

慶は看板を向き直り、

『朝ごはん屋・おはようございます』

の文字を見て、店名を決める時の大騒ぎを思い出してクスリと笑う。

店の名前を『おはようございます』にしたいとみんなに告げた時、いいじゃない、ダサイと賛否両論入り乱れて大騒ぎになってしまったのだ。もっと店らしい名前にした方がいいと、ズバリ『朝ごはん屋』がいいだの、いや『おはよう亭』の方がいい、いやいやそれなら『おはようｓａｎ』の方が洒落てる、横文字使うなら『キッチンｋｅｉ』だろう、『オッハー！』の方が元気でいい、元気が出るなら『パワーごはん』だろう、『朝の魔法』はどうだ！　などと侃々諤々、寄ると触ると店名のアイデアを披露し合って収拾がつかなくなった。

みんながそれだけ真剣に考えてくれるのはうれしかったけど、結局自分で考えた『おはようございます』に決めた。おはようございます、という言葉が大好きだった。新しい朝が始まるという気分がしてうれしくなる。もっと店らしい名前にした方がいいかもしれないという思いもあったけれど、朝一番の大好きな言葉を店の名前にしようと決めたのだった。

看板は孝明さんに頼んで、看板屋さんに作ってもらった。白地に緑色で、朝ごはん屋、少し大きく、おはようございます、と自分で書いた。朝五時開店、午前十一時閉店。

慶は店の外観を見回す。テラスを新しく造っただけで、建物は昔ながらの古いままだ。それから看板を見つめて、

「よろしくね。頑張ろうね」

と笑う。

朝日が差して、『おはようございます』の看板が明るく輝いた。

丘を登り切った道の上にポツンと頭が見えた。白と黒のツートンカラーの帽子が少しぎこちなく揺れている。朝日を浴びた日に焼けた笑顔。ツネさんだ。

「おはようございまあーす！」

慶は伸び上がるようにして手を振る。

ツネさんが慶に応えて手を振った。少し腰をかがめ、腕を腰に回して身体を左右に振りながら

歩いてくる。慶はうれしくなって歩み寄る。

「ツネさん、おはようございます」

「はあ、疲れた」

ツネは大きく息を吐きながら笑う。

「急いで歩いたからえらかったさよ。はい、おはようございます。いよいよ開店だねえ」

「ツネさんのおかげです。ありがとうございます」

「私は何もしてないさよ」

「いいえ。ツネさんがここを貸してくれなかったら、お店を開店することはできませんでした。本当にありがとうございます。それにお家賃も格安にしていただいて、本当に何から何までお世話になりました。これからもよろしくお願いします」

「やだよう、慶ちゃん。そんな堅苦しいことは無しにしようっていったじゃない。この家だって、どうせ取り壊そうと思っていたぐらいだから、慶ちゃんに使ってもらって私もうれしいさよ。家賃も入ってくるしさ」

家賃は二人で話し合って三万円に決めた。最初に慶が四万円でどうでしょうかというと、ツネさんは、家を貸して儲けようとするつもりはないから二万円でいいといった。固定資産税が払えるからそのぐらいもらえると助かると、ツネさんは申し訳なさそうにいうのだった。それで中を取って三万円にした。そのかわり、ツネさんが店で食べる朝ごはんはいつでもタダということにしますと慶がいうと、ツネさんはそれはダメだと固辞した。いくら家主といっても店でタダ食いはできない、そんなことは私の気持ちが許さないからそれはダメだと首を振った。ちゃんとお金を払って大威張りで食べたいさよ、とツネさんは笑うのだった。

「何だか昨夜は寝つけなくてね。ここで店をやったらどうよって慶ちゃんにいったものの、こんなボロ屋で店を始めさせて、お客さんがこなかったら申し訳ないと、もう心配で心配で。それで居ても立ってても居られなくて、急ぎ足できてしまったさよ」

ツネさんは真剣な顔つきでいう。

「ありがとうございます。実は、本当のことをいうと、私もお客さんがきてくれるかどうか心配なんです。ツネさんが心配しているボロ屋だからっていうんじゃないです。この古い家の佇まいはとってもすてきなんです。素朴で、誰でも気軽にやってこれる朝ごはん屋さんって感じで。私の心配は、ただ単純に、お客さんが一人もこなかったらどうしようっていう不安なんです」

慶は店構えを見回していう。

古い板張りの壁はそのままにした。壊れかけている箇所は孝明さんが直して、古い板と同じ色になるようにと塗装してくれた。トタン屋根も新しくペンキを塗った。緑の草原に映えると考えて赤っぽい色にした。緑の草原にポツンとある、古い板張りの赤い屋根。あたたかみのあるいい色合いになった。小さな花壇も造った。思っていたよりも雰囲気がよくて笑みがこぼれる。

「でも慶ちゃん、何だかうれしそうだねえ。不安があるっていう感じはちっともしないよ」

「そうなんですよね。心配なんですけど、何だかワクワクして楽しいんです。能天気ですから、まあ何とかなるって思っているだけですけどね」

「そうだよねえ。お店が始まるんだから、心配ばかりしていてもしょうがないよねえ。でも、まさかこのボロ屋がお店になるなんてねえ、私もドキドキしてきたよ。あ、そうそう。はい、これ。気持ちだけの開店祝い」

ツネさんは腰に回した腕をほどいて小さな花束を差し出す。色とりどりの初夏の花々だ。

「わあ、きれい！　私にですか⁉」

「慶ちゃんが、開店祝いは断るってみんなにいったもんだから、手ぶらでこようと思ったけんども、気持ちぐらいならいいだろうと出掛けに庭の花と野花を摘んできたんだよ。迷惑だったかね？」

「ツネさん、ありがとうございます。とってもうれしいです。カウンターに飾ります。カウンターがちょっとさみしいかなって思っていたんです」

慶は朝ごはん屋を静かに開店したかった。華美な花束や花籠、お祝い品が並ぶ華々しい開店は、素朴な店の朝ごはん屋には似つかわしくない。そのことをみんなにいって理解してもらった。

遠くからエンジン音が聞こえてきた。白い車がやってくる。ワンボックス・カーだ。

白いワンボックス・カーは二人の所で停車した。助手席の窓が開いた。運転席でフミさんが笑っている。

「慶ちゃん、おはよう。車、駐車場に入れていい？　それとも慶ちゃんの車の隣に突っ込む？」

「おはようございます、フミさん。駐車場に入れてください」

慶が車を覗き込んでフミさんにいうと、

「あら、もう一台きたさよ」

とツネさんがいう。

フミさんがやってきた道を、大きな四輪駆動車が力強く道を蹴ってやってくる。フミさんが車を発進させるとすぐに、四輪駆動車が慶とツネさんの前に停まった。全開にした助手席の窓から太郎ちゃんさんが大きな顔を出す。運転席には師匠またひろしさん。後ろの座席にタカテンさんとチックさんが乗っている。

「あ、ツネさん、おはようございます。慶ちゃんおはようございます。俺たちが一番乗りだよねって喜ばそうと思ったら、もうツネさんがいるじゃないですか。ハハハハ」

太郎ちゃんさんがのんびりした口調でいって笑う。

「太郎ちゃんさん、師匠さん、チックさん、タカテンさん、おはようございます。ツネさんが一番で、今フミさんがきて、だからみなさんは三番乗りですね」

慶が答えると車の中の三人が挨拶を返し、

「ほらみろ。だからいったじゃないか。もっと早く集まれって。一番の客になり損ねてしまったじゃないか」

運転席で師匠さんが喚く。

「いやあ、ハハハ、慶ちゃんの店の、最初の客になろうって決めて待ち合わせしたんですよ。渓流に釣りにいく前に慶ちゃんとこで朝ごはんを食べようって。まさか開店時間前に、もう誰かがいるなんて思わなかったよなあ、ハハハハ」

「太郎ちゃん、太郎ちゃん。誰が寝坊して遅れてきたんだっけ?」

と師匠さんが太郎ちゃんさんを突っつく。

「また後ろからきたさよ。今度は赤い車だねえ」

ツネさんの言葉に慶は顔を向ける。四輪駆動車が発進して、赤い乗用車が近づいてくる。見覚えのない車だ。赤い車は慶の前でスピードを落とし、徐行しながら通りすぎる。サングラスをかけた女性が運転している。慶は通りすぎる車のナンバープレートを見やる。東京のナンバーだ。

赤い車はそのまま駐車場をやりすごしていってしまう。その横をフミさんが歩いてくる。いつものように引っ詰め髪で、藍染めのざっくりとした上着を羽織っている。ツネさんに挨拶してから、

「開店祝いはお断りしますっていうから、こんな物持ってきちゃった。特別に開店祝いということじゃなくて、私の店でまだ使っていないやつ。これならいいでしょう」

と紐で結んだ布袋を慶に手渡す。慶はツネさんの花束を持ったまま受け取る。ずっしりと重い。

「何ですか?」

「箸置きよ。私が焼いたやつ。大きいのも小さいのもあるから、フォークとかスプーンも置けるわよ。箸置きなんていくらあってもいいものだからさ、その日の気分で選んで使えばいいじゃない」

フミさんは多才で陶芸もやる。自宅に本格的な陶芸用の電気窯があり、自分の店の雑器のほとんどを手作りしている。

慶は袋の紐をほどいて中を覗き込む。円柱形、円錐形、三角、真四角、長方形。焼き締めや釉薬がかけてある物、色とりどりだ。

「うわあ、ありがとうございます。助かります。箸置き、あまり揃えてなかったんです」

慶は袋を胸に抱いて頭を下げる。

「さっきの赤い車、お客さんかと思ったけどいっちゃったわね。東京のナンバーだったから、別荘にきた人かもね」

フミさんは丘の向こうに続いている道をチラッと見ていう。

「知らない人だったので緊張しました。初めての知らないお客さんが、開店と同時にきてくれたのかと思って。そうじゃなかったので、何だか安心しました」

慶はホッと安堵の吐息を漏らして笑う。

「お店やる人が、知らないお客さんが入らないからって、安心してちゃダメじゃない。でも分かる分かる。私も未だに知らない人が店にくると緊張しちゃうもの」

とフミさんは苦笑する。

「えー、フミさんがですか？」

「お客さんて、いい人もいれば変な人もいるからさ。知らない人だとやっぱり構えちゃうのよねえ。だから心していた方がいいわよ。それで、もう準備はいいの？」

「はい。ごはんは開店に合わせて出来上がるように、いま蒸らしています。パンは昨夜のうちに焼いて置きました。どうぞ」

慶は、ツネさんとフミさんを店内に誘う。

慶とツネさんとフミさんが店内に入ると、師匠さんと太郎ちゃんさん、チックさんとタカテンさんがやってきた。四人は真ん中の大きなテーブルに陣取ると店内を見回し、なかなかいいじゃない、古くさいから逆にメシがうまそうに思えるよな、爺ちゃん婆ちゃんの家にきたって感じだよな、こんな古い店はどこにもないいんじゃないか？　などといい合っている。

ツネさんとフミさんがカウンターのイスに座り、慶は厨房の中に入ってツネさんからもらった花を、花瓶代わりに縦長の青いケトルに活けてカウンターに置く。カウンターに朝の庭の空気が生まれた。

「庭の花に野花の組み合わせがいい雰囲気ね」

フミさんが柔らかな笑みを浮かべていう。

慶は羽釜を調理台に持ってきて蓋を開け、ごはんをかき混ぜる。ほかほかの湯気が立ち上る。

慶は大きく息を吸って、

「わあ、おいしそう！」

と思わず声を上げる。

「慶ちゃんがいうと、本当においしそうだよね。お店をやっている人がいうってのはちょっとおかしいけど、でもこの店の場合はそれも雰囲気のひとつかもね」

とフミさんが笑う。

「慶ちゃんはいつも炊き上がると感動するねえ。今日もいい感じに炊けたじゃないかね」

ツネさんが笑う。

「はい。ツネさんに何度も教えてもらったおかげです」

「どのくらい炊いたの？」

フミさんがいう。

「フミさんの店で、十人分でだいたい七、八合っていっていたので、二升炊きました。今日は開店だし、どのくらいのお客さんがきてくれるか分からないので多めに炊きました。たぶんものすごく余ると思うんですけど、でもいいんです、冷凍して私のごはんにしますから」

「そうね、いいんじゃないの。最初からごはんがなくなりましたって、お客さんをがっかりさせるのもまずいしね」

「慶ちゃん。まだ開店前だけど、もう注文していい？」

と太郎ちゃんさんの声が店内に響く。待ちきれないという声だ。

「まだだよ。開店の時間になったらオープニングセレモニーがあるでしょうが」

師匠またひろしさんが遮る。

「そうだよ。オープニングにぎやか隊をやろうってきたんじゃない」

とタカテンさんがいう。タカテンさんは白州の住人で韮崎にある電子機器メーカーに勤めている。二十六歳になったばかりの若者だ。慶は師匠のハウスで苗の剪定を手伝った時に、同じように手伝いにきていたタカテンさんと会っていて顔見知りだった。

「オープニングセレモニーって何ですか？」

慶は目をパチクリさせる。特別に何かをやろうとは思っていないし、誰かが企画しているという話も聞いていない。

「え、やんないの？」

と師匠さんが意外そうな表情を浮かべる。

「何もやりませんよ。そんなことをやるとドキドキしてのぼせちゃうし、落ち着いて静かにスタートしたいから普通に開店します」

「まあでもさ、せっかくのオープニングだし、こうしてみんなが祝福しにきてくれたんだからさ、一言挨拶しなさいよ。一言でいいんだからさ」

とフミさんがいう。

「甲州弁かイタリア語でやってほしいなあ」

太郎ちゃんさんがいい、師匠さんが、甲州弁で？　何で？　と怪訝な顔をする。

「いや、ごはん屋ってイタリアって感じだし、甲州弁って早口でいうとイタリア語っぽく聞こえるからさ」

「意味分かんねえ！」

師匠があきれ顔をすると、

「アルデンテこんだ、シニョーレわにわに、アルベデルチいっちもう。ほらイタリア語にピッタリ合うじゃない」

と太郎ちゃんさんが笑う。タカテンさんが太郎ちゃんさんを無視して、

「五時まであと十三秒」

と腕時計を見て声を上げる。はい、十、九、八、とカウントダウンを始め、太郎ちゃんさん、チックさん、師匠さんも加わって、七、六、五、四、フミさんも仲間に入って、

「三、二、一、開店！」

と声を揃える。みんなが立ち上がり、拍手をする。

「さあ、慶ちゃん」

フミさんがうながす。

慶は大きく息を吸う。開店を喜んでくれる人に囲まれるとやはり胸が高鳴る。

「『朝ごはん屋・おはようございます』、たったいま開店しました。よろしくお願いします」

慶はゆっくりと頭を下げた。

慶がお辞儀をし終わらないうちに、

「慶ちゃん、和定食の焼き魚って何？」

と太郎ちゃんさんがいう。手にメニューを持っている。

和定食1（カマド炊きごはん。お味噌汁。焼き魚。ダシ巻き卵、または生卵。浅漬け。お茶）
六百円

・・・・・

和定食2（卵かけカマド炊きごはん。お味噌汁。浅漬け。お茶）四百円
・・・・

＊和定食には、小梅、佃煮、漬け物、酢味の漬け物の小皿が四種類つきます。プラス・コーヒーまたは紅茶は百五十円

洋定食A（トースト。目玉焼き、または卵焼き。ベーコン。サラダ。コーヒーまたは紅茶）六百円
・・・・

洋定食B（チーズトースト。コーヒーまたは紅茶）四百円
・・・・

洋定食C（トースト、コーヒーまたは紅茶）三百円
・・・・

＊洋定食A、B、Cには、ジャム各種、蜂蜜、メープルシロップ、バターがつきます。コーヒーまたは紅茶のお代わりは百五十円

海苔　五十円

納豆　百円

卵焼き　五十円

目玉焼き　五十円
野菜ジュース　百円
果物ジュース　百円
・・・・・
コーヒー　二百五十円
紅茶　二百五十円

『朝ごはん屋・おはようございます』のメニューに書かれてあるのはこれだけだ。

「今日の焼き魚はシャケです」

と慶は太郎ちゃんさんに答える。

「炭火の七輪焼きだよね？」

「そうです。炭火で焼くと何でもおいしくなりますからね。腕に関係ないから助かるんです」

慶は肩をすくめて笑う。

「炭火焼きのシャケは最高にうまいんだよなあ。よし、今日は洋定食Aにします！」

と太郎ちゃんさんが張り切っていう。師匠さん、チックさん、タカテンさんがあれ？　とばかりに大袈裟にガクッと傾ぐ。

「ややこしい頼み方するんじゃないよ！　炭火焼きシャケが最高にうまいといったら、普通、和定食っていうじゃないかよ！」

　師匠さんが声を荒げてあきれ、苦笑する。

「ハハハハ、だってさ、シャケっていったら突然目玉焼きが頭の中に浮かんで、猛烈に食いたくなっちゃったんだよ」

「何それ？　意味分かんねえ！」

「ハハハ、ねえねえ、慶ちゃん。目玉焼きって一個、二個？」

「一個でも二個でもお好み次第です」

「本当？　じゃあ洋定食Aで目玉焼き二個。それでトーストっておかわりできるの？」

「もちろんです」

　慶は伝票に、洋A目玉2、と書き込む。

「タダっていうこと？」

「はい。たくさん食べてください」

　と慶は笑顔でうなずく。

　師匠さんとチックさんが和定食1を、タカテンさんが洋定食Aを注文し、

「慶ちゃん、私は洋定食Aにしようかね。家ではいつもごはんだけんど、慶ちゃんと初めて会った時のことを思い出したら、何だかパンが食べたくなったさ。あの時のパンを食べる慶ちゃん、本当に幸せそうに食べていたから、食べてみたくなったさよ」

　とツネさんがいう。

「ツネさん、すみません。あの時みたいに七輪じゃなくてトースターですけど、それでいいですか？」

慶は申し訳なさそうにいう。

「もちろんさよ。七輪で焼いていたらつきっきりになっちゃうものねえ。トースターだろうがなんだろうが、慶ちゃんが焼くとおいしそうな感じがするさよ」

「私が七輪で焼くよりもおいしいですよ。いいトースターなんです。中古品ですけどね」

と慶は笑う。

「私はね、和定食の2。炊きたてのカマド炊きごはんなら、もう何といっても卵かけごはんなのよ。好きなのよ卵かけごはん。それに大好きな佃煮もついてくるんだから、それだけで十分満足しちゃう」

とフミさんがうれしそうに笑っていう。

「あ、お客さんがきた！」

師匠さんが東側の窓を見ていう。

慶は窓を振り向く。サングラスをかけた、ジーンズに春物の若草色のコートを着た女の人が歩いてくる。さっき店の前を通りすぎた、東京ナンバーの赤い車を運転していた女の人だ。立ち止まり、サングラスをはずして景色を見回した。少しして深いため息をつき、ハンカチを取り出して目頭に当てた。背はそう高くはないものの、スラリとしてコート姿がスタイリッシュだ。うりざね顔の美人だが、四十絡みの顔には疲れた表情が浮かんでいる。それでも景色に視線を巡らせると、ホッとしたように表情をゆるめた。

「さっき通りすぎていった車の人じゃねえか？」

と師匠さんがいう。

「そうみたいだな。東京のナンバーだったよな」

チックさんが答える。

「泣いてるのかなあ」

タカテンさんがいうと、そんな感じだよなあと、師匠さん、チックさん、太郎ちゃんさんがうなずく。

「でも、ちょっとうれしそうに笑っているから、悲しくって泣いているって雰囲気じゃないわよねえ」

とフミさんがいう。

「慶ちゃん、知ってる人かね？」

ツネさんが慶にいう。

「いいえ。知らない人です」

慶は窓越しにスタイリッシュな女の人を見たままいう。都会的なセンスの良さを感じさせる女性だった。もう一度ハンカチを目に当てる。柔らかな動作で、しぐさがどこかなまめかしい。

「じゃあ、お客さんだったら、初めての知らない人のお客さんってことね」

とフミさんが朗らかに笑う。

「そうですね。何だかドキドキします」

慶は胸の前で手を組む。胸が高鳴って落ち着かない。

「慶ちゃん、慶ちゃん。お店なんだから、知らないお客さんがくるのって当たり前だよ？　ドキドキしちゃってどうするのさ」

と師匠さんが笑う。

慶は開店のための紹介パンフレットをパソコンで作った。地図、店の佇まいと店から見える景色の写真、和定食1と洋定食Aの値段を入れ、ゆっくりと朝ごはんを楽しんでください、と結んだ。そのパンフレットを知り合いの飲食店や雑貨屋さん、パン屋さん、道の駅に置いてもらった。以前から続けている『朝ごはん』のブログでも、『朝ごはん屋・おはようございます』開店の告知をした。慶のブログファンの訪問者は、いきたい！　食べたい！　と何人も書き込みをしてくれた。窓の外の女の人はそのうちの一人なのかもしれない。

窓の外の女の人が、入り口の方へと歩き始めた。

「ひゃあッ、くるよ、くるくるッ」

太郎ちゃんさんが声を上げる。

「ウワアッ、どうしよう！　って太郎ちゃん、俺たちが緊張しなくってもいいんじゃないの？　俺はのりやすいんだから煽らないでくれよな」

師匠さんが太郎ちゃんさんをにらむ。

女の人が窓から消えた。慶は伝票を手に、出入り口に目を凝らす。テーブルの師匠さんたち男性陣も、カウンターのツネさんとフミさんも、息を潜めるように注目している。が、ドアを開け放してある出入り口になかなか姿を見せない。どうしたのだろうとみんなが互いに目配せをする。

慶は出入り口に女の人が見える所まで移動する。女の人は立ち止まって南アルプスを見上げていた。朝日を浴びて、若草色のコートが明るく輝いている。やがて深呼吸をしてから振り向き、店を見回した。開け放している出入り口と窓から店内を覗き込む。それからためらうような足どりでゆっくりとやってくる。

「きたッ」

という太郎ちゃんの声がスイッチとなって、テーブルの男性陣は姿勢を正してかしこまってしまう。カチンコチンに固まっている。

女の人がゆっくりと店内に入ってきた。

「いらっしゃいませ。おはようございます」

慶はとびきりの笑顔で挨拶をする。初めての知らない人のお客さんだ。笑顔にも力が入る。と同時に、

「いらっしゃいませ」

と背後から声がして慶は振り向く。

フミさんがいつの間にか立っている。フミさんは、慶と、そしてみんなに見つめられていることに気づいて、

「そうよね、ここは私の店じゃないんだよね。何だか私まで緊張しちゃって思わず立ち上がっち

やった」

と照れくさそうに笑いながらいう。

みんながクスリと笑う。緊張がほどけた。

「あの、お店、確か今日開店ですよね?」

女の人が遠慮がちに確かめるようにいう。

「はい。さっき開店しました。いらっしゃいませ」

慶は女の人に笑いかける。

「ああ、よかった。確か今日開店のはずなのにと思ったのだけど、雰囲気が、花輪とかそれらしいデコレーションが何もなくて、開店はまだという感じがしたもので」

女の人は硬い表情を崩して微笑み、テーブルの四人組とカウンターのツネさん、立ち上がっているフミさん、エプロン姿の慶を見回す。

「普通の感じで開店したかったので、何もしませんでした。やっぱり本日開店と、目立つデコレーションがあった方が、分かりやすくてよかったかもしれないですね。すみませんでした」

慶は小さく頭を下げる。

女の人は笑って手を振る。

「いいえ、違うの。私はゴテゴテしたのは落ち着かなくて苦手で、この方が好きなのでうれしかったの。ただ、他のお店の開店日のように華やかな雰囲気がなかったので、楽しみにやってきたのに本当に今日開店なんだろうかって、ちょっと不安になっただけなの」

そういって女の人は、外のテーブルでいただいてもいいかしら？　と慶に尋ねる。

「気持ちのいい朝だし、景色も思った通りすばらしいので外で食べたいわ」

「はい。お好きな所でどうぞ」

「じゃあ、ブログに出ていた和定食1をお願い。ダシ巻き卵で。カマド炊きごはんを楽しみにしてきたの」

と女の人はニッコリ笑っていう。

「まあ、ブログを見ていただいたんですか」

慶はパッと顔を輝かせる。

「もうずっと前からあなたのブログの『朝ごはん』のファンなの。だから朝ごはん屋さんを開店するってことを知って、開店の日に一番目のお客さんになろうって決めていたの。でも、ちょっと遅かったみたいね」

「さっき、お店の前を赤い車で通りすぎた方ですか？」

「ええ。開店という雰囲気がしなかったので、日にちを間違えたのかもしれないと思ってそのまま通りすぎたの。でも、確かに今日のはずだと思い直して、それにまだ五時前だったので、これからいろいろデコレーションを出すのかもしれないと思って引き返してきたの」

「でも俺たちはみんな慶ちゃんの知り合いだから、知らない人のお客さんでは一番目ですよ」

と師匠さんが声をかける。

「まあ、そうなの？」

「はい。知り合いではない方では最初のお客様です」

「よかった。東京から二時間かけてきたかいがあったわ」

「東京からいらっしゃったんですか！」

「ええ。一カ月振りのドライブ。夜明けのドライブで気持ちよかったわ。このお店が開店してくれたおかげだわ」

女の人は、外のテーブルでいただくわね、といい、みんなに軽く会釈をして出ていく。

慶はあたふたと厨房へ入っていく。

師匠またひろしさんには五時半頃に四人いくからと前日にいわれていたが、ツネさんとフミさんは何もいっていなかった。五時台の客は師匠さんたち四人だけで、知り合いたちがポツポツ現れるのは七時ぐらい、知り合いではない人も、やってくるとしてもそのぐらいの時間からだろうと思っていた。それが開店と同時に師匠さんたち四人と、ツネさん、フミさん、それに知らない人もやってきてしまったのだ。いきなり忙しくなってしまった。まだお茶も出していない。慶は急いで湯飲み茶碗を人数分並べてポットからお茶を注ぐ。野草茶をヤカンで煮出してポットに入れてあった。

「慶ちゃん、手伝うわよ。何をやればいい？」

フミさんが厨房にやってきていう。

「フミさん、ありがとうございます。でも大丈夫です。ユキさんが六時に手伝いにきてくれることになってますから」

「それまでにもっとお客さんがきそうな気がするのよ。遠慮しなくていいわよ。慶ちゃんが料理を習いたいからって、うちの店を手伝ってくれて助かったんだから。だから忙しそうなら手伝おうって、そのつもりできたのよ。余計なお世話かもしれないけど、この調子だと次々にお客さんがきそうな気がするもの。私のカンは当たるんだから」

「でも開店初日ですから、そんなにお客さんはこないと思うんですけど。フミさんも期待しない方がいいといったじゃないですか」

「いったけど、何だか雰囲気がね、お客さんがやってきそうなのよ。接客業を長いことやっていると何となくピンとくるのよね。でしゃばるつもりはないのよ。厨房にいて皿を用意するとか、盛りつけをするとか、洗い物をするとか、その程度のお手伝いよ。忙しくても、そのうち一人でテキパキできるようになるけれど、最初は慌てるばかりで大変なのよ。今日だけだから遠慮しないで。ほら、またお客さんがきたわよ」

慶はフミさんと一緒に厨房の窓から道を見やる。白い乗用車がスピードを落として、駐車場へ入ろうとウインカーを点滅させた。

「名古屋ナンバーだったわよ。ね、私のカンは当たるんだから。忙しくなりそうよ。エプロン、どこ?」

フミさんはやる気満々だ。

「分かりました。フミさん、お言葉に甘えます。よろしくお願いします。エプロンはそこの棚に入っていますから」

慶は野草茶の茶碗をお盆に乗せて笑顔で出ていく。

野草茶を配り終えた慶は、厨房に入って七輪の網にシャケを三切れ乗せる。フミさんは調理台にごはん茶碗、お碗、皿を並べる。

「お味噌汁、あったためておく？　あら、まだお味噌入れていないのね」

フミさんが味噌汁の鍋を覗き込んでいう。太郎ちゃんさんの椎茸と刻んだネギが浮いている。

「はい。早くきたお客様には出来立てを飲んでほしくて、まだ入れてませんでした。ワカメは切ってあります。すみません、お味噌汁あったためてください」

「そうよね。お味噌は入れたての方がおいしいものね。じゃあ、お味噌汁の鍋、あっためるね」

フミさんは鍋をレンジにかける。

慶はフミさんと入れ代わりにフライパンをレンジにかけ、卵を入れてあるボウルに手を伸ばす。

「慶ちゃん、お客さんよ」

フミさんの声に、慶は出入り口に目をやる。若い女の人が三人、店内を見回している。それぞれがジーンズ、スカート、パンツ姿で、三人ともカラフルな上着をまとっている。

「いらっしゃいませ。おはようございます」

慶は厨房から笑顔を向ける。

「わあ！　慶さんですか⁉」

スカート姿の子が明るい声を上げる。

「はい。そうです」

「感激！　慶さんのブログの大ファンなんです！　私も朝と朝ごはんが大好きなんです。朝ごはん屋さんを開店するというので、名古屋からやってきました！」

「まあ、そんな遠くから。ありがとうございます」

「シャケとお味噌汁は見ているから、フライパンの火を弱くしてあの人たちの所にいってきなさいよ。パン、焼いておく？」

とフミさんがいう。

すみません、お願いします、と慶は野草茶を茶碗三つに入れ、お盆に乗せて厨房を出る。三人は東側の窓辺のテーブルに座って、まだ店内を見回している。

「いらっしゃいませ。おはようございます。わざわざ名古屋から、今朝いらっしゃったんですか？」

慶は野草茶をテーブルに置きながらいう。

「昨夜きました。祖父の別荘に泊まったんです。私たちカフェマニアなんですけど、朝の早い時間に、慶さんの朝ごはんカフェで慶さんと一緒にごはんを食べたかったんです」

他の二人が笑い出し、ジーンズの子が、

「慶さんと一緒に食べられる訳ないでしょう。慶さんは店の人なんだからさ」

とたしなめる。

「いいんだもん。慶さんがいる所で朝ごはんを食べられるなら。『朝ごはん』のブログの中で慶さんと一緒に食べるような感じがしてうれしいんだもん」

スカートの子は目玉焼きが食べたいからと洋定食Aにした。他の二人はカマド炊きごはんが食べたいと和定食1にする。二人とも生卵でと注文する。

慶が伝票に書き留めて厨房へと戻ると、フミさんがトースターからこんがり焼けたパンを取り出しながら、

「ブログってすごいのね。さっきの外にいるお客さんもブログを見てきたっていうし。私もブログやろうとしたんだけど、ダメなのよ。何度やってもちゃんとできないし、面倒くさくなってやってないのよ」

といい、すぐに、

「あ、お客さんだよ。すごいすごい。ほらね、大忙しになったじゃない」

と自慢げに笑う。

熟年のカップルが店内に入ってきた。二人とも帽子をかぶっている。

「おはようございます。いらっしゃいませ」

慶が挨拶する。

熟年のカップルは帽子を取って会釈を返し、店内を見回して南側の四人掛けテーブルに座る。

慶は野草茶を持ってゆっくりと歩いていく。

おはようございます、と挨拶する慶に、

「この前、小淵沢の道の駅でパンフレット見て、ちょうどいい散歩コースになりそうだと家に持っていったの。いつも朝早く散歩しているんだけど、途中で朝ごはんを食べられる所があればいいのにねって話していたのよ。たまにはゆっくり朝ごはんを食べたいねって。だからここが開店

してくれてよかったわ」

　と女性が慶に笑いかける。

「家からここまで四十五分だった。気持ちのいい散歩コースだったよ。それにここの景色がいいね。朝ごはんがうまそうな、いい景色だね」

　と男性が満足そうに笑う。二人とも和定食1を、女性がダシ巻き卵、男性は生卵でと注文する。

「おはようございます」

　ユキさんがたおやかな笑顔としぐさで店に入ってきた。いらっしゃいませ、と熟年カップル、若い女性の三人組に会釈して、おはようと師匠さんたちに手を上げる。

　ユキさんはツネさん、フミさんと挨拶を交わす。

「おはようございます、ユキさん。どうしたんですか、まだ五時過ぎですよ」

　慶は驚き、厨房から笑いかける。

「おはようございます、慶ちゃん。慶ちゃんのお店で朝ごはん食べてからお手伝いしようと思って早くきちゃった」

　ユキさんはいたずらっぽくいう。

「あら、それはいい手だわね」

「本当だ。それなら元気に動けそうじゃないかね」

　とフミさんとツネさんが笑う。

「ウソウソ。慶ちゃんは六時でいいといったけど、何だかお客さんがいっぱいきそうな予感がして急いできちゃった」

ユキさんが笑いながら厨房に入ってきた。

「ねえ、そんな感じがするよねえ」

フミさんがいってシャケの焼け具合を確かめに七輪に歩み寄っていく。

「ごめんなさいね。もっと早くこようとしたけど、仕込みに手間取っちゃって」

ユキさんがエプロンを結びながらいう。

「ユキさん、気をつかってもらってすみません。仕込み、大丈夫ですか？」

「平気よ。大丈夫。それはいいんだけど、外の女の方、お客さんよね」

「はい。知らない人での、記念すべき初めてのお客様です」

「そう。挨拶した時に泣いていたようなんだけど、どうしたのかしら……」

「やってきた時も店に入る前に泣いていたようなんですけど、でも悲しいという感じじゃなかったんです」

「そうなのよね。おだやかな表情だった。でも涙を拭いているのよねえ。まあ、いろんなお客様がいるわ。さあ、何をしようか？」

ユキさんは気分を変えて元気な笑顔を慶に向ける。

慶にいわれて、ユキさんが和定食と一緒に持っていく四種類の小皿セットを用意し始めると、

「ツネさん、おはようさん」

「おはようございます」

と夫婦らしい老人が入ってきて、カウンターにいるツネさんに声をかける。

「おはようございます。悪いじゃんねえ、シズオさん、マツヨさん」

ツネさんがカウンターから軽く頭を下げる。

「ツネさんがおいしいからっていうから、楽しみにしてきたよ」

と男の人が笑う。

「カマドで炊いたごはんなんて、何十年も前に食べた切りだものねえ」

おばあさんがニコニコ笑っていう。二人はカウンターにツネさんと並んで座った。

「いらっしゃいませ。おはようございます」

慶が野草茶を持っていくと、

「この人が慶ちゃん」

ツネさんが二人に紹介する。二人は慶を見上げ、

「ああ、あんたがツネさんがいってた慶ちゃんかね」

とおばあさんがいう。ツネさんが朝ごはんに誘った二人のようだ。

「はい。ツネさんにはいろいろお世話になりました。よろしくお願いします」

と慶は頭を下げる。

「俺たちはツネさんと同じ地区に住んでるんだよ。歩いてこれる所にこの店ができて助かるよ」

おじいさんがいうと、

「この地区はどこへいくにも車かタクシーでね、私ん所は年寄り二人で車がないから、歩いてこ

れる所に店を出してもらってよかったよ」

　おばあさんがうれしそうに笑う。

「たまには気分を変えて、店で食べたい時があるんだけんど、タクシーに乗らないでいける店があればなあって、ずっと前から話していたんだよ。まあ、たまにしかこれんけど、寄らせてもらうよ」

　とおじいさんがいう。

「ありがとうございます。お待ちしてます」

　慶が礼をいい、二人は和定食1をダシ巻き卵で注文する。

　慶は厨房に戻り、ふとカウンター越しに店内を見回す。

　目の前のカウンターにツネさんと老人のカップル。甲州弁でのんびり話す声が聞こえている。土間の真ん中にある大きなテーブルに師匠さんと太郎ちゃんさんとチックさんとタカテンさん。四人は釣り談義に夢中で笑い声を上げている。東側の窓辺のテーブルにいる、名古屋からきた三人の若い女性グループは朗らかに談笑している。南側の窓辺のテーブルには熟年カップル。野草茶を飲みながら窓の景色を見ている。そして、厨房からは見えないけれど、南側のテラスには女性客が一人。

　慶は笑顔を浮かべて突っ立ったまま、ゆっくりと吐息をひとつ。

「どうしたの？　何かあったの？」

　フミさんが怪訝な顔で声をかける。

「本当に朝ごはん屋さんをオープンできたなんて、何だか夢みたいで信じられないんです。それに開店初日の早朝だというのに、いっぱいお客さんがきてくれて。遠くからわざわざやってきてくれた人もいるし。夢を見ているんじゃないかって思ってしまったんです」

ほんの二カ月ほど前まで、店をやるなんて思ってもみなかった。リストラされて仕事を探さなければと思っていたのだ。それがあれからたった二カ月でこうして朝ごはん屋を開店している。あっという間の慌ただしい二カ月だった。

孝明さんとの改装計画の打ち合わせ、フミさんと厨房器機の中古屋さん巡り、フミさんとユキさんに料理を習い、パン屋さん『虹』のアキコさんにはパン作りを教わり、ツネさんにカマド炊きごはんの特訓を受けた。フミさんもユキさんも、慶ちゃんが作ればなんだっておいしいのだから、わざわざ私たちに習う必要はないといったけれど、やはりお店で出すとなればちゃんとプロの人たちに習いたかった。パン屋さん『虹』のアキコさんは、天然酵母のパン屋さんを一人でやっている。おいしいし、値段も安いので、慶が贔屓にしているパン屋さんだ。快活でエネルギッシュなアキコさんとのおしゃべりは、元気になれる宝物のようなひとときだ。

アキコさんに、朝ごはん屋をやるのでパンを仕入れさせてくださいとお願いしたら、

「それはうれしいけど、私のパン屋は、土、日だけの開店だから毎日は作らないのよ。慶ちゃんの朝ごはん屋さんは毎日開店でしょう？　私の店が開いていない日のパンはどうするのよ。それにさ、パンを買うってけっこうな出費じゃない。立派なオーブンがあるというんだから、自分で作りなさいよ。教えてあげるからさ。そうすれば経費節減にもなるじゃない」

といってくれたのだった。

店を維持していくための収支を考えながらの仕入れとメニュー決めは、フミさんとユキさんが相談に乗ってくれた。

最初に慶は、五百円玉ワンコインの朝ごはん屋さんをやりたいと計画した。二人は慶の計画を聞いて、それはいいことだけど、おいしい朝ごはんをゆっくり食べてほしいというお店のコンセプトなら、プラス百円の贅沢をお客さんに感じさせた方がいいのではないかというのだった。

五百円玉ワンコインの朝ごはんだと、サッと食べてサッと帰るというイメージもあるから、お客さんはプラス百円を払うことで、ゆっくり食べてのんびりしてもいいという気分になれると思う。そういうのだった。

「お客さんのことを考えて値段を安くというのはいいことだけど、慶ちゃんが考えているボリュームでワンコインだと、こんなに安くていいのかしらって、お客さんが心配したり気をつかったりして居心地悪くなるかもよ。六百円でも安いと思うけど、でもプラス百円の贅沢を提供すれば、お客さんも気持ちよく食べられると思うわ」

とユキさんがいい、

「そうなのよ。慶ちゃんもお客さんも、ああよかったって満足しなければつまらないじゃない。ギリギリのところでおいしいものを提供しても、これで儲けがあるの？　ってお客さんが心配したら、せっかくのおいしい朝ごはんもゆっくり楽しめなくなっちゃうのよねえ。慶ちゃんもお客さんも百円の贅沢を楽しんでさ、どっちもああよかったって思う方がいいんじゃない？」

とフミさんもいうのだった。

フミさんもユキさんも、普段はお金のことで細かいことはいっさいいわないのに、土台のところではしっかり考えているのだと、慶は感心するのだった。

百円の贅沢は何かを考え、和定食には小皿四つのごはんの友セットを、洋定食には各種ジャムと蜂蜜、メープルシロップ、バターをプラスすることにした。

悩みに悩んでメニューを決めたり、食器を揃え、食品衛生責任者免許の講習、保健所への営業許可の申請、庭を作り、木を植え、ツネさんと一緒に畑を作ってジャガイモ、レタス、トウモロコシ、ナス、トマト、キュウリ、ピーマンなどの植えつけ、ツネさんやみんなを招いての試食会。

あっという間に過ぎ去った二カ月だった。その二カ月のことも、今朝の開店も、たった二カ月前の慶には考えられないことばかりで、本当に夢のような出来事だとしか思えない。

「何だか、ハッと気づいたらいま見えているすべてが消えてしまって、ベッドに寝ていて目が覚めたってことになるんじゃないかって思えるんですよ」

「夢なら覚めてほしいの？」

トレーに入ったダシ巻き卵を皿に置きながらユキさんが笑う。

「それが、夢ならいつまでも続いてほしいって思ったんですけど、さっき慌ててフライパンで火傷して、いまビンビン痛んできたから目が覚めてるってことですよね」

と慶は笑う。

「火傷したの？　どこ？」

「大したことないんです。フライパンの縁で指をジュッとやっただけですから。おかげで夢じゃないってことも分かったし」

「そうよ。夢なんか見ている暇はないわよ。お客さんがいる時は小さい火傷なんて気にしてられないからね。さあ卵焼いて。シャケが焼けたから持っていくね」

フミさんがいつの間にか七輪のそばにいっている。さすがにフミさんとユキさんはプロだ。やることが素早い。

慶は卵を準備する。目玉焼きを五個。太郎ちゃんさんとタカテンさんが二個ずつでツネさんが一個。

「慶ちゃん、卵は私がやろうか？　お味噌汁にお味噌入れないと。お味噌汁は慶ちゃんの味にしなきゃね」

とユキさんがいう。レタスとトマトのサラダを皿に盛っている。

「本当はさ、全部慶ちゃんが作ったものを食べたくてきた人もいると思うけど、こんだけ混んじゃったらしょうがないわよね。あんまり待たせるのも悪いものね」

フミさんが新しいパンをトースターに入れながら笑う。

「ユキさん、お願いします」

「まかせておいて。半熟でいいわよね」

「はい。フミさんのごはんも用意していいですか？」

「私は一段落してからでいいわよ。でもこの調子だといつ一段落するか分からないわよね。何だか次から次にお客さんがやってきそうな気がするもの」

とフミさんは苦笑していう。

「すみません、フミさん。でも初日からそんなにお客さんがくるとは思えないし、それにユキさんがきてくれたので、本当に大丈夫ですから」

「慶ちゃん。そうはいかないみたいよ。また一台、駐車場に入ったわよ。すごいすごい。早朝の開店だというのに、こんなにお客さんがくるなんて。私、何だか興奮してきちゃった！」

とユキさんが朗らかにいう。

「ほらね。私のことは心配しなくて大丈夫。それよりもお味噌汁」

フミさんも朗らかに笑って慶をせかす。

配膳を始めると店内の空気が華やいだ。銘々にテーブルクロスを敷き、慶とユキさんが各テーブルに和定食のごはんの友セット、洋定食の友セットを置く。小皿ごとに箸とスプーンがついている。慶が真ん中の大テーブルに持っていくと、チックさんがまだ料理が運ばれていないというのに、

「慶ちゃん。俺、チーズトースト追加ね。メニュー見てたら食いたくなっちゃった」

というや否や、太郎ちゃんさんがうらやましそうな顔をして、

「いいなあ、チーズトースト。俺もそれ食いたいなあ。慶ちゃん、俺もチーズトーストお願いします」

といってからうれしそうにニッコリ笑う。

「この二人は絶対何か追加注文すると思った。毎度のことだけど」

「俺も。さっきから二人とも落ち着かなかったもん」

師匠さんとタカテンさんが顔を見合わせて笑う。

「ハハハ、だって食い物を我慢すると、最低でも一週間は後悔するんだもん」

太郎ちゃんさんが大口を開けて笑う。

「うん。悔しくて、うまいものも喉を通らなくなって、小食になっちゃう」

とチックさんがいうと、うそつけ、あんだけ食って何が小食だよと師匠さんとタカテンさんが笑い、太郎ちゃんさんまで笑い出す。それから、

「慶ちゃん。おにぎり、大丈夫？」

と師匠さんが確認する。昨日、釣りの昼ごはんにおにぎりを慶に頼んでおいたのだ。

「はい。三つずつですよね。太郎ちゃんさんとチックさんはデカおにぎりですよね」

慶はうなずき、戻っていく。カウンターの横でツネさんに呼び止められ、

「私のはこの人たちと一緒に食べたいから、後回しでいいからね」

と隣に座っている老人カップルに手をやってツネさんはいう。

「すみません、ツネさん」

先に他のお客さんに出しなさいとツネさんが気をつかってくれたのだ。

「この人たちがね、にぎやかな朝ごはんは久し振りで楽しいというんだよ」

「そうなのよ。静かな朝ごはんもいいけど、たまにはあの若い衆たちのような、元気のいい笑い

声を聞く朝もいいねえって話してたんだよ」

ツネさんの隣に座っているおばあさんが楽しそうに笑う。

慶は外のテーブルに座っている女の人へ和定食1のセットをお盆に載せ、店内を突っ切ってドアを開けて外に出る。早朝の清々しい陽光に包み込まれる。気持ちのいい光りと空気だ。女の人はイスにもたれたまま動かず、南アルプスの峰々に対峙している。残雪に輝く甲斐駒ヶ岳の山頂が神々しい。

サングラスを外した女の人の目が、涙で潤んで小さい光りを放っている。お盆を持ってやってくる慶の気配を感じて、女性は静かにハンカチを目に当てた。

「お待たせしました」

慶はホカホカのカマド炊きごはん、あったかい味噌汁、炭火焼きのシャケ、大根おろしを添えたダシ巻き卵、春キャベツとキュウリの浅漬け、それにごはんの友四点セットの小皿をテーブルに並べる。

「ごめんなさいね。涙が止まらなくなっちゃったの。変な人だと思われちゃったわね」

女の人は笑顔を作って、もう一度ハンカチを目に当てていう。

「いいえ。そんなことはありません。お客様は初めての、知らない方のお客様なんです。私にとっては特別なお客様です。それもわざわざ東京から。よくいらしてくださいました。本当にありがとうございます」

慶は笑顔で応えて会釈する。

「さっきもいったけど、あなたのブログでお店の開店を見て、ずっと楽しみにしてたの。今度の深呼吸日は、ここにきておいしい朝ごはんをゆっくり食べようって」

「シンコキュウビ、って、深呼吸の日ということですか?」

「ええ。一カ月に一度の深呼吸の日。親のね、介護をしているの。だけど私ってわがままだから、一カ月に一日は介護から解放されないとダメなの。一日だけ好きなことをしたくなっちゃうの。映画を観たり、レストランで食事したり、銀座とか青山をブラブラ歩いたり、美術館にいったり、軽井沢とか、新幹線とか飛行機で日帰り旅行をしたりとかね。親には申し訳ないけれど、でも深呼吸日がないと私が壊れちゃいそうで、だからわがましちゃうの。あなたのブログを見て、八ヶ岳のこの辺にはもう何度もきたわ。気持ちが落ち着くの。でも困ったことに、この辺りにやってくると、いろんな感情が吹き出しちゃって涙が出ちゃうのよ。でもそのあとスッキリするの。おいしそう。この景色で朝ごはんを食べられるなんて、最高の深呼吸日。お店を開店してくれて、本当にありがとう」

女の人は柔らかな笑顔で慶を見上げる。

「そういっていただけると本当にうれしいです。ありがとうございます。そうですか、介護ですか。私は経験してないので軽々しくいってはいけないと思いますけど、いろいろと大変だろうと思います。ご苦労さまです。それなのに、たった一日の大切な深呼吸日なのに、こんな遠くの朝ごはん屋までわざわざいらしてくれて、私の方こそ感激です。ありがとうございます」

慶が感謝を口にすると、女の人はホッとしたようにため息交じりに微笑む。

「きてよかったわ。ご苦労さまって言葉、誰かにいってもらったのって初めてかも。いつもはね、私が私にいってるの、ご苦労さまって。少し元気になれるから。慶さんにいわれて、すごく元気になっちゃった。救われた気分。ありがとう。ゆっくり食べていっていいかしら」

「どうぞ。いつまでもゆっくりしていってください」

「お客さんが立て込んできたら帰るから」

「大丈夫です。気にせずに、いつまでもいてください。私も今、いいこと教わりました。確かに自分にご苦労さまっていうと、少し元気が出そうですね。私もやってみます」

「何だか景色も空気もいいから、あれもこれもいっぱい食べたくなっちゃった。海苔と納豆をお願いします」

女の人は朗らかな声を上げる。

慶は急いで厨房に取って返すと、海苔と納豆を小さなお盆で持っていく。フミさんとユキさんがそれぞれのテーブルに注文のごはんを運んでいる。慶は厨房に戻ると、さっき店にやってきて東側にある外テーブルに座った中年のカップルが注文した、和定食1のシャケを焼き始める。戻ってきたユキさんが、太郎ちゃんさんとチックさんのチーズトーストを準備する。ユキさんとは前の日にチーズの量と焼き具合を打ち合わせしていたので手際がいい。

「はい、慶ちゃん。南側のテーブルさん出来上がり。ひとつお願いね」

慶とフミさんは南側のテーブルの熟年カップルに和定食1を持っていく。

「あら、『風の樹』の人ですよね?」

熟年カップルの女の人がフミさんを見上げていう。

「ええ。いつもありがとうございます。今日は手伝いなんです」

フミさんが笑う。

「私の料理の先生なんです」

慶は自慢げにいう。

「あら、そうなの。『風の樹』さんが先生ならおいしいわよね」

「はい。バッチリです。このダシ巻き卵もフミさんから教えてもらいました」

「ということは、『風の樹』風のダシ巻き卵か。それじゃあ俺もダシ巻き卵にすればよかったなあ。だけどアツアツカマド炊きごはんに生卵も捨てがたいんだよなあ」

男の人がいって苦笑する。

「ダシ巻き卵もお持ちしましょうか?」

と慶はいう。

「いや、今日は卵かけごはんでいいよ。何しろ主治医より厳しいお目付役が一緒だからなあ。ちょっと痩せなきゃいけないんだよ。今度一人できた時に生卵とダシ巻き卵をもらうよ。だけどうまそうなダシ巻き卵だなあ」

「はい。フミさん直伝ですからおいしいですよ」

「私は基本を教えただけで、あとは慶ちゃんがアレンジして作ったものだからここだけの味ですよ。どうぞごゆっくり」

フミさんと慶がテーブルを離れると、

「慶さん、ちょっといいですかあ」

東側の窓辺の、三人組の若い女の子たちが座っているテーブルから声がかかる。声をかけたのは慶のブログのファンだという子だ。

「はい」

慶が返事すると、すかさず、

「大丈夫よ、見ておくから」

とフミさんが慶を気づかっていう。七輪で焼いているシャケのことをいっているのだ。お願いしますと慶がうなずき、フミさんは厨房に戻っていく。

「はい。何でしょうか？」

慶は笑顔で向き合う。テーブルに食べかけの和定食のセットがある。慶に声をかけた子は箸を持ったままだ。他の二人はごはん茶碗を持って食べている最中だ。

「慶さん、記念写真を撮りたいんですけど、後で一緒に写真に入ってもらってもいいですか？私のブログに『おはようございます』開店日にいってきたって載せたいんです。っていうか、自慢したいんです」

「ありがとうございます。いつでもいいですから声をかけてくださいね」

慶は気軽に返事をする。

女の子の笑顔が弾け、他の二人も外と中で撮ろうと陽気にはしゃぐ。女の子たちのテーブルが、朝の光りに負けないぐらいに明るく輝いた。

最後の客が南側の窓辺にあるテーブルを立ち上がった。若いカップルで、車でやってきた客だった。十時半過ぎに店に入り、男は洋定食Aを、女は洋定食Bのチーズトーストセットを注文し、食べ終えてからも楽しそうに笑って語り合っていた。

慶は洗い物の手を止め、タオルで手を拭いてカウンターと厨房の間にあるレジスターの前に立つ。

「すみません。居心地がよくて、閉店時間のことをすっかり忘れていました」

長袖のTシャツ姿、ショートヘアの若い女が申し訳なさそうにいう。壁にある時計が十一時三十五分になろうとしている。開け放たれた窓から、甘い香りのする五月の暖かい微風が流れ込んでいる。

「大丈夫ですよ」

慶の声が暖かい微風のようにふんわりと流れる。

「よければまだいてもかまわないんですよ。一応、十一時が閉店ということになっていますけど、お客様がいれば店を閉めることはありませんから。いい加減でゆるい閉店時間なんです」

「ラストオーダーが十一時ということなんですね」

とお金を慶に渡しながらいう。

慶はありがとうございますと押しいただいてレジを打ち、

「朝ごはん屋なのでお昼までにはお店を閉めたいんです。ですけど、ブランチのお客様もいらっしゃるでしょうから、十一時閉店ということにすれば、たぶんお昼までにはお店が閉められるだろうというだけで決めた閉店時間なんです。ですから一応の目安という感じの、あって無いような閉店時間なんです」

と笑う。

「でもそうですよね。私たちも今日はブランチなんですけど、お昼前に閉まる朝ごはん屋さんで食べるとブランチって感じですけど、一日中開いているお店で食べるとブランチという気分がしないんです。近くにブランチ気分で食べられる朝ごはん屋さんができてよかったです。チーズトーストおいしかったです。またきますね」

「ありがとうございました。これからもよろしくお願いします」

慶はカップルの客を見送ると、おいしかったという言葉を聞いたユキさんに、先を越されて涙ぐまれたことを思い出して笑みを浮かべる。

開店してすぐにやってきて、南側の窓辺のテーブルに座った熟年カップルが、

「ごちそうさま。おいしかった」

「うん。うまかった。またくるよ」

といって最初に帰っていき、おいしかったといってくれたことがものすごくうれしくなって胸に熱いものが込み上げた時に、ユキさんが突然口を手で覆って涙を流し始めたのだ。

慶は呆気にとられて、

「ユキさん、どうしたんですか？」

と駆け寄ると、

「ごめんなさいね。思い出しちゃった。お店をやり始めてすぐに、お客さんに初めておいしかったといってもらった時に、ジーンとして泣き出しそうになっちゃったの。その時は、私は店主なんだから泣いちゃダメ、泣いちゃダメって必死に涙をこらえたの。笑顔、笑顔っていい聞かせて、笑ってありがとうございますっていったけど、今慶ちゃんがお客さんにおいしかったといわれて、その時のことが蘇ってきて、ジーンとしちゃったの」

ユキさんは泣き笑いをして涙を拭くのだった。

「そうだったんですか。私も感激しちゃって、ユキさんが泣き出さなかったら私が泣いちゃってました。その前にユキさんが泣いたので、どうしちゃったんでしょう⁉ってびっくりして、感激がスーッと引いちゃいましたよ」

慶が笑いながらうらめしそうにいうと、

「ハハハ、先越されちゃって損したわね。でも私もそうだった。初めておいしかったといってくれたお客さんのことは、今でも忘れないもの」

フミさんは懐かしそうにいうのだった。

そのフミさんも、介護をしている女の人が帰っていった後に言葉を詰まらせてしまった。慶が深呼吸日のことを話すと、

「分かる分かる。本当にそうなのよ。私も二年間店閉めて、千葉の実家の母親を介護したけど、

ひと月以上は続けて介護できなかったもの」

そういってフミさんは言葉に詰まり、目が潤んだ。介護の時のいろいろな思いが胸に迫ったのだ。フミさんは気を取り直して続けた。

「私はね、よく京都にいったのよ。京都のね、お寺さんとか神社を歩いていると、気分が落ち着いたの。そうか、それであの人は長くいたのね。リフレッシュしたっていう表情で帰っていったから、よかったよね」

とフミさんはうれしそうにいうのだった。

慶は外に出て、店の看板の横にかけてある『営業中です』のボードをひっくり返す。『閉店・本日は終了しました』の文字を見て背伸びをひとつ。背伸びをしたまま、

「お疲れさん」

と声に出していう。

フミさんとユキさんのいった通りだった。慶の予想に反して客が次から次へとやってきた。開店日なので、どんな店か覗いてみようとやってくる客がある程度はいるだろうけれど、混み合うほどにはならないだろうと思っていた。それにパンフレットとブログで告知しただけなので、知り合いの客がほとんどだろうと思っていたのだった。

「たまには上げ膳据え膳で朝ごはんを食べたいっていう人、けっこういるのよね」

とフミさんがいい、ユキさんが、

「それに朝ごはんだけのお店ってのがよかったのよね。珍しいからちょっといってみようって気

になるもの。モーニングもランチもディナーも食べられるお店だと、朝ごはんというインパクトが薄れちゃうかもね。朝ごはんだけのお店の方が、朝ごはんがおいしそうって感じがしちゃうもの。朝ごはん屋さんはやっぱり正解だったわよ」

と笑うのだった。

家族連れが多かったのも予想外だった。八時を過ぎる頃から家族連れの客が次々にやってきた。土曜日なのでお母さんも寝坊したいのよきっと、とフミさんがいい、お母さんたちがのんびりしてうれしそうよね、といったユキさんもうれしそうだった。

八時前にカマド炊きごはんがなくなりかけて、フミさんの勧めで慌ててもう一度炊き始めた。パンも残りわずかになってしまい、パン屋さん『虹』のアキコさんに電話して食パンが焼けているかどうかを確認し、ユキさんが買いにいってくれた。

ごはんがなくなってから、カマド炊きごはんを楽しみにやってきた客が何人もいたが、事情を話して、もうすぐ炊き上がりますけど待ってもらっていいですかと恐縮すると、全員が炊き上がるまで待ってくれた。かえってラッキーだよ、炊きたてホカホカのカマド炊きごはんが食べられるから、と笑うのだった。

ごはんもパンもなくなってしまうなんて考えてもみなかった。いっぱい残るだろうと思っていたのだ。慌てたし、どうしようと焦ったけれど、うれしい悲鳴だよねとフミさんとユキさんが笑ってくれた。

二人がいなかったらパニックになっていたかもと慶は笑いだす。まだまだ甘いし頼りない、しっかりしなければと笑顔のままため息をつく。

南アルプスの峰々に、白い雲が寄り添うようにくっついている。甲斐駒ヶ岳が陽光に揺らめいている。おつかれさんと微笑んでいるようだ。店内に戻りかけた慶は、南側のデッキに回ってテーブル席に腰を下ろす。さすがに疲れた。一休みしたい。それでも心地好い疲れだ。ドタバタしたけれど、開店日が無事に終わってホッとした。パラソルの影に入らないように座って目を閉じ、全身で日の光りを浴びる。暖かい微風が気持ちいい。

「何してんの？　紫外線、一番強い時なんだからね。あんたも私もお肌の曲がり角とっくに過ぎてんだから、直射日光は毒だよ」

いきなり希実ちゃんの声が響いて慶は目を開ける。希実ちゃんが背筋を伸ばして元気に歩いてくる。作業着姿だ。

「わあ、希実ちゃん、こんにちは。何だか太陽さんからエネルギー充電したくなっちゃったんだよね」

慶は希実ちゃんに笑いかける。

「はい、ジュース。くたびれたの？」

希実ちゃんはビニール袋から紙パックの果物ジュースを二つ取り出し、テーブルに置いてからパラソルの影になっているイスに座る。

「わあうれしい。喉カラカラだったんだ。お店はたった今閉店して、ホッと一休みしてたとこ。希実ちゃんは仕事終わり？」

「私は昼休み。どうだったのかと気になって、様子を見にきたんだよ」

希実ちゃんは紙パックにストローを刺してジュースを吸う。慶はいただきますといってジュースに手を伸ばす。

慶が予想外に客が大勢きたことを話すと、希実ちゃんは別段驚きもせず、

「だろうね。朝ごはん屋はいいアイデアだって思ってたんだ。ふわあっとして人当たりの柔らかいあんたにピッタリだって。あんたの雰囲気は昼でも夜でもなくて朝だよね。朝、あんたのふわあとしたうれしそうな顔を見るとさ、何だかいい一日になりそうな気がするんだよね。そのオーラがこの店からやんわりと出て、遠くまで届いていたんだよ。それでお客さんが引きつけられちゃったんだよ。私が白州で畑作業してても、この店のオーラを感じてお腹がグーグー鳴っちゃったもん」

とサラリという。

「そうかなあ」

そんなことをいわれても分かる訳がない。でも、と慶は言葉を続ける。

「本当にそんなオーラが出ていたらいいなあ。それで新しい一日のいいスタートが切れたと喜んでくれる人がいれば、うれしいけどね」

「類は友を呼ぶっていうじゃない。朝が大好きなあんたが朝ごはん屋をやれば、朝が大好きな人が自然に集まってくるんだよ。だから客がいっぱいきたんだよ。昼食べてないよね？　どっか食べにいく？　私お腹ペコペコ」

希実ちゃんが苦笑交じりの笑顔で唐突にいう。背もたれに身体を預けてふうッと息を吐く。疲労の色を隠せない。張り切り者の希実ちゃんにしては珍しい。

「疲れてるね、希実ちゃん」

「休もうと思ったら取引先の人がきて、あれこれ話をしながら一緒に畑を見て回ってさ。だから休んだ気分になれなかったんだよ。研修者の人の休み時間が終わってそのまま一緒に働いちゃったからちょっと疲れた。研修者の人が働いているのに私が休むって訳にいかないしね」

「そうかあ。大変だったね」

「平気よ。いつものことじゃないしね。お腹がすいているからエネルギーが切れちゃっただけだよ」

「ごめんね希実ちゃん。私もちょっと疲れちゃって、どっかへ食べにいく気分じゃないんだ。洗い物が残っているし、伝票の整理やって明日のパンを焼かなければいけないし、掃除もあるし、ここで適当に何か食べちゃう」

「そういうと思ったよ。混ぜご飯一緒に食べる？　白州の道の駅の混ぜご飯。二人分買ってきて車にあるから」

「えーッ、あそこの混ぜご飯大好き。食べる食べる。だったら最初にそういえばいいのに。サッとお味噌汁作っちゃうから」

「だってさ、もしかしたら、気分を変えて他の店で食べたいんじゃないかと思ったんだよ。お味噌汁はいいよ、お腹ペコペコだからお茶で食べちゃおうよ」

希実ちゃんは慶の返事を待たずに立ち上がる。駐車場に向かってスタスタ歩いていく。

希実ちゃんの気づかいがうれしい。慶は店の中に入って急いで味噌汁を作り始める。新タマネギと細かくきざんだシイタケ。これなら時間はかからない。希実ちゃんがやってきてカウンターに座るなり、

「今さ、向こうから車がやってきて駐車場に入ったよ」

という。

「えー？　お客さんかなあ」

慶は厨房の窓から駐車場の方を覗く。

「お客さんだったら看板見て帰るよ。閉店って出てるからね。それとも知っている人かもね。開店祝いにきたんじゃない？」

希実ちゃんはパックに入った混ぜご飯をカウンターに二つ置いていう。

駐車場から男の人と女の人が歩いてくる。熟年のカップルだ。夫婦のようだ。

「知らない人だよ。閉店時間を知らなかったのかも」

まるで見覚えがない。

「だったら帰るんじゃない。さあ、食べようよ。あまりのんびりしていられないんだ」

希実ちゃんはパックの蓋を開けていう。

「はい、茶碗」

慶はごはん茶碗をカウンターに置く。

「いいよ、このままで」

慶はキュウリの浅漬けと昆布の佃煮をカウンターに置いてから、

「ちょっといってみる。せっかくきてくれたんだから、閉店ですって挨拶だけでもしないと。お味噌汁、ちょっと待ってね」

と急いでカウンターを回り込む。

慶は出入り口から外に出た。店の立て看板の前にカップルがいる。エプロンをした慶に気づいて笑顔を向けた。慶は会釈をしながら歩み寄る。

「こんにちは。店にいらしてくれたんですか？」

「こんにちは。そうなんだけど、間に合わなかったみたい」

と女の人が笑う。ふっくらとした小柄な人だ。青色の薄いカーディガンを羽織っている。

「わざわざきていただいたのにすみません。今日は閉店しました」

「いやあ、もっと早く着けるかと思ったけど、思った以上に高速が渋滞していたんだよ。それに高速降りてから迷っちゃってねえ」

男の人が苦笑しながらいう。

「だからもっと早く出ようっていったのに。それにカーナビなんかいらないって取り付けないからこうなっちゃうのよ」

女の人が顔をしかめて男の人をなじる。

「高速って、どちらからいらしたんですか？」

慶は二人を見つめていう。

「東京なのよ。ここの店がオープンするっていうから、朝ごはん屋さんっていうのがいいなと思って食べにいこうって決めてたのよ。そしたらこの人が昨夜遅く帰ってきて寝坊しちゃって、それでブランチにしようって家を出たけど大渋滞。だから昨夜は早く帰ってきてっていったのに」

女の人がふくれ顔で男の人をにらむ。

男の人は頭を掻いて、

「高速が事故で詰まっちゃって、出口が過ぎていたもんだから降りるに降りれなくて、いや、まいっちゃったよなあ」

とぼやく。

「それは大変でしたね。ブログを見ていただいたんですね」

慶は二人を交互に見て笑っていう。ブログはすごいと思う。遠くの人にも伝わって、こうしてやってきてくれる。

「そうじゃないのよ。『CABIN』さんでパンフレット渡されて勧められたのよ」

「まあ、そうですか。『キャビン』さんは私もよくいきます。すてきなものがたくさんあって大好きなんです。朝ごはん屋を始めるといったら、宣伝するからパンフレット持ってきてっていってくれて、それでパンフレット置かせてもらったんです」

『CABIN』は三分一湧水から富士見坂の道を下った途中にある雑貨カフェだ。おしゃれでセンスのいい雑貨が置いてあって見ているだけで楽しくなるし、手作りケーキがおいしい。慶の大好きな店だ。

「この人温泉が好きで、私が雑貨屋さん巡りが好きなもんだから、この辺にはよくくるのよ。温泉があちこちにあるから、この人を温泉に降ろして、それで私が雑貨屋さん巡りをするの。この辺はしゃれた雑貨屋さんがいっぱいあって楽しいのよね」

女の人がうれしそうにいう。

「まあしょうがない。またこの次こよう」

「そうね。しょうがないわよね。天気もいいし、景色もいいし、外でブランチ食べたらおいしそうだわねえ」

女の人が景色を見回して未練がましくいう。

「朝ごはん、召し上がっていないんですか?」

「そうなのよ。だってブランチ食べようって出てきたから、出掛けにちょこっと果物食べてお茶を飲んだだけなのよ。こうなると分かっていたら、途中のサービスエリアでサンドイッチか何か買えばよかった」

といって女の人はまた男の人をにらむ。

男の人はたじろぎの態で、

「まあいいじゃないか。うまいランチに切り換えて、それで俺はずっと温泉にいるから、思う存分雑貨屋さん巡りしていいからさ」

と機嫌買いをする。

「あーあ、この景色のブランチ、楽しみにしてたんだけどでもまあいいか。この次くる楽しみが増えたわ」

　女の人が機嫌を直して笑う。

「あのう、もうランチの時間ですけど、朝ごはんメニューしかありませんけど、よろしかったら召し上がっていかれますか？」

　と慶はいう。せっかく東京から楽しみにしてきてくれたのだ。それに事故渋滞に巻き込まれたのはこの人たちの落ち度ではない。閉店だからといって無下に追い返すのは心苦しい。閉店時間はとっくに過ぎたけれど、わざわざ遠くからきてくれたのがうれしいし、大切なお客様だ。少し時間をいただきますけどそれでもよければと伺うと、それじゃあせっかくだからとカップルは喜び、南側のテラスのテーブルに座る。炭火は消壺に入れてしまったので炭火焼きのシャケはできない。そのことをいうと、オーブンでもガスレンジでもいいからシャケつきの和定食1が食べたいと男の人はいい、女の人は、

「ブランチはやっぱりチーズトーストだわ。それに目玉焼きをつけてちょうだい」

　とリクエストする。

　慶は店内に戻って、

「せっかくきてくれたんだから、食べていってもらうことにしちゃった。ごめんね希実ちゃん、お味噌汁すぐできるから」

　とカウンターの希実ちゃんにいう。

「平気だよ。あんたのことだから追い返すことはできないだろうって確信してたから」

希実ちゃんは何でもないというように混ぜごはんを食べ続ける。

慶はカップルに野草茶を持っていき、厨房に戻って途中になっている味噌汁作りを再開する。ガスレンジにもうひとつ、小さな鍋を用意して和定食セットの味噌汁を作り始める。開店日最後の客のための一働きだ。慶ちゃん、と希実ちゃんの声がして慶は振り向く。希実ちゃんは真っ直ぐに慶を見ている。

「『朝ごはん屋・おはようございます』、開店おめでとう。よかったね。厨房で働いているあんた、カッコイイよ」

と希実ちゃんが改まった口調でいう。

「そんなことないよ。ありがとう希実ちゃん。希実ちゃんとかみなさんのおかげです」

照れ笑いをした慶の目が潤む。ツネさんを始め、みんなには感謝してもしきれない。慶は涙を拭いてチーズトーストを作り始める。

夏

空は明るさを増していた。日の出はまだだ。南アルプスのギザギザの稜線が、明るくなった空にくっきりと線を描いている。

『朝ごはん屋・おはようございます』の厨房は照明で明るく、おいしそうなごはんの炊ける匂いが立ち込めている。

味噌汁に散らすネギを刻んでいた慶は、包丁の手を止めてカマドに向かう。そろそろごはんが炊き上がる頃だ。半袖のTシャツにエプロン。九月になったというのに夏のような暑い朝が続いている。

カマドの羽釜の分厚い木蓋を開けると、白い湯気が飛びだし、真白に輝くごはんが顔を出す。おいしく炊いてくれてありがとうと満面の笑顔でいっているようで、慶は思わず笑顔を返してしまう。炊きたてのごはんと慶が笑顔を交わすのは、開店前の日課となっている。

かすかにエンジン音が聞こえる。慶は耳をすます。オートバイのエンジン音だ。

「あ、バイクさんだ」

慶は口に出していう。間違いない。静かで滑らかなエンジン音なのですぐに分かる。バイクさんはいつもゆっくり走ってやってくる。きっと周囲の静けさに気をつかっているのだろうと慶は思っている。

バイクさんは開店して間もない六月に初めてやってきた。それ以来、月に二回のペースで開店と同時にやってくる。二十代初めの若い女性で、慶はまだ名前を知らない。だからバイクさんと心の中で呼んでいる。東京からやってくるのだと分かったのは、少し言葉を交わした先月のことだった。

慶は店内の電気を点けて外に出る。涼しい空気が気持ちいい。甲斐駒ヶ岳が赤くなり始めている。店のある丘を囲む樹木の葉が、眠りから目覚めたようにかすかに揺れ始めている。オートバイが駐車場に入ったのが聞こえる。エンジンが止まった。

慶は店の看板に『営業中』のボードを掲げる。まだ開店五分前だが、お客さんがやってきてくれたのだから喜んで迎え入れたい。バイクさんがヘルメットを持って駐車場から歩いてくる。ウエーブのかかったショートヘアー。背は高からず低からず、白いTシャツ姿で真っ赤な皮ジャンパーを腰に結んでいる。明るいベージュの皮ズボンに真っ赤な皮ジャンが色鮮やかだ。慶の姿を見つけるとうれしそうに笑った。慶は笑顔でバイクさんを待ち、

「おはようございます。いらっしゃいませ」

と丁寧に会釈する。

店を始めて四カ月になろうとしているのに、開店する前はお客さんがきてくれるだろうかと今でも心配になる。だからその日初めてのお客さんには特別うれしくなってしまう。

「おはようございます。少し早くきちゃったみたい。まだ開店前ですよね」

バイクさんは笑顔でいう。

「たった今開店しました。今日も東京からですか?」

「ええ。出る時に雲がなかったので、南アルプスの朝焼けが見られると思って、少しスピード出しちゃった。ちょうど山が赤くなってきましたよね。間に合ってよかった」

「いつも遠いところからありがとうございます」

「いいえ。私の方がありがとうございますなんです。この辺の朝の景色が好きでストレス解消のためにちょくちょくやってきていたんですけど、ここの店ができるまではコンビニで買ったサンドイッチを食べて帰っていたんです。それはそれでよかったんだけど、この店の朝ごはんがおいしくて、それに慶さんの雰囲気に癒されるからこっちにやってくる楽しみができてすごくうれしいんです」

「私がですか? 私、何も癒すようなことはしていませんよ」

「慶さんが働いているのを見ると、何だか癒されるんですよねえ。晴れの日も雨の日も、厨房でも客席のテーブルでも、どんなお客さんにでも、慶さんはいつも変わらずにうれしそうにふんわりした笑顔ですよね。それに厨房で手を動かしている時は、うれしそうだけど一生懸命って感じで、見ている私もうれしくなっちゃうんです。会社勤めなので、帰って出勤しなければならないからのんびりできないけど、ここでの一時間がいまの私にはすごく大事なエネルギーチャージなんです。だからありがとうございますっていうのは私の方なんです」

「私はただ朝が大好きで、朝ごはんが大好きで、それでうれしくてつい笑ってしまうんです。しまりがないだけなんです。一生懸命に見えるのは、ドジなので手際よくテキパキできないからなんですよ。それなのに癒されるっていってもらえるなんて、ちょっと恥ずかしいです」

癒すようなことは何ひとつしているとは思えないので、慶は恐縮して肩をすぼめてしまう。

「いいんです。私にはこの店のそんな慶さんが癒しなんです」

バイクさんはニッコリと笑う。

「私よりこの景色ですよね、癒されるのは。わあ、すごい！　バイクさん、山が真っ赤ですよ！　話に夢中になって見過ごすところでした！」

慶は八ヶ岳を見上げていう。八ヶ岳と、反対側の南アルプスの山々が朝日に染まっている。店がある丘にはまだ朝日が差していないけれど、高い山々は朝日を浴びて色づいている。

「きれいですよねえ。すっ飛ばした甲斐がありました」

二人は並んで朝日に染まった景色に見とれる。少しして、

「バイクさんて私のことですか？」

とバイクさんがいう。

「あ、ごめんなさい。お名前が分からないから、勝手にバイクさんって呼んでいるんです」

「そうですよね。名前いってませんでしたよね。私、立崎ユイです。カタカナのユイです。でもバイクさんの方が断然いいです。バイクさん、気に入っちゃった。バイクさんって呼んでください」

「ユイさんですか。すてきな名前ですね。じゃあ、ユイさんかバイクさんって呼ばせてもらいますね」

「はい。今日は洋定食Aをください。目玉焼き二個でお願いします。店の中で食べたいんですけど、できるまで外のテーブルで朝焼けを見てていいですか？　朝って、ちょっと室内が薄暗くて淡い光りじゃないですか。そんな室内で朝ごはん食べるのが好きなんです」

「私もなんですよ。外で食べるのも大好きだけど、太陽が昇る頃の室内で食べるのも大好きなんです。っていうか、朝ごはんはどこで食べても大好きなんですけどね」

と慶は笑う。

バイクさんが南側のテラスのテーブルに座り、慶はできたらお呼びしますからといい置いて厨房に戻って洋定食Aを作り始める。少しして、

「おはよう、慶ちゃん」

と男の声がして慶は出入り口に顔を向ける。白髪、浅黒い顔。少しガニ股で右肩が下がっている。しわがれ声で察しはついたが、やはり丸茂さんだった。丸茂さんはツネさんと同じ集落に住んでいる。七十二歳の丸茂さんは独り暮らしだ。時々慶の店にやってきては朝ごはんを食べてい

く。

　丸茂さんは右手で右の顎を押さえて浮かぬ顔をしている。

「どうしたんですか、丸茂さん?」

　慶は丸茂さんのただならぬ様子に驚く。元気にしゃべって食べていく、いつもの丸茂さんとは違って明らかに様子が変だ。

「参ったよ。この歳になって親不知が痛みだしちゃったんだよ。たまに痛くなってはいたんだけんど、放っておくと痛みはなくなっていたんだよ」

　丸茂さんはカウンターのイスに座った。右頬がぽっこり腫れている。

「えー!　大変じゃないですか!　腫れていますよ。こんな所にきている場合じゃないですよ。すぐに歯医者さんにいった方がいいですよ。私が送りますからちょっと待ってください。外にいるバイクさんの朝ごはんを超特急で作りますから」

　慶は早口でいう。

「慶ちゃん、落ち着きなって。何時だと思っているんだよ。まだ歯医者はやってないよ」

「あ……。でも急患なら診てくれますよ」

「最後まで話を聞けし。医者へはいったんだよ」

　丸茂さんは痛そうに顔を歪めて口を開けずにしゃべるので、声がくぐもってろれつが回らないように聞こえる。

「それで昨日手術して親不知を抜いたんだ。これがまたえらいこんで、親不知が歯ぐきの中で横に伸びていて、隣の奥歯にもぐり込んでたんだよ。歯ぐき切って、奥歯も削って、骨切って開いて、親不知を三つに切断して取ったんだよ。麻酔五箇所も打って、えらかったさ。痛み止め飲まなきゃいけんちゅうこんだけんど、メシ食わんきゃクスリ飲めんってこんで、だけどふつうのごはんは顎が痛くて嚙むのにえらいし、慶ちゃんにお粥作ってもらおうとやってきたんだよ。作ってくれるけ?」

「もちろんですよ。ちょっと時間かかりますけどいいですか?」

「ああ。わるいね。頼むよ」

「でも大変でしたね。麻酔五箇所も打ったんですか。私なら麻酔注射の痛さだけで気を失っちゃいますね。痛いの苦手なんです」

「誰だって苦手さよ。お粥、少し多めに頼まれてくんねえ。痛くて昨夜は何も食ってねえから、腹へってんだよ」

「分かりました。いっぱい食べてください丸茂さん。でもよかった。食欲があるってことは、すぐに元気になるってことですから」

と慶は笑う。


九時半をすぎると客足が途絶えた。

慶は洗い物をすませると、冷蔵庫を開けて大きなペットボトルの水をコップに取る。まだ暗い内に八ヶ岳から汲んできた湧き水だ。ごはんと味噌汁、コーヒー、紅茶に使ったが、冷蔵庫には満タンになっている大きなペットボトル三本が残っている。

慶はコップを持って南側のテラスに出る。青空に白い雲がたなびき始めている。雲ははるか高みの雲で、気持ちよさそうにゆっくりと流れていく。

南アルプスと八ヶ岳に雲はかかっていない。青い稜線が青空にくっきりとそびえている。

慶はテーブルのイスに座ってコップの水を飲む。半分ほど飲んでふうっと一息つく。ウイークデイなので土日ほどは忙しくはなかったが、それでもずっと立ちっぱなしだった。

バイクさんに丸茂さん。その後にボーダーコリー犬のアミーちゃんを連れたモモちゃんさんがやってきた。モモちゃんさんは七十五歳だというが、運動が大好きなアミーちゃんのために毎日十キロメートルは軽く歩いているという元気な女の人だ。

ワンちゃんの散歩に出て、慶の店に立ち寄って朝ごはんを食べていくという客が結構多い。慶はそれらの人とほとんど親しくなった。モモちゃんさんの本当の名前は知らないが、みんながモモちゃんといって話すので、慶はモモちゃんさんということにした。

慶はみんながちゃんづけで呼んでいる名前に、さらにさんをつけていう。お客さんはだいたい慶よりも年上だし、たとえ年下でもお客さんなので、礼儀としてさんをつけた方が違和感なく呼べるからだ。

モモちゃんさんとアミーちゃんの後に、小淵沢の道の駅でレストラン『ビーンズ』を開いているチヨさんとブンちゃんさん夫婦がやってきた。レストランが二カ月振りの休みなので、チヨさんのお姉さんが住んでいる高山までドライブにいくということだった。

その次が男の人三人。横浜からやってきて別荘に泊まったという中年の男の人たちで、近くのゴルフ場で朝一番のスタートなのだと慌ただしく食べていった。

それから男爵さんがきた。男爵さんは白州に住んでいる。師匠さんたちのテニスと釣りの仲間だ。東京の出身で、潜水夫として世界を股にかけて働き、今は悠々自適の毎日だと師匠さんがうらやましがっている。笑みを浮かべた精悍な顔つきなので、師匠さんたちは男爵と呼んでいるという。いつか男爵さんが、俺が男爵だからカミサンは当然メークインだよ、恐いから面と向かって呼んだことはないけど、と笑ったものだった。

その後に、電気工事の仕事をしに埼玉の会社からやってきているという五人の男の人がきた。十日前に小淵沢の民宿にやってきて、一カ月間泊まるのだという。素泊まりの民宿なので、この店があって助かると感謝された。一週間前に慶の店を知り、それから毎朝やってきて朝ごはんを食べてから仕事に赴いている。いつもはもっと早い時間にやってくるのだが、工事の資材が遅く届くことになったので、おかげで今日は久し振りに遅い朝ごはんだとのんびり食べていった。

その間に、初夏に二度ほど来店した熟年のカップルがやってきた。その時以来の来店だった。間髪おかずにモックンさんがスーツ姿で現れた。小淵沢にある花を扱う大きな会社の営業マンだ。三十歳の独身でアパート住まいをしている。全国を飛び回っていて、今日はこれから北海道に出張だといっていた。

工事会社の五人がまた明日と出ていき、モックンさんがお土産買ってきますからとあたふたと去り、熟年のカップルがごちそうさまと帰っていってから客足が途切れた。ウイークデイはだいたい九時半前後に一度客足が途切れる。それからブランチのお客さんがぽつぽつとやってくるまでが、慶の束の間の休憩時間だ。

テラスの先の芝から続く畑に、ミニトマトがなっている。八月の終わりに、今年は暑いから遅くまでトマトが実をつけるよとツネさんがいっていたが、その通りになった。初夏から夏の間、畑の夏野菜が店で大活躍してくれた。トマト、キュウリ、ナス、ピーマン、オクラ、トウモロコシ、ズッキーニ、ししとう、ミョウガ。ツネさんのいう通りに植え、管理した。農薬を使わなかったので形は不揃いだったが味はよかった。大豊作だった。

夏野菜が終わった畑を見て、夏の間はてんてこまいの忙しさだったと慶は苦笑する。お客さんが予想以上にやってきてくれたのだ。五月に開店してから常連さんが増え続けていたが、観光客が毎日のように二十人ぐらいもやってきてくれるとは思ってもみなかった。

ブログを見てきてくれたり、知り合いの店や道の駅、スーパーに置いてもらったパンフレットを見たり、店にきた人の評判を聞いたりしてきてくれたのだった。みんな高原の朝ごはん屋さんという言葉に惹かれてやってきたといっていた。

夏の初めの頃は一人で切り盛りしていたので焦りまくってしまった。注文取りに厨房での作業に配膳、そしてレジに後片付けと目の回るような忙しさだったからだ。注文を受けてからごはんを出すまでに時間がかかりすぎてしまい、お客さんに謝りっぱなしだった。

「いいよいいよ。ここは都会と違って、この非効率的な朝の時間がいいんだから」

と笑ってくれたお客さんもいたが、遅いと文句をいうお客さんもいて申し訳なくて仕方がなかった。でもすぐにヒロコさんが働きにきてくれて本当に助かったと慶はつくづく思う。

夏の間だけ誰か朝から働いてくれる人がいないでしょうかと、フミさんやみんなに相談したら、ヒロコさんがいいんじゃないかしらとフミさんとチヨさんがいうのだった。フミさんとチヨさんの店が忙しい時に手伝いを頼む人だという。どんな人かと尋ねると、一度家族三人で慶ちゃんの店にいったことがあるっていってたから、慶ちゃん知ってるんじゃないかしらとチヨさんがいうのだった。

「ちょっとね、かわいそうな人なのよ。だけど本人はちっとも落ち込んでなくて、控えめだけど明るくていい人なのよ。かわいそうっていうのは、ものすごく貧乏なのよ。旦那さんがずっと仕事してないんだよねえ。旦那さんが何してたか知らないけど、こっちにきたのは病気を直すためなんだって。肝臓の病気みたい。涼しい所が身体にいいってお医者さんにいわれたんだって。もう八年になるんだって。大泉の築百年ぐらいも経っている古い農家を借りて住んでるんだけど、家の中に雨樋がいるっていうぐらい盛大に雨漏りする家なのよ。旦那さんと歳が十六も離れていて、結婚したいっていったら両親に大反対されて、それで家出してこっちにきて結婚したんだって。大人しい人なのにやることは大胆なのよ」。

そういえばと慶は思い出した。六月に入って三人連れの家族らしいお客さんがやってきたことがあった。男の人は日に焼けた顔の四十代とおぼしき人で、女の人はまだ二十代ではないかと思われるぐらいに若々しかった。女の子が一緒で、保育園の年長さんだといっていた。その家族らしい三人のことを覚えていたのは、女の子が店に入ってくるなり、

「うわあ、レストランだあ！　サヨちゃん、レストランって初めて！」

と大きな声でいってうれしそうに顔を輝かせたからだ。店にいたお客さんたちがクスクス笑い、両親らしい男の人と女の人が苦笑していた。その人たちの特徴をチヨさんにいうと、ヒロコさんの子供の名前がサヨちゃんというから間違いない、その女の人だというのだった。

「旦那さん、やっと二年くらい前から身体の調子がよくなったみたいなんだけど、定職につかないで小淵沢の『まきばテニスクラブ』でテニスレッスンのコーチしてる。白州と野辺山でも春から秋の間だけ頼まれてコーチしてるらしいけど、どこも週に一回だけだから、雨で中止にならなくても月に三万ぐらいにしかならないんだって。だけどヒロコさんは三万円もお金がもらえてうれしいって、本当にうれしそうなんだよね。どうやって生きてるの？　って聞いたら、お金を使わないようにしてるって笑ってた。それでもね、家庭料理が上手な人で、旦那さんが人を呼ぶのが好きでいつも誰かが晩ごはんを食べにきてくれて楽しいっていうんだよねえ。私も何回もお呼ばれされたけど、豪華じゃない普通のごはんなんだけどおいしいのよねえ。ヒロコさんは人当たりもいいし、慶ちゃんの店にはピッタリの人だよ」

とチヨさんは太鼓判を押すのだった。

ヒロコさんに会ってみたら、やはり一度家族で店にきてくれた人で、チヨさんのいう通りの感じのいい人だった。店にきたサヨちゃんが感激してくれたことをいうと、

「あれが娘の外食屋さんデビューだったの。でもあれからどこの外食屋さんにもいってないんですけど」

とヒロコさんは笑うのだった。

ヒロコさんには朝の六時から十一時まで働いてもらうことにした。ヒロコさんが働き始めてから、家族で朝ごはんを食べられなくなって申し訳ありませんと慶が恐縮すると、

「大丈夫です。ちゃんと一緒に食べてますよ。主人と娘が私と一緒に食べたいって、いつも五時前に起きてくれるんです」

とヒロコさんはうれしそうにいうのだった。

ヒロコさんは毎日旦那さんが車で送り迎えした。車が一台だけなので、ヒロコさんが乗ってきてしまうと旦那さんの足が無くなるからだった。

朝の送りはサヨちゃんも一緒で、必ず、

「お母さん頑張ってね！」

と車から小さな手を振った。

保育園が休みの時は迎えの車に乗ってきた。店の外で待っていて、ヒロコさんが店から出ていくと思い切り走ってきてヒロコさんに抱きつく。

慶は微笑ましいその光景を見るのが好きなので、いつもヒロコさんと一緒に店の外に出た。早朝からの疲れが、サヨちゃんのヒロコさんに会えたうれしさに触れると、フンワリと包まれて小さくなっていく思いがするからだ。

ヒロコさんは笑顔を絶やさずに働いてくれるから、一緒に働いているのが楽しかった。本当にいい人にきてもらったとつくづく思う。夏を過ぎてもずっと一緒に働きたかったが、夏が過ぎる

と観光客のお客さんが少なくなって忙しさも終わるだろうと思い、アルバイト代を払えそうもないとあきらめた。最後の日に、

「すみません、ずっと働いてもらうことができなくて。ヒロコさんがきてくれて本当に助かりました。ありがとうございました」

と慶が礼をいうと、

「こちらこそ助かりました。ありがとうございました。忙しそうな時はいつでも声をかけてください。でも無理をしないでくださいね。お店は人件費が大変なので、本当に忙しい時だけ声をかけてください」

と気づかってくれた。

そういえば、と慶は思い出す。ヒロコさんと二人でポカンとしてしまった女のお客さんがきたことがあった。その人は出立ちから変わっていた。黒いレースのカーテンのようなドレス姿で、店に入るなりいきなり、

「ちょっと見させてね」

といったかと思うとグルリと見渡してから、

「あら、あなたたちなの。フーン、あなたもいるのね」

と誰かがそこにいるかのように、天井と壁と土間に向かって話しかけ、それから厨房に入ってカマドや調理台、天井を見回して、

「フーン。大丈夫ね」

といって今度はトイレに入っていき、出てきてから、

「大丈夫よ。悪いのはいないから安心よ」

というのだった。

慶はポカンとしてしまった。ヒロコさんを振り向くと、やはりヒロコさんもポカンとして慶を振り向き、互いにポカンとしているのがおかしくなって慶がついクスリと笑うと、ヒロコさんも笑い出して二人でクスクス笑ってしまった。

「ああ、だからだね。分かったわ」

と女の人が二人の笑い顔を見て無表情にうなずき、

「すみません、あの、悪いのって、誰かがいるんですか?」

と慶が尋ねると、

「霊とか精霊とか神様がね、いるんだよね。悪いのがいなくていいのばかりだから大丈夫よ。店は古いけどトイレは明るくてきれいだし、店の中も厨房も清潔だし、一番いいのはあんたたち二人の笑顔が明るいから、悪いのが居心地悪くていないんだね」

「あの、今もここに霊とか精霊とか神様がいるんですか?」

「いるよ。いいのばかりよ。あなたたち人間には見えないだろうけど、私はいま人間じゃないから見えるの」

「はあ……、人間じゃないんですか……」

「私は今、霊だから。ここなら悪いのが気になって食べづらいということはないから、気持ちよ

く食べられるわね」

そういって女の人が店を出ていき、少しして戻ってきた時は黒いドレスの上に淡いピンクのサマーブラウスを羽織っていた。さっきとは違って笑みを浮かべ、和定食1を注文しておいしかったとにこやかに笑って帰っていった。その後もその女の人は時々やってくる。最初にきた時は霊だといっていたが、それからは霊だとはいわなくなった。

朝ごはん屋さんが珍しいからという理由できてくれるお客さんが多かったことや、おばあちゃんの家にきたみたいでくつろげるというリピーターもいたり、面白かったのは、店の名前が変だからきてみた、というお客さんが何人もいたことを思い出して慶は笑みを浮かべる。

「おはようございます」

と女の人の柔らかな声がして慶は顔を上げる。顔見知りのお客さんだった。最初は旦那様とおぼしき男の人と一緒だった。それからしばらくして一人で二度来店してくれた熟年の女の人で、今朝も一人だった。笑みをたたえて静かな時間を愛しているというような落ち着いた人なのだが、今朝はうれしそうに笑っている。慶は立ち上がって、

「いらっしゃいませ。おはようございます。すみません、ボーッとして気がつきませんでした」

と笑う。

女の人は景色を見渡して、

「山と空がきれいでいい天気ですものね。気持ちがいいから今日はここでいただくわ」

という。ウエーブのかかった白髪混じりの短髪、長袖の白いブラウスが涼しげだ。

慶はどうぞと席を勧めるが、女の人は立ったままで、

「今日はお礼をいいたくてきたのよ」

とにこやかな笑顔を慶に向ける。

「お礼ですか？　何かお礼をいわれるようなことをしたでしょうか？」

そのようなことをした覚えは何もない。女の人はいつも一人でやってきて、景色を見たり、物思いにふけって静かに食べて帰っていくので、声をかけたりかけられたりしたこともない。

「この店のおかげで主人との大切なことを発見できたのよ」

「はい」

慶はどういうことなのだろうと曖昧にうなずく。

「開店したての頃に主人と二人でこの店にやってきたの。主人はひと月前に定年退職したばかりだったわ。この辺りの景色が好きで、退職したらこっちに移り住もうと何年も前に家を建てていたの。週末や休みが取れた日は必ず横浜のマンションからこっちの家にやってきて、こっちの生活を楽しんでいたの。友達もいっぱいできてね。それで退職してこっちにやってきて、もう毎日が楽しくて仕方がないって笑っていたわ。でも、この店にやってきて一週間ほど経った時に突然息を引き取ったの。夜眠っているうちにね。心臓の病気だった」

女の人は遠くの甲斐駒ヶ岳を見上げた。甲斐駒ヶ岳の上空に浮かぶ白い雲の、その先に浮かぶ思い出を見つめているように笑みを浮かべている。

「まあ、そうだったんですか……」

慶の言葉が途切れる。それでその後しばらくしてからやってきた時は、二度とも一人だったのだと小さくうなずく。

「それがね、ああ楽しかったと微笑んでいるような顔だったの。こっちで生活し始めてから短い間だったけど、本当に楽しかったと満足しているような顔だった。ありがとうっていっているような気がしたわ。寿命だから仕方のないことだけど、満足したような顔だったから、悲しいけど満足して寿命を終えたのならよかったなあって思えたの。だけど、しばらくしてから、主人とのことで何か大切なことを忘れているという気がしてきたの」

遠くを見ていた女の人は慶を見て微笑む。慶は黙って笑みを返す。

「それが何だったのか、いくら考えてもどうしても気づかなかったの。不思議にこの店で主人と話したことが何度も思い浮かんで、この店にくれば大切なことが何なのかに気づくかもしれないと思って一人でやってきたの。最初にやってきた時は何も気づかなかった。この店で主人と話したことはたわいもないことで、大事なこととか、思い出に残るような大切なことは何も話した覚えがなかったの。それでちょっとガッカリして帰って、またずっと考えたんだけど、どうしてもこの店で主人と朝ごはんを食べたことがやけに頭に浮かぶの」

女の人は落ち着いた柔らかな声でしゃべり続ける。しゃべっていることが気持ちよさそうに笑みを浮かべている。慶はうなずいて受け止める。女の人の柔らかな声が胸に刻まれていく。

「それでもう一度やってきて、一人で主人と座った店内の同じテーブルに座って、あの時に主人と同じものを頼んだ洋定食のAを注文して、目玉焼きにベーコンを柔らかめに焼いてもらって、主人はカリカリに焼いたベーコンが好きだったけれど、私は柔らかめのベーコンが好きなのでそうしてもらったの。あの時も主人はカリカリで私は柔らかめだった。でも、食べていても、食べ終わってからも、やはり大切な何かに気づかなかった。主人との大切なことがあるはずなのに気づかないなんてと悲しくなっちゃってね。その時だったの、隣のテーブルで食べていた五十代ぐらいのご夫婦の会話が耳に入ってきたの。『靴下買うの忘れたでしょう。もうみんな穴が開きそうよ』って奥様がいって、『あ、そうか、忘れてた。何でもいいから買ってきてくれよ』ってご主人がいって、『だって私が買ってくるとセンスが悪いって文句いって、自分で買ってくるっていったじゃない』と奥様がいって、二人でずっと靴下の会話をしていた。その時ハッと気がついたの。主人との大切なことって、私と主人だけにしかできない会話なんじゃないかって。たわいもない日常の会話。お帰りなさい、お風呂沸いてるわよとか、息子がちっともいうこと聞かないからガツンといって頂戴とか、今日は早く帰れるから外食するかと主人がいったこととか、そういう本当に何気ない主人と私にだけしかできない会話なんじゃないかって」

女の人は南アルプスの空の高みを見やり、それからまた慶に視線を向ける。笑いながら、

「おかしいでしょう？　何でもない毎日の会話が大切なものだったなんて」

という。

「いいえ。すごく分かります。私は結婚していませんけど、友達や、この店にきてくださるお客様との何でもない会話が大好きなんです。今お客様のお話を聞いて、本当にそうだなあってしみじみ思いました。日常のたわいもない会話って、宝物なんですよねえ。友達やいろんなお客様と

の会話を思い出して、たわいもない会話を抱きしめてやりたくなりました」

慶はうなずいて笑う。

「そうなのよねえ。本当にそう。あなたに話そうかどうか迷ったけど、やっぱり話してよかった。うれしくて誰かに話したかったんだけど、真っ先に思い浮かんだのがあなただったのよ」

「まあ、私ですか。うれしいですけど、私なんかより、お友達の方が喜んでくれたんじゃないですか？」

「ううん。まずはあなたにお礼がいいたかったの。このお店のおかげで主人との大切なものが何だったかに気づいたし、それにあなたならちゃんと話を聞いてくれて、そのことを分かってもらえるって思ったの。あの時お店で、何でもない会話が主人との大切なものだったんだって気づいて家に帰ったら、『おはよう』とか『いい天気だね』とか『お味噌変えたんだけど分かった？』とか、『このケーキ、味が軽いぞ。バター、ケチったな』、『お茶しようか？』とか『いつも約束手形ばかりだけど、今度は本当なんでしょうね』なんていう、主人とのたわいもない会話が次々に出てきて、忘れていたいろんなことを思い出してうれしかった。深刻な話とかすごくうれしいこととか悩みとかは、友達や親友とでもできるけど、『お風呂にする？　ごはんにする？』とか、『ねえ、子供たちをどっかに連れていこうよ』とか、『トイレの紙、新しいものに替えて置いてね』っていうのは友達や親友とはできないのよね。主人が生きていた時は気がつかなかったけれど、日常の何でもない会話が愛おしいものだったって気づいたわ。主人が生きている時に気づけばよかったけど、でも気づくのが遅かったけどよかった」

女の人はうれしそうな笑顔で慶を見る。

「はい。本当にそうかもしれません」

慶はゆっくりと丁寧に相槌を打つ。

「ごめんなさいね。長々と話をしちゃったわね。あなたはいつもゆったりしていて、ちゃんと話を聞いてくれる人という雰囲気があるから、安心して胸の内を話すことができたわ」

「私はそんな立派な人じゃないんです。テキパキできなくておっとりしているだけなんです。のんびりしているから、就職した会社でいつもリストラされちゃうんです。それでここのお店を始めたんです。だからそういうふうにいわれると、何だかこそばゆくなっちゃいます」

慶は手を振って照れ笑いをする。

「でもリストラされてよかったじゃない。このお店はあなたにぴったりのような気がするわ。いつもうれしそうに、楽しそうにしているもの」

「ぴったりかどうかは分かりませんけど、朝が大好きで、朝ごはんを作って食べるのが大好きなので、知らず知らずに楽しいとかうれしいという気持ちが出てしまうかもしれませんね」

「そうなんだ。だからなのね。主人とね、このお店の朝ごはんは普通の朝ごはんなのに不思議においしいね、って話してたの。あなたが朝と朝ごはんが大好きだから、朝ごはんにうれしいと楽しいの味が加えられて、それでおいしいのね、きっと」

「そんなこといわれると恥ずかしいです。テキパキできないから一生懸命作っているだけなんですから」

「でも、本当によかった。このお店で主人との大切なものに気づくことができて。あなたのおかげです」

女の人はにこやかに笑い、うれしくなったことを誰かに聞いてもらいたかったけれど、あなたにきいてもらってスッキリしたからお腹がすいちゃった、といって洋定食のAを注文する。

厨房に戻った慶がトースターにトーストを入れると同時に、

「慶ちゃんおはよう！」

元気な男の人の声が店内にどよもした。

「国井さん、おはようございます」

慶は笑顔の国井さんに挨拶する。国井さんは大工さんだ。『国井大工店』とネームの入った半袖の上着を着ている。五十歳がらみの年格好でガッシリした体型。短髪のゴマシオ頭。若い時は東京でテニスのインストラクターをしていたが、形となって残る仕事がしたくて八ヶ岳の麓にやってきた。甲府の職業訓練所に一年間通い、高根の棟梁の所で十年間修業して独立したという。

「今日はチーズトーストセットね。今日もおやつごはんだよ」

国井さんはのんびりした口調でいい、カウンターに座る。

「洋定食Bですね。分かりました」

色黒でクリクリとした大きな目が印象的な国井さんは、時々この時間にやってきて卵かけごはんかチーズトーストを食べて帰っていく。

「あ、チーズトースト、ダブルにしてちょうだい。最近やけにお腹すいちゃうんだよ」

「だってさ、朝はちゃんと食べたからブランチじゃないし、ランチには早いし、おやつタイムのごはんだからおやつごはん。いつもこの時間に慶ちゃんの店で食べる時に、ブランチはちょっと変だなあって思っていて、おやつごはんという言葉がピッタリだって自分で決めちゃったんだよ」

「それいいですね。おやつごはん。おやつ蕎麦とか、おやつうどんとか、おやつラーメンにおやつパンなんかもいいですねえ。ああ、何だかおやつナンチャラ食べたくなっちゃいました！」

慶は笑いながら国井さんに野草茶を差し出す。

「ありがとう。いやあ、今朝はびっくりしちゃったよ」

と国井さんが顔をしかめて苦笑する。

「どうしたんですか？」

慶は表情を変える。国井さんが渋い顔をするのは珍しい。

「基礎工事中に土の中からセーターとかズボンが出てきて大騒ぎになっちゃったよ」

「えー⁉　セーターにズボンですか？」

「そうなんだよ。あ、外のお客さん、待たせちゃ悪いから先にすませて」

国井さんは慶が料理の途中になっていることに気づいていう。

「すみません。セーターのことが気になっちゃうからあとで聞かせてくださいね」

と慶はいって卵を焼く。国井さんが携帯電話でメールを始め、慶は料理に集中する。

慶が洋定食Aを外のテラスにいる女の人に持っていき、厨房に戻ってからも国井さんはまだ携帯電話でメール作業に没頭していた。慶はチーズトーストを二つ作り始める。チーズを乗せた厚切りのパンをオーブンに入れ、コーヒーを淹れる。コーヒーを淹れ終わると同時に、チン！ とオーブンのタイマーが鳴ってチーズトーストが焼き上がった。オーブンの蓋を開けると、プーンとチーズが焼けた香ばしい香りが立ち上がる。

「うわあ、おいしそう！」

慶が思わず声を出すと、

「慶ちゃんて面白いよね。作っている人なのに、いつもおいしそう！ って厨房でいっちゃうんだからさ」

と国井さんが笑う。

「そうなんですよね。作っている私がいうのはおかしいと思っていわないようにしてるんですけど、ついおいしそうなので口に出ちゃうんです。お待ちどうさまでした」

慶は照れ笑いをしてチーズトーストの皿を二つカウンターに置き、続いてコーヒーカップを置く。国井さんが待ってましたとばかりにチーズトーストにかじりつく。

「それで、どうしてセーターとズボンが出てきたんですか？」

慶は気になってしかたがない。いやそれがさあと国井さんが話し始める。

「ユンボで地面を掘っていたんだけど、いきなりセーターが出てきちゃった。ボロボロのセーター」

「どうしてセーターが出てくるんですか？ 何か、怖いことだったんですか？」

慶は驚いて目を丸くする。事件の匂いがプンプンするという顔つきで国井さんを見つめる。

「そう思っちゃうだろ。土の中からセーターが出てくるなんて、おっかしいよね」

国井さんはチーズトーストを頬張りながらしゃべり続ける。

「やっぱり事件だったんですか⁉」

慶は目を丸くする。

「そう思うよね。だってさ、すぐにズボンとかシャツとか出てきて、みんな青くなっちゃったんだよ。何か事件に関係あるんじゃないかってさ」

「えー⁉ それってもしかして、殺人事件だったんですか……」

慶は胸の前で両手を組んで固まってしまう。

「俺もそう思っちゃったよ。えらいこっちゃ！ ってなもんだったんだよ。だってさ、もしかしたら白骨死体が出てくるんじゃないかって、もうみんなブルっちゃってさ」

「うわあ！ 白骨死体ですか！ どくろなんて見たら私気絶しちゃいますよ！」

「でしょう？ それで工事止めて警察に連絡した方がいいんじゃないかって騒ぎになってさ。だけど死体でも出てくれば警察に連絡だけど、死体がないんだから事件じゃないかもしれないって、もう少し掘ってみようってことになったんだよ」

「えー⁉ だってセーターにズボンにシャツですよ。絶対に事件ですよ！」

「だけどさ、それだけじゃ事件って決めつけられないから、もう少し掘ってみようということになったんだよ。そしたら出てきたんだよ、白いものが。硬いものが！」

「えー⁉　白骨死体ですか⁉　大事件じゃないですか！」

慶は目を白黒させる。

「結局は大騒ぎになっちゃったんだけど、白くて硬いものは白骨死体じゃなくて、皿とか茶碗だったんだよ」

「皿とか茶碗……。どうしてそんなものがセーターとかズボンと一緒に出てくるんですか？」

「それどころか、一升瓶とかビール瓶とか徳利とかお膳まで出てきちゃって、いったい何なんだよこれは？　って首ひねっちゃったよ」

「あ、分かりました！　大宴会の最中に殺人事件があって、それで犯人が証拠品の一升瓶とかお膳とかお皿ごと埋めちゃったんですよ！」

慶は勢い込んでいう。

「慶ちゃん。あんたテレビの観すぎか小説の読みすぎじゃない？　大宴会の最中の殺人事件はあるかもしれないけど、一升瓶とかお皿とかお膳まで一緒に埋めるなんてことしないんじゃない？」

「あ、それもそうですよね。あ、だけど証拠を残さないために埋めたってこともありますよね」

「ちょっとならそうかもしれないけど、一升瓶もビール瓶も徳利も皿もお碗も穴のあいた靴下とか、もう何でもかんでもゴロゴロ出てきたんだよ？」

「じゃあ、犯人は大宴会にきていた目撃者の全員を殺しちゃって、その人たちとものすごい証拠物件をどっさり埋めたってことかもしれないですね！」

「あのねえ」

国井さんは思わず失笑してから続ける。

「じゃあ穴のあいたいっぱいの靴下は、宴会に出席した人たちがみんなはいていたっていうの？」

「あ、それも変ですね」

慶は首をひねる。確かに変だ。宴会にきた人たちが揃いも揃って穴あき靴下をはいているはずがない。

「とにかく、何でこんなもんが埋まってるんだろうってことになって、もっと何か埋まってるんじゃないかってユンボで掘ってたら、突然ブシュー！　って吹き出したんだよ、ものすごい勢いで」

「うわあ！　真っ赤な血ですか⁉」

慶は驚いて口を開けたまま、両手で顔を押さえる。目がカッと見開かれていまにも飛び出しそうだ。

「ガクッ」

と国井さんは声に出していい、大げさにずっこけて見せる。それから、

「慶ちゃん。あんたさっきから、見かけによらず大胆なこというよねえ。人間とか生き物なんか埋まってないのに血が吹き出す訳ないじゃないか。水だよ水。水道管を引っかけて壊してしまったんだよ」

「え？　水ですか？」

慶はポカンとする。

「そうよ。水。水がものすごい勢いでブシュー！　って吹き出したんだよ。うわあ水道管壊した、えらいこっちゃって青くなったけど、こんなとこに水道管が埋設されてるなんて聞いたことないからおかしいってことになったのよ」

「はあ、そうなんですか。それで殺人事件はどうなったんですか？」

慶は水道管よりも殺人事件の方が気になる。土の中にセーターやズボンが埋まっているというのは、どう考えても尋常なことではない。

国井さんは手を振って、

「殺人事件なんて、ないないない。死体も白骨も出てこなかったんだから。セーターが出てきてびっくりしただけだったんだよ」

「だって騒ぎになったんでしょう？」

「騒ぎになったのは水道管を壊してしまったからだよ」

「ああよかった。殺人事件だったらどうしようってドキドキしちゃいました」

慶はホッと胸を撫で下ろす。

「ちっともよくないんだよそれが。とにかく水を止めなければって役場に電話して、役場の水道課から何人かきて、こんなとこに水道管はないはずだってことになって、水道管の方向を見たら施主さんに土地を売った地主さんの家の方にいっていたから、地主さんにきてもらったんだよ。おじいさんでさ。そしたらまず、セーターとか何でもかんでも埋まっていたのは、おじいさんが昔、何でもかんでもここに埋めたっていうんだよ」

「ええ⁉　どうして埋めたんですか？」

「昔はさ、ゴミの収集なんてなかったから、敷地の中に穴掘って何でもかんでも埋めてたんだって。みんなそうだったんだって。それが昔からの習慣だったから、ゴミ収集が始まっても穴掘って埋めていたっていうんだよ。車が無いから収集場所まで持っていくのが面倒くさいんだって。それはまあいいとして、問題は水道管なんだよ」

「はあ。水道管ですか。水が止まらなかったんですか？」

「水は止まったんだけど、昔、山の湧水から引いてきて使っていた水道管で、その辺一帯の家で使っていたっていうんだよ。今は新しい水道管を使っていて、その水道管は大元が止められたはずだっておじいさんがいうんだよ。それで役場のやつが調べるからっていうから、工事が中断になっちゃってさ。どうするか結論を出すまで工事はストップしてくれっていうのよ。スケジュールが狂っちゃうからまいるよなあ」

国井さんは顔をしかめてふうっとため息をつく。

「でもよかったじゃないですか。白骨死体が出てきたらスケジュールどころじゃありませんよね」

「そりゃそうだけどさ」

「慶ちゃんおはよう！」

元気な女の人の声がした。慶が顔を上げると、ヤッコさんが入り口から入ってきた。

「ヤッコさん、おはようございます」

ヤッコさんは清里で喫茶店を経営している。犬好きが高じて小淵沢のアウトレットにワンちゃんカフェを開店させた。ワンちゃんと一緒に入れるカフェで、ワンちゃんも飼い主と一緒にテーブルでおやつを食べられる店だ。ワンちゃんグッズの雑貨も品数豊富だ。清里からワンちゃんカフェにいく途中にちょくちょく慶の店に寄っていく。

「あ、ヤッコさん、おはようございます」

国井さんがヤッコさんを振り向いて挨拶する。ヤッコさんは国井さんにおはようと声をかけ、カウンターにやってきて、

「何で国ちゃんがいるのさ。こんなとこでサボっていないで、男は働きな」

といいながらイスを引いて座る。ヤッコさんと国井さんは昔からの知り合いで、国井さんがまだ見習い大工さんをしていた頃からの長いつき合いだということを慶は聞いている。ヤッコさんの清里の店は国井さんが建てた。

「サボってなんかいませんよ。休憩です、休憩。って、いつもヤッコさんとはここで会って、毎回同じことをいってるじゃないですか」

と国井さんが苦笑する。

「休憩なんて百年早いんだってば。男は生きている間は働け。まったく、男なんてちょっと甘やかすとすぐ遊んじゃうんだからさ。おいしそうだねチーズトースト。慶ちゃん、私もチーズトースト頂戴。コーヒーとね」

慶ははいと返事してチーズトーストを作り始める。

ヤッコさんと国井さんはよもやま話を始め、慶がヤッコさんにチーズトーストセットを出すと、

国井さんが帰っていった。

「これからアウトレットのお店ですか？」

と慶が尋ねると、ヤッコさんはコーヒーを口に運びながら首を振る。

「違うのよ。またチサトが帰ってくるのよ。だから迎えにきたの」

「そうなんですか。チサトさん、この前も帰ってきたばかりですよね」

チサトさんはヤッコさんの娘さんだ。東京の広告会社に勤めている。

「そうなのよ。誰に似たんだか、って私に決まってるんだけどさ、山とか空がきれいな景色の所にいるのが好きだっていって、少しでも時間があったら帰りたいっていうんだよねえ。帰ってくるのはいいんだけど、こっちが忙しい時にいきなり駅に迎えにきてっていうんだから慌てちゃうんだよね」

とヤッコさんはぼやく。

「でもチサトさんの気持ち、分かりますよ。私も東京の実家にいってもすぐこっちに帰ってきたいって思っちゃいますもの。空気はいいし、景色はいいし、のんびりしてるし、生きていることのあれこれを楽しめますから」

「そうなのよねえ。山梨にきてからさ、趣味は何かっていうと、毎日の生活って気分なんだよねえ。だって楽しいんだもの」

ヤッコさんは二十年くらい前に東京から山梨に引っ越してきたという。乗馬が大好きで、乗馬の盛んな小淵沢に移り住んだのだ。

「あらあ、ヤッコさんもですか。私も趣味は？　って聞かれると、前は朝っていってたんですけど、この店をやるようになってから毎日の生活っていう気分なんです。朝ごはんと昼ごはんと夜ごはんを食べることや、仕事したり、会話したり、夜眠る時とか、目を覚ましたりする時が楽しいんです」

慶は顔を輝かせてうれしそうに笑う。

「本当だよねえ。私はうまい食事にうまいビールだけどね」

「山梨で飲むビールって、本当においしいですよね」

「私さ、ビール飲むようになったのって、最近なんだよね。それまでずっと飲んだことなかったよ」

「えー!?　そうなんですか。ヤッコさんって、昔から豪快に飲んでたっていうイメージですよ」

「みんなにそういわれるんだけどね。でも飲みだしたのは最近だよ。というのはさ、中学生の時に大失恋して、やけ酒だあ！　ってビール飲んだけど、まずくて吐き出してしまってさ。まだビールのうまさが分からない子供だったからしょうがないけどね。それでやけ酒はやめて、やけ食いだあ！　って食いまくったのよ。ハハハハ」

「やけ食いですか。それで、失恋からは立ち直ったんですか？」

「立ち直ったわよ。色気なんかより食い気だあ！　って超明るい女になっちゃった。それが今でも続いていて、食べるの大好きなんだよねえ」

ヤッコさんはまたハハハハと豪快に笑う。

「でもヤッコさんはいくら食べても太らないからいいですよね。私も食べるの大好きなんですけど、食べすぎるとすぐに太っちゃうんです。何か特別なことしてるんですか?」

慶はうらやましそうにいう。

「なあんにも。だって動き回ったり働き回るの好きだからいくら食べても太る暇ないもん。食べるの大好きになったのはあの大失恋のおかげだけどさ、慶ちゃんも失恋して食べるのが大好きになったってことじゃないよね?」

「私は」

といって慶は言葉に詰まる。それから、

「失恋ですか……。失恋ならよかったんですけどねえ」

と取り繕うような笑みを浮かべる。

「違う理由で食べるの大好きになったんだね」

「別に、理由があって食べるのが好きになったという訳じゃないんです。あ、ありますね。山梨にきてからですね、食べるのが好きになったのは。だって空気がおいしいし、景色もおいしいし、だから食べ物もおいしいし、それで食べるのが好きになったんです」

「そうだよね。景色がおいしいって感じなんだよねえ。だっからいっくらでも食べられちゃうよね。本当に山梨にきてから、食べるのが好きっていうのがもう一段加速されたって感じよね。でも慶ちゃんは私みたいに失恋して食い気に走るタイプじゃないって感じだよね?」

「どうしてですか?」

「慶ちゃんってさ、どっちかというと振られるよりも振っちゃうタイプだもの」

「えー？　そうなんですか？　そう見えますか？」

慶は他人事のようにいう。そんなことをいわれたのは初めてだ。

「見える見える。失恋なんかしたことないいんじゃない？」

「そうなんですよね。というか、恋をしたことって一回しかないから、振るも振られるもないいんですけどね」

「ウッソー！」

ヤッコさんは大袈裟すぎるくらいに驚いて目を丸くする。

「本当ですよ」

慶は苦笑する。

「本当に⁉　一回だけ？　嘘？」

ヤッコさんは信じられないという顔でまじまじと慶を見つめる。

「そうなんです。ずっと昔に一回だけです。それも振ったとか振られたりして別れたんじゃないし、それから恋をしたことないから、振るも振られるも経験がないっていうのは本当なんです」

慶は苦笑したままいう。本当なのだから仕方がない。思い出したくない恋なのだが、ふとしたきっかけで思い出すことがあると今でも胸が詰まる。振ったり振られたりの恋だったら、明るく笑って話せるのにと慶はため息をつく。

「本当に一回だけなの？　信じられない。だって慶ちゃんってモテそうじゃん。男なら誰だって奥さんにしたいってタイプだもんね。何か、かぐや姫って雰囲気でさ、いい寄ってくる男がいっぱいいるって感じだもの。あ、そういえばそうだよね。慶ちゃんて本当にかぐや姫って感じだよね、うん」

とヤッコさんは自分の言葉にうなずく。

「えー？　私がですか？」

慶は目をパチクリさせる。

「からかわないでくださいよ。かぐや姫さんは絶世の美人さんですよ。私なんかとは月とすっぽんですよ」

「だってさ、慶ちゃんて朗らかでほんわかしてててものすごくモテるんだけど、恋に慎重っていうか、消極的っていうか、恋はしたくないっていうか、何かそんな雰囲気あるんだよね。かぐや姫ってそうじゃない。月に帰らなければならない運命があって、だから恋はしちゃいけないって決めていて、いい寄る男共に無理難題を出してあきらめさせるじゃない。うん。やっぱりそうだよ。慶ちゃんて本当にかぐや姫って感じだよ」

「かぐや姫ですかあ。やっぱり私って、恋に慎重って雰囲気出ていますか……」

慶はさみしそうな笑みを浮かべていう。

「え？　何？　どうしたの？　私、何か気に障ることいっちゃったの？」

ヤッコさんは意気消沈した慶に驚いて真顔になる。

慶はヤッコさんに真顔で見つめられ、慌てて笑顔を作って手を振りながらいう。

「いやだ、すみません、気に障ったんじゃないんです。本当のことをいわれたのでちょっとショックだったんです」

「じゃあやっぱりそうなんだ。何かそんな感じがしたんだけど、慶ちゃんがそんなにショックを受けるとは思ってもみなかったんだよ。ゴメンね。嫌な思いをさせるつもりはなかったのよ」

ヤッコさんはすまなそうな顔をする。

「いいんです。いわれて当然なんですから。だけどヤッコさんって、意外と鋭い人なんですねえ。そっちの方がショックでした」

「そうなんだよね。私ってあっけらかんとしてバカに見えるんだけどって、ほっといてちょうだい！　漫才してるんじゃないっつうの！」

とヤッコさんはおどけて笑う。

慶はつられて笑い出し、

「でも本当にヤッコさんのいう通りなんです。ずっと昔の恋の、別れた時のことをいまでも引きずっていて、それで恋をする勇気が出ないんです。別れたのは私のせいだから仕方がないんですけどね」

「ふうん、そうなんだ。振っても振られてもいないっていうんだから、きっと訳ありなんだろうけどいわなくていいからね。昼前からしんみりすることないもんね。今度飲もうよ。夜ごはん食べに私の家においでよ。もんじゃ焼きご馳走するからさ」

「えー！　ぜひぜひ！　ヤッコさんが作ってくれるんですか？」

「当たり前じゃない。けっこう美味いって評判なのよ。正真正銘、東京の下町のもんじゃ焼きレシピなんだからね」

　ヤッコさんは自慢げにいう。

「うわあ、ビールが美味しそうですね。考えただけでも元気が出ちゃいます」

「そうだよ。食べて飲んでしゃべって笑っていれば、そのうち絶対恋がやってくるって。慶ちゃんの場合は、その男と縁がなかったってだけなんだからさ。それでそのトラウマなんか吹っ飛ぶような、好きな男とめぐり会う機会がなかったってだけなんだからさ」

「そうですね。そうかもしれないですよね」

　慶がヤッコさんに笑顔を返すと、

「すみません。コーヒーだけ飲みたいんだけど、いい？」

　と男の人の声がした。

　ドアを開け放した出入り口に、中年の男女の二人連れが立っていた。初めて目にする二人だった。慶が厨房から出て挨拶をすると、二人は散歩の途中だといい、天気がいいので外のテーブルで一休みしたいという。

　慶は三つのコップに湧き水を入れて、東側テラスの二人のテーブルに運ぶ。それぞれの前にコップを置き、残ったひとつを南側テラスにいる女の人のテーブルに置く。女の人は穏やかな笑みを浮かべて南アルプスを眺めていたが、ありがとうと慶に笑顔を向け、コーヒーのお代わりを注文する。

慶が厨房に引き返すと、ヤッコさんがカウンターの上の段に食べ終えた容器を上げてまたねと席を立った。入れ代わるように、

「慶ちゃん、おはようございます」

「おはよう」

朗らかな声がしてチエコさんとジローさんがやってきた。

「わあ、ジローさん、チエコさん、いらっしゃいませ。おはようございます」

慶が挨拶を返すと、

「いまヤッコさんとすれ違っちゃった。慶ちゃんのお店って、何だかこの辺一帯の朝の社交場って感じになってきちゃったわね」

とチエコさんが笑う。

ジローさんとチエコさんは夫婦だ。『ホームタウン八ヶ岳』という社名の不動産屋を大泉で営んでいる。だから商売柄顔が広い。やってくるのはいつもこの時間で、チーズトーストを食べることが多い。

「慶ちゃん、俺チーズトーストとコーヒーね」

ジローさんがいい、

「私はコーヒーだけください。もうジローったら、人一倍稼ぎがないのに食べるのは人三倍ぐらいなんだから」

とチエコさんはいつものようにジローさんを横目でにらむ。

「ハハハ、何いってんだ。食べるのは毎日の楽しみじゃないか。何しろうちは『世界一毎日を楽しんでいる不動産屋』というキャッチフレーズの不動産屋だからさ」

ジローさんが笑い飛ばす。

「世界一やる気のない不動産屋じゃないか。まったくもう。少しは慶ちゃんを見習って、働けジロー！」

チエコさんがジローさんの足を蹴飛ばす。

慶は声に出して笑ってしまう。ジローさんとチエコさんが店にやってくるといつもこの調子なのだ。ふざけているのか真面目なのかは分からないけど、二人の掛け合いが面白くて慶はいつも笑ってしまう。

国井さんがいつか、

「夫婦漫才みたいな二人なんだけど、お客さんには人気あって信頼されてるんだよ。『ホームタウン八ヶ岳』さんとこで中古物件買った人の家をリフォームしたり、土地を買った施主さんの家を建てたことがあるけど、みんなあの夫婦は真面目で誠実で面倒見がいいっていうんだよ。世界一やる気のない不動産屋っていってる割りには、事務所の駐車場に来客の車がいつもあるしさ」

といっていたので、

「だけど国井さんが、いつもお客さんがいる不動産屋さんだっていってましたよ」

と慶はいって、湧き水をコップに入れて二人が座ったカウンターに置く。

湧き水でしょう？　いただきます、とチエコさんがいって一口飲み、

「ああ、おいしい！　それがちっともお金にならないお客さんなのよ。地区の人たちのよろず相談事とか、困り事とか、遊びの相談とか、冷やかしが見え見えのお客さんとか、そんなお客さんばっかり。それをまたこのジローったら、親身になってとことん相談に乗っちゃうもんだから、お金にならない忙しさなのよ。まったくもう、本当に能天気なんだから」

とぼやく。

「能天気のおかげで俺は晴れ男になって、それでゴルフはいつも晴れじゃないか。それもこれも含めて、俺のおかげで毎日楽しく暮らせるから、文句をいったらバチが当たるってもんだぞ、ハハハ」

ジローさんはごまかし笑いを豪快にする。

「そんなこといってる暇があったら、働き者の慶ちゃんの爪のアカを煎じて飲みなさいよ。今日だって物件を見にいったのに、帰りにゴルフ練習場に寄っていこう、その前に小腹がすいたから慶ちゃんの店に寄ってチーズトースト食べようっていって、仕事する気なんてまったくないんだから」

「何いってんだ。物件とうちの事務所の間に、ゴルフ練習場があるっていったのはお前じゃないか。慶ちゃん、こいつはさ、他のことはいっさら覚えちゃいんのに、ゴルフ練習場とゴルフ場がどこにあるのかだけは正確に頭に入っているんだから」

ジローさんはあきれ顔をする。

小柄なチエコさんは照れ笑いを浮かべ、

「私はさ、ただ物件の近くに練習場があるよっていっただけじゃない。エヘへへ」

と肩をすぼめる。ゴルフ練習場にいきたかったのはチエコさんのようだ。慶は二人のやりとりに笑いながら、ヤカンにコーヒー用の湧き水を入れて火にかける。それから、

「ジローさんとチエコさんはいつも二人一緒で毎日が楽しそうですよね。つくづく感じるんですけど、この店にきてくれるお客さんって、みなさん本当に毎日を楽しくすごすのがうまいですよねえ。感心しちゃいます」

といってパンの上にチーズを乗せ、オーブントースターの中に入れる。

「慶ちゃんこそ毎日が楽しそうじゃないか。いつきても楽しそうって感じだよ」

ジローさんは慶に笑いかける。

「お客さんのおかげなんです。毎日を楽しんでいるっていうお客さんが多いから、私も楽しくなっちゃうんです」

「その逆よ。ジローさんと話してたんだけど、この店にくると不思議に楽しくなっちゃうねって。慶ちゃんが楽しそうにしているから、みんなが楽しくなっちゃうのよ。だけど慶ちゃんは本当に頑張ってるわよねえ。朝早くからお店を開けて、それで午後から後片付けと掃除と翌日の仕込みやって、一日中働いているものねえ。楽しくなければ続かないよねえ。まだ開店してから一日も休んでいないんでしょう?」

慶はコーヒー豆をコーヒーミルに入れながら、

「はい。何だか休むのがもったいなくて。朝早く起きて朝ごはんを作るのが好きだし、楽しいお

客さんにも会えるし、休んじゃったらそれができなくなっちゃいますから」

といい、コーヒーミルを手で回して豆を挽く。カリカリと乾いた音がして手にコーヒー豆が砕ける感覚が伝わる。慶はこの感触が好きだ。おいしいコーヒーになりそうな感触を確かめることができるからだ。店を始めるずっと前から好きだった。店を始める時に電動のコーヒーミルにしようかと考えたが、手回しコーヒーミルで丁寧に豆を挽くことの方を選んだ。効率は悪いけれど、その方が楽しい。慶ちゃんを見習いなさいよ、いや慶ちゃんみたいに働き者になったら俺はくたびれて死んじゃう、というジローさんとチエコさんのやりとりに笑いながら、慶は挽いたコーヒーの粉をドリップに移す。挽きたての香りがふんわりと広がって、

「いい香り」

慶は思わず深呼吸をする。

十一時。閉店の時間だ。ジローさんとチエコさんが、ゴルフ練習場にいくといって店を出て少しすると、中年のカップルと女の人が帰っていった。それからお客さんはやってこなかった。慶は外に出て閉店の看板を出し、南アルプスを見る。夏の終わりの空が、明るく透き通るように青い。慶は深呼吸をして決心し、うれしそうに笑って、

「やっぱりそうしよう」

と声に出していう。

店にお客さんが誰もいなくなると、

『まだ開店してから一日も休んでいないんでしょう？』

というチエコさんの声が何度も耳に聞こえた。店を休みたいとは思わないけれど、夏休みを取りたい気分が大きくふくらんで抑えきれない。

「午後は夏休みイイイイ！」

慶は南アルプスに向かって思い切り背伸びをする。パンを焼いたり仕込みをするのは夜でいい。眠る時間が削られるけど、その分明日眠ればいいのだ。せっかくの気持ちのいい天気だ。最後の夏の日かもしれない。夏休みを楽しむにはもってこいの午後だ。

洗い物も掃除も、お客さんが帰った後に済ませていた。カマドの火はとっくに落としてある。慶は七輪でおにぎり用のシャケを焼き始める。もうひとつの七輪の炭を消壺に入れる。シャケが焼けるのを待つ間にフライパンをガスレンジにかけ、卵を溶いて卵焼きを作る。できた卵焼きを銀紙で包む。シャケを裏返してフライパンを洗う。残った野草茶を携帯用の魔法瓶に移し替えた。シャケが焼き上がると、慶はおにぎりを作り始める。具はシャケと梅干しとコンブの佃煮。それぞれに海苔を巻いて完成する。冷蔵庫からトマトを一個取り出し、ラップにくるむ。ランチの準備が完了した。

シャケを焼いた七輪の炭を消壺に仕舞い、ガスの元栓を止める。七輪の網と菜箸を洗い、換気扇を止めて戸締りをする。外に出てドアに鍵をかける。ドアに鍵をかけると、もう一度南アルプスに向かって、

「夏休みイイイイ！」

と声に出して背伸びをする。声に出していうと、ウキウキして気分がいい。

慶は軽自動車に乗り込み窓を全開にする。車内の空気が太陽に焼かれて蒸し風呂のように暑い。窓を開け放つと風が吹き抜けて、慶はホッと吐息をつく。車内の暑い空気が出ていくといつもホッとするけれど、夏休みだと思うといつもよりは気分がいい。小さな夏休みだけど、夏休みは夏休みだ。

いきたい場所はもう決めてある。午後から夏休みにしようと思った時に、最初に浮かんだのはあの滝だった。石空川《いしうとろ》渓谷にある魚止めの滝。

きれいな水。流れ落ちる水音だけの静寂。涼しい風。木々の葉のきらめき。そのほとりの木陰に座ってランチを食べる。小さな夏休みを楽しむには最高の時間だ。

慶は窓を閉めてクーラーをつけようとして、夏休みなのだからと思い止まる。窓を全開にして風を感じたい。夏の高原を走るのだから、少しぐらい暑くてもその方が気持ちがいい。うん。夏休みなのだから。

慶はうなずいて車をスタートさせる。道に出ると暑い風が車内に入り込む。それでもどこかに秋を予感させる少しだけさわやかな風だ。

小淵沢から下りてくる道に出て走り、ループ橋を曲がり下る。釜無川の橋を渡って国道二十号線を白州へと進む。幹線道路だけあって交通量が多い。大型トラックが何台も連なるように走っている。慶は少し迷ってから、

「まあいいか」

と声に出していい、窓を閉めてクーラーをつける。排気ガスが車内に入ってきて息苦しい。もう少し走れば右折して二十号線から外れてしまうが、我慢して排気ガスを吸うことはない。

慶は道の駅の交差点を右折して、角にあるガソリンスタンドに車を入れる。ガソリンの残量が半分より少なくなっている。

「慶ちゃん、こんにちは」

制服姿のヒラガさんが笑顔でやってくる。師匠またひろしさんの高校の後輩でゴルフ仲間だ。早朝、ゴルフにいくといって師匠さんと一緒にごはんを食べに何度かやってきた。慶は希実ちゃんの家や畑に寄った時に、このスタンドでたまにガソリンを入れている。慶が挨拶を返すと、

「昼だというのに珍しいね。お店休み？」

とヒラガさんはいう。

「お客さんがこなかったので時間通りに終わって、午後から夏休みにしちゃったんです」

と慶はいう。

「へー、いいね。いつまで？」

「今日の午後だけです。でも夏休みだからうれしくて、ちょっとドライブです」

慶は晴れやかな笑顔を向ける。

慶は満タンにしてくださいといい、ヒラガさんは分かりましたといって車にガソリンを入れる。ヒラガさんは慶の車のガラスを全部きれいに拭き、ガソリンを入れ終わって慶からお金を受け取る。

「午後だけの夏休みかあ。慶ちゃんらしくていいね。楽しんできなよ」

とヒラガさんは慶に笑いかける。

「ありがとうございます。でもどうして私らしいんですか？」

「何だかさ、小さい夏休みって、何となく慶ちゃんらしいじゃない」

「本当ですよねえ。私には豪華夏休み旅行は似合わないですよね」

「そんなことはないよ。午後だけの小っちゃい夏休みって誰も考えつかないってことだよ。慶ちゃんだから考えつくことでさ、だから慶ちゃんらしいっていったんだよ」

「ただ単に暇とお金が無いだけなんです」

慶は朗らかに笑う。夏休みなので気分が高揚している。

「これからバシッと決めて東京にでもいってくるの？　それとも甲府？　松本？」

「えーッ、まさか。そんなことしませんよ。滝のところでおにぎりランチです」

「滝でランチか。それも慶ちゃんらしいけど、慶ちゃんは元々都会育ちだから、バシッと決めて都会の街を歩くと、何だか様になりそうだと思ったんだよ。滝ってどこの滝？　もしかしたらひろしさんと太郎ちゃんに会うかもしれないよ。あの二人釣りにいったんだ」

「あらあ、師匠さんと太郎ちゃんさん、どこにいったんですか？」

「小武川のずっと上の支流か、石空の上流っていってた」

「石空なら会うかもしれませんね。私、石空の魚止めの滝にいくんです」

「ああ、あそこは涼しくていいよね。じゃあ気をつけて」

慶はヒラガさんにありがとうございますと手を上げ、窓を全開にしてスタートさせる。南アルプスの麓に向かって走り、中学校を左折する。のどかな田園地帯をゆっくりと流し、横手の集落を抜けて大武川の橋を渡る。そこからは山腹を縫うように曲がりくねった山道が続く。一度下って石空川の橋を渡り、さらに山道を進むと、右への矢印と精進ヶ滝と標識のある道に出た。慶は右にハンドルを切って、精進ヶ滝方向へと向かう。

急坂の道は木々が覆い被さって、深い緑色の光りに包まれる。新緑、真夏、紅葉と何度も走った道だったが、慶はゆっくりとアクセルをふかして道沿いの緑あふれる景色を楽しみながら車を走らせる。ここまでこなければ見られない景色だ。急いで通りすぎるにはもったいない。

しばらく急勾配の道を登っていくと、いきなり右側の景色が開ける。深い谷の石空川渓谷だ。慶は道路の右側にある小さな展望台へと車を乗り入れる。車を出て遠くの緑の山肌を見上げる。緑のカンバスの高みに、白い絵の具でスッと一筆線を引いたような精進ヶ滝が見える。すぐそこにあると感じる青い空に浮かぶ白い雲。深い谷を隔てているので遠いはずの向こうの緑の山肌が、近そうだったり遠く思えたりする。遠近感に惑わされるのが面白くて、いつまでも見飽きることがない。

慶は思い切り背伸びをして景色を見回す。それからうれしそうに笑みを浮かべて、

「おにぎりおにぎり」

と声に出していってから車に乗り込む。

気持ちのいい景色に誘われて空腹がいや増した。ここでおにぎりを食べてもおいしそうだけど、

やっぱり涼しい水辺の魚止めの滝で食べたい。慶は車をスタートさせる。少し走って、右に別れる道へと入る。石空川の駐車場まで谷を下る道だ。慶はゆっくりと道を下り、石空川に架かる大きな吊り橋を左手に見ながら駐車場へと入って車を停める。

駐車場には間隔を開けて四台の車が停まっていた。慶はその中の一台が、師匠またひろしさんの四輪駆動軽自動車なのを確認する。年季の入ったオンボロ軽四輪なのですぐに分かった。たまに店に乗ってくることがある。釣りのための車なのだという。狭い山道に入っていくことが多いから、性能さえよければ汚くてもオンボロでも何でもいいと師匠さんがいっていた。

慶は車を下りて師匠さんの車のタイヤを見る。案の定、後輪タイヤの前後にブロックをかませてある。

太郎ちゃんさんが、

「師匠さんの釣り用の車に乗ると不便なんだよね。だってコンビニ寄ると、決まりだからって、俺が後ろからブロック出してタイヤにかませなくちゃならないんだよ」

とぼやいたことを思い出して、慶はクスリと笑う。

どうしてブロックを？　と慶が不思議に思って尋ねると、

「サイドブレーキの利きが悪くて動くっていうんだもの。あったかい日はエンジン切ってギヤをローかバックに入れておけば動かないんだけど、寒い日は車内が冷えるからエンジン切りたくないじゃない。とすると、誰かが運転席に座ってブレーキを踏んでいるか、もしくは動かないようにブロックをタイヤにかませるしかないんだよ。それは助手席に座った者の役目だって師匠さんがいうんだよね。だから俺が後ろのドアを開けてブロックを出してタイヤにかませるんだよ。みんなに笑われて恥ずかしいんだよね」

と太郎ちゃんさんは笑いながらいうのだった。

慶は驚いて、笑っている場合じゃないですよ、危ないから修理に出した方がいいですよというと、

「それが、もう二回ほど修理に出しているんだけど、時間が経つとまた利かなくなっちゃうんだってさ。何せ二十年ぐらいも前の車だから、もうあちこちガタがきてるんだよね。走ってる最中にいきなりダッシュボードが開いて中のやつが飛びだしたり、キャブレターの蓋が外れてしまってどっかへ落ちてオーバーヒートしちゃったり、師匠さんの釣り用の車に乗る時は命懸けなんだよね、ハハハハ」

と太郎ちゃんさんはヤケクソ気味に笑うのだった。

師匠さんにそのことを確かめると、

「その通りなんだよね。だから今、釣り用の新しい軽の四駆を探しているんだよ。新しいっていってても中古だけどさ。車屋さんにも頼んでいるから、もうすぐ見つかると思うけど、長いこと乗ったから愛着があって離れがたいんだよね。あんな面白い車にはもう乗れないから、話のタネに乗ってみる？　六十キロ以上出すと突然、グワワワワワン！　ってものすごいエンジン音が轟いて爆発しそうになっちゃうし、ガタガタガタ！　ってものすごい震動がして今にも分解しそうになっちゃうんだから。その前にダッシュボードが開いちゃうけどね」

と笑っていたけど、まだ新しい車は見つかっていないみたいだ。

慶はその時に笑い転げたことを思い出してクスクス笑い続け、

「ご苦労さま。もう少し頑張ってね」

と師匠さんの車に手を置いていう。

他の三台の車は乗用車だった。師匠さんの車とは違ってみんなきれいなので、精進ヶ滝へのハイキングを楽しむ人たちのようだ。

慶は車の後ろに回って、トランクスペースからスニーカーを取り出す。いつも入れてあるスニーカーだ。履き替えて、助手席に置いてあるランチセットの入った手提げバッグを持ってドアをロックする。準備完了。慶は精進ヶ滝まで続く遊歩道に向かって歩き出す。

駐車場を出るとすぐに石空川に架かる長い吊り橋を渡る。鉄製の吊り橋なのだが、真ん中付近まで歩くとフワフワと上下に揺れて、

「揺れてる」

と慶は声に出して笑みを浮かべる。いつも揺れるのを忘れてしまっていて、渡るたびについ声を出してから思い出すのでおかしくなってしまう。

慶は立ち止まって眼下の川を見渡す。すぐ上流の堰堤を流れ落ちる水音が絶え間なく聞こえている。下流に目を向けると、広い河原に点在する大きな岩石にぶつかった流れが、ジグザグに曲がりながら下流の堰堤へと流れていく。空と山と渓流に生まれた空気がおいしくて慶は深呼吸をする。

吊り橋を渡るとすぐに、遊歩道は森の中に吸い込まれる。登り勾配だが遊歩道は整備されていて歩きやすい。川からは少し離れてしまうけど、岩を噛む水音が絶えずゴーゴーと低く聞こえている。小鳥が短く鳴いて、慶は立ち止まって周囲を見回す。さえずりは続けざまで、近くにいるのは確かなのだが、木々が密集しているので姿は見えない。

慶はまた歩き出す。やがてフォッサマグナの標識が見えてくる。左に下りていくと、日本列島の裂け目といわれるフォッサマグナが観察できるのだ。慶は遊歩道をそのまま真っ直ぐに進む。木々の葉が折り重なって空を遮っているので、湿り気を含んだ空気がひんやりとして涼しい。

しばらく歩き進むと下り勾配となり、その先に緑のトンネルの出口が明るく輝いている。目的地はもうすぐだ。出口に近づくにつれて滝の水音が大きくなり、渓流の輝きがキラキラとまぶしく踊っているのが見える。

緑のトンネルを抜けたとたん、慶は光りと滝の水音に包まれる。両岸に迫る切り立った山肌の真上で青空がぽっかりと口を開けている。

「うわあ」

慶は渓流の岩場に降り立って明るい空を見上げる。白い小さな雲がゆっくりと流れている。すぐ目の前に一の滝、その上にもっと大きな二の滝。この二つが魚止めの滝になっていると師匠さんが教えてくれた。

「だけどさ、本当はあの滝の上にも魚はいるんだよ。魚止めの滝っていうぐらいだから昔はいなかったんだって。それを、大昔に漁協の人が稚魚を放流する時に、俺だけの釣り場を作ろうって、魚止めの滝の上流にこっそり放流したんだって。それが自然産卵して魚がいるようになったっていうんだよ。本当かどうかは知らないけどね。だけど今じゃ、魚止めの滝の上にも魚がいるって知っているやつが多いから、魚止めの滝っていうのは名目だけになっちゃってるんだよ。そうはいっても知らないやつらは引き返すから、下よりも釣れることは釣れるんだ」

と師匠さんは面白そうに笑っていた。師匠さんと太郎ちゃんさんはきっと二の滝を越えて、もっと上流に釣り上がっていったはずだ。

慶は一度だけ魚止めの滝を越えて、精進ヶ滝の近くまで遊歩道を歩いたことがある。希実ちゃんと、希実ちゃんの友達と一緒だった。遊歩道はずっと渓流沿いに続いた。岩場を歩いたり、水辺を歩いたりと変化に富んでいたし、何よりも少し歩くごとに景色の違う渓谷美が次々に現れるので、楽しくてあきることがなかった。秋の紅葉の時に、もう一度精進ヶ滝まで歩こうと約束している。紅葉の渓谷はさぞすばらしいことだろうと、慶は楽しみにしている。

今日のハイキングはここまでだ。魚止めの滝でランチと決めている。慶は一の滝から少し下流の岩場に座る。ここならば滝の冷たい水しぶきに濡れることはない。それでも深い谷を流れる清冽な渓流のほとりなので、空気はひんやりと肌に冷たい。木漏れ日が揺れる岩場は暑すぎず冷たすぎず、さわやかな暖かさが心地いい。それに何よりも、滝と岩と渓流と切り立った緑の山肌と、上空にぽっかりとあいた空をいながらにして見渡すことができる最高の場所だ。

慶は、おにぎり、卵焼き、トマト、野草茶の魔法瓶を岩場の上に並べて食べ始める。滝の大きな水音と渓流の軽やかな瀬音がＢＧＭの、夏休みらしい雰囲気に満ちたランチだ。気持ちがよくて笑みがこぼれる。

滝の岩場に設置された鉄板の階段を、デイパックを背負った初老のカップルが慎重に下りてくる。精進ヶ滝までハイキングにいってきたようだ。

階段を下りて慶に気づくと、二人同時に微笑む。

「こんにちは」

慶はおにぎりを持ったまま笑顔で会釈する。

「こんにちは。おいしそうねえ」

と女性が気さくに話しかける。

「滝でおにぎりかあ。おいしそうだね」

男性がにっこり笑う。

「はい。最高においしいです。あと二個ありますから、よろしかったらひとつずつお食べになりますか?」

慶の申し出に二人は驚いて顔を見合わせる。見ず知らずの慶がそんなことをいうとは思ってもみなかったのだ。

「ここで食べるおにぎりは本当においしいんです。どうぞ、食べてみてください。私の手作りおにぎりですけど」

慶は二個のおにぎりが入っているタッパーを差し出す。

「いやいや、それは悪いから遠慮しとくよ。弁当は車にあるからもう少しの辛抱だ」

男性が首を振る。断ったけどうれしそうに笑う。女性もうれしそうに慶を見て、

「ありがとうね。精進ヶ滝までいって、お腹すいたから早く戻ろうってこの人にせかされて、息が切れてくたびれてたけど、あなたのうれしい好意に元気になっちゃった。お弁当持っていこうっていったのに、この人ったら荷物になって重いから車に置いていくっていうんだもの。やっぱり持ってくればよかった。こういうところで食べたかったなあ」

といい、うらめしそうに男性をにらむ。

「でも分かります。お弁当って意外と重いんですよね。私は食い意地が張っているので、どんなに重くても、どこまででも、何が何でも持っていっちゃいますけどね。フフフ。あの、よかったら本当にお食べになりませんか？　どうぞ、遠慮なさらずに」

慶がおにぎりを二人に差し出すと、二人はいやいや、私たちのは車にあるからと手を振り、ありがとうと慶に礼をいって断る。二人はそれぞれに、じゃあ、さようなら、といって立ち去ろうとする。

慶は、上の方で釣りをしている大柄な二人を見かけなかったかと尋ねると、ずっと上流の方にいたと男性がいう。

「ありがとうございます。じゃあ、お気をつけて」

慶が会釈すると、二人は、はいどうも、さようなら、と朗らかに笑って去っていった。

慶は二人の幸せそうな後ろ姿を見送る。二人の後ろ姿にはもう一度振り返りそうな気配が漂っている。やはり二人は森へと入っていく遊歩道の途中で振り向く。二人は慶を見て笑顔で手を振

る。慶が大きく会釈をして返礼すると、二人はゆっくりとした足どりで森の中へと消えていった。

慶はフッと息を吐いてから微苦笑を浮かべる。

以前の慶は見ず知らずの人に気軽に声をかけることはできなかった。今は自然に声が出てしまう。まるで別人になってしまった。慶はそのことが信じられない。我がことながら変われば変わるものだとおかしくなってしまう。少しは大人になったということなのだろうと慶は思うが、以前の自分を思うとかわいそうに思えて胸が痛む。自分に自信が持てなくて、好きだった人なのに彼のプロポーズを受け入れることができなかった。その時の心の傷は深く、それからは恋に消極的になってしまった。トラウマ。慶はヤッコさんの言葉を思い出す。もう十年以上も前のことなのに、いつまでも忘れることはできない。自業自得だと分かっているけど、理解してもらえずに別れてしまった彼のことを思うと今でも辛くなる。自分のせいで、彼が今でも幸せをつかまえられずにいるのではないかと、慶は時々落ち込んでしまう。

『会って楽しい人はいるけど、会えなくてさみしいって思うのは慶ちゃんだけだ』

彼の言葉がはっきりと耳に残っている。

慶はぽっかりとあいた空を見上げて大きなため息をつく。周囲が緑の青空に、明るい白い雲が流れていく。緑と青と白。くっきりと際立つ三色がきれいだ。食べかけのおにぎりを手に持ったまま、慶はいつまでも空を見上げ続ける。絶え間ない水音が暗く沈んだ心を洗ってくれるようで、慶は目をつむって耳を傾ける。

「あれ？　慶ちゃんじゃない⁉」

いきなり太郎ちゃんさんの驚く声がして慶は振り向く。

太郎ちゃんさんと師匠またひろしさんが、一の滝の階段から遊歩道を歩いてくる。

「本当だ！　慶ちゃんだ‼」

師匠さんも驚いて声を上げる。

「うわあ！　師匠さん！　太郎ちゃんさん！」

慶はおにぎりを持った手も一緒に、両手で二人に手を振る。

「何してるのこんな所で？　釣り？」

師匠さんが驚きながらもうれしそうにいう。

「違います。午後から夏休みにしたので、ハイキングにやってきてランチ食べてるんです。ほんのちょっぴりのハイキングですけど」

慶はおにぎりをかざしていう。

「夏休み？　何だ、そうなのか。明日師匠さんとブランチ食べにいこうっていってたのに、休みじゃしょうがないよなあ。コンビニで何か買って食べなきゃ。最近本当にお腹すくんだよねえ」

と太郎ちゃんさんが残念そうにいう。

「ちょっと。太郎ちゃん。最近じゃなくていつもでしょう？　知らない人が聞いたら本当だと思っちゃうよ」

師匠さんが太郎ちゃんさんに突っ込みを入れ、慶はクスリと笑う。

「それにしても慶ちゃん、夏休みなんて急な話じゃない？　そんなこといってなかったよね。いつまで?」

と師匠さんがいう。

「今日の午後だけです。明日はいつも通り営業しますから、予定通りブランチ食べにきてください」

「午後だけなの? それって夏休みっていわないんじゃない? 夏休みってのはまとめて何日かの休みをいうよね。慶ちゃんのはただの半休っていうんじゃないの、普通は」

と太郎ちゃんさんが笑い出す。師匠さんが続けていう。

「夏休みだとしても、ちっこすぎる夏休みだなあ。あっという間に終わっちゃって、物足りないんじゃない? って人のことはいえないよなあ。俺は夏休み取ったことないもんなあ。生き物扱ってる商売だから、丸々一日休むなんてことはできないもんね。あ、そうか。俺も慶ちゃんみたいに、何時から何時まで夏休みって決めちゃえば、夏休みを取れるのか」

「そうですよ。小さくても夏休みは夏休みですよ。半休とは気分が違います。すっごく開放的でいい気分ですよ」

「何だかさあ、慶ちゃんの話聞いてると、夏休み取っちゃいたくなってきたなあ。俺も夏休みって決めて休んだことないから、今日は夏休みにしようかなあ。バーベキューでもしましょうかあ、師匠さん?」

と太郎ちゃんさんがのんびりした口調で師匠さんに誘いかける。

「お、いいねいいね。俺も慶ちゃんの話を聞いていたら夏休みしたくなっちゃったよなあ。ようし今日は夏休みにしよう。釣ってきたイワナでバーベキューだ！」

師匠さんの表情が弾ける。

「何だか本当に夏休み気分になってきたなあ。釣りやって、これからべるがの湯にいって温泉入って、それでバーベキュー。あ、そうだ。うちの畑でやっちゃいましょうよ。そしたら俺はテント張って寝れる。飲んでそのままテントで眠れたら、キャンプにきたみたいで夏休み気分百パーセントだよなあ。ハンモックも吊るしてあるし。慶ちゃんも一緒にやろうよ。夏休み仲間同士でさ」

太郎ちゃんさんがうれしそうに笑って慶を誘う。

「うわあ、ぜひ参加させてください。楽しみ楽しみ。天然イワナのバーベキューなんて、すごい豪華な夏休みになっちゃいます。希実ちゃん誘っていいですか？」

魚止めの滝の上流にいるイワナは、大昔に放流した稚魚が自然産卵をくり返してきたイワナだから、ほとんど天然イワナだと師匠さんがいっていた。ユキさんの店でバーベキューをした時に呼んでもらい、師匠さんがそういって釣ってきたイワナを焼いてくれたことがあった。川魚独特の泥臭さが無く、淡白でほんのり甘みがあり、本当においしくて驚いた。天然イワナを食べられるなんて最高の贅沢だ。

「もちろん。太郎ちゃんの畑だったら百人呼んでも大丈夫。俺はチック代行に声かけちゃう。チックが慶ちゃんも送っていってくれるから酒が飲めるよ」

と師匠さんがいう。チックさんは大食漢だけど酒が飲めない。酒が飲めないけど、みんなが集まる食事会や飲み会にはいつも参加して運転手をしてくれる。人がいいのだ。

「私は午後夏休みにしちゃったから、明日の仕込みを夜やらなければいけないんです。だからお酒は飲めないから、チックさんに送ってもらわなくても大丈夫です」

と慶はいう。

「そうかあ。せっかくの夏休みだから飲んじゃえばいいのに。でも仕込みがあるんじゃしょうがないよなあ。残念だね」

太郎ちゃんさんが同情するようにいう。

「そうですよね。せっかくの夏休みですよね。仕込みは夜中からやればいいから、ちょっとだけ飲んじゃおうかな。希実ちゃんが送り迎えしてくれるかどうか聞いてみます」

希実ちゃんはビール一杯ですぐに眠くなるので、自分の家以外ではまったく飲まない。だから慶と一緒の飲み会や食事会の時は、いつも気軽に慶を送り迎えしてくれる。

希実ちゃんもチック代行も絶対くるよ、あの二人はつき合いがいいからと師匠さんがいう。太郎ちゃんさんが一緒に飲めるねとうれしそうに慶に笑いかけてから、

「じゃあ俺もミエちゃんを呼んでみようかなあ」

となぜか遠くを見るような目つきをする。

太郎ちゃんさんがミエちゃんさんとつき合っているのは慶も薄々感づいている。慶は師匠さんの様子を伺う。師匠さんは意味深に笑い、慶に小さくうなずいて目配せをする。師匠さんも気づいているようだ。慶は師匠さんと笑い合う。

「呼びな呼びな。タカテンとヒラガとマエジマブラザースにも電話してみようって、俺は男ばっかりだな」

と師匠さんがぼやく。

「何だか楽しい夏休みになりそう！　私がお肉を買って、野菜は希実ちゃんに持ってきてもらいます」

慶が勇んでいうと、

「肉は大丈夫。この前近所の別荘に住んでいるおばさんからいい肉をもらったんだ。旦那さんが週末にくるっていうからイワナあげたら、お返しにって伊賀牛届けてくれたんだ。すんげー高級肉。自分じゃ絶対に買わない肉。旦那さんの会社関係のなんちゃらかんちゃらで手に入れたんだって。それが二人じゃ食べきれない量だからって持ってきてくれたんだよ。あとは適当にウインナーとか買っておくから何も持ってこなくていいよ」

師匠さんがニンマリ笑って、本当にうまそうな肉なんだよと自慢げにいう。

「じゃあデザートに、『あらま』さんのシフォンケーキ持っていきます」

「おお、『おどるおやつ屋・あらま』のシフォンケーキ！　あそこのはふんわりして本当にうまいんだよなあ。この前買いにいったんですよ。だけど家に着くまで我慢できなくて車の中で運転しながらみんな食っちゃって、途中で戻ってまた買いにいっちゃいましたよ」

と太郎ちゃんさんがいって盛大に照れ笑いをする。

「あんなでかいのを一人で食っちゃったの⁉」

と師匠さんがあきれて目を丸くする。

「だってうまくて手が止まらなくなっちゃって、気がついたらみんな食っちゃってたんですよ」

「そうですよね。私も車の中でつい手が出ちゃいます」

慶は相槌を打って笑う。

師匠さんと太郎ちゃんさんはずっと上流まで釣り上がっていったのだが、先行する釣り人がいたので戻ってきたという。

「じゃあ、せっかくここまできたのに釣れなかったんですね」

と慶は同情する。先に釣り人が渓流に入っていると、魚が警戒して隠れてしまうから釣れないと、師匠さんから聞いたことがある。

「それが、俺は釣れなかったけど師匠さんは釣れたんだよねえ。師匠さんは腕だっていうけど、俺はその人がよっぽどのヘタクソで、釣られずに残っていただけだと思うんだけどさ」

と太郎ちゃんさんが笑う。

「太郎ちゃんには釣れなかったんだから腕です、腕」

と師匠さんは自慢する。

「じゃあ天然イワナ食べられるんですね。うわあ、よだれが出てきちゃいそう」

慶は瞳を輝かす。天然イワナの焼き立ての香ばしい香りが漂ってきそうだ。

「よだれが出ちゃってるのは俺ですよ。さっきから気になってしょうがないんだよね、慶ちゃんが手に持ってる食いかけのおにぎり。おいしそうだよねえ。慶ちゃんの手作りでしょう?」

太郎ちゃんさんが羨望の眼差しで慶が手にしているおにぎりを見つめる。

「そうなんです。午後から夏休みにしようと決めて急いで作ってきたんです。よかったらどうぞ」

慶はおにぎりの入ったタッパーを差し出す。

「ええ！　いいの？　だけど悪いなあ。でも食べたいなあ。じゃあ遠慮なく」

太郎ちゃんさんが手を伸ばそうとすると、師匠さんが太郎ちゃんさんの腕をピシャリと叩く。

「ちょっと太郎ちゃん太郎ちゃん。さっき弁当食ったばかりでしょう。慶ちゃんの昼飯が無くなっちゃうでしょうに」

「大丈夫です。『あらま』さんにいって、バーベキューのデザートのシフォンケーキ買って、草餅買って『あらま』さんの縁側で食べちゃいますから。それにおにぎりって一個ずつだけでもいいから、みんなで一緒に食べた方がおいしいんですよね」

「うわあ、『あらま』の草餅、食べたあい」

太郎ちゃんさんが切なそうな声を出す。座敷と縁側を開放していて、自由に上がり込んでお茶を飲めるのだ。

慶が二人におにぎりを勧め、それじゃあと二人は慶のいる岩場に並んで座る。三人は木漏れ日を浴びて滝と向き合い、おにぎりを食べ始める。二羽の小鳥が追いかけっこをするように滝を横切り、さえずりながら森の中に消えた。

慶はハンモックをつかんで、慎重に身体を乗せようとする。傍らで希実ちゃんがニヤニヤ笑って見守っている。今しがた、慶がハンモックに乗ろうとして失敗し、見事に転げ落ちたばかりだった。

きれいだった夕焼けが色あせていき、夕暮れ時が訪れようとしていた。太郎ちゃんさんの畑の空が薄いインクブルーに染まっている。駒ヶ岳の上空の雲が、空に溶け込んでいくように青白くなっている。

南アルプスの麓のなだらかな丘にある、太郎ちゃんさんの畑の一角が明るいライトに照らされている。明かりの下に、台の上にコンパネを差し渡した即席のテーブルがセットされ、その上に置いた角長の七輪に炭が赤々とおきている。

テーブルはキノコ栽培ハウスの間に設けられていて、その脇の事務所の中で、太郎ちゃんさんと師匠さんが鶏肉を切り分けてネギと一緒に串に刺している。慶と希実ちゃんが手伝おうとしたが、バーベキューは男が準備するものだからビールでも飲んでのんびりしていてといわれた。

大きな木にくくりつけられたハンモックがあり、ハンモックに乗ったことがない慶は、希実ちゃんに乗り方を教えてもらって乗ろうとした。一回目は転げ落ちてしまい、めげずに二回目に挑んでいた。

慶はおっかなびっくり尻をハンモックに乗せ、それから片足を乗せる。緊張してハンモックを持つ手に力が入る。ゆっくりと全身をハンモックに乗せようとすると、ハンモックがグラリと揺れる。

「ひゃあ！」

慶は悲鳴を上げる。次の瞬間、ハンモックがクルリと一回転して慶は草地に転げ落ちる。傍らで希実ちゃんが笑い転げる。慶も笑い転げる。ぶきっちょな自分がおかしくてたまらない。二回連続の失敗だ。腹の底から笑いが込み上げる。笑い転げるのは久し振りのことだ。

「バカだねあんたは。何回いったら分かるのさ。まずお尻をハンモックに乗せたら全体重をあずけるんだってば。それでバランスが取れるっていってるじゃない」

と希実ちゃんが笑いながらいう。

慶は照れ笑いをしながら立ち上がる。

「頭では分かっているんだけど、いざ乗ろうとするとフニャフニャして不安定だから、緊張しちゃって、焦って乗ろうとしちゃうんだよね。よし。もう一回やってみる」

車の音がする。誰かきたようだ。宴が始まる前に成功させたい。慶は勇んでハンモックに立ち向かう。

「まず両手でハンモックの端をつかんで」

声に出していい、ハンモックの両端をつかんで広げる。

「それからお尻を乗せて……、全体重をあずけて……」

お尻をハンモックに腰掛けるように下ろし、全体重をあずける。

「ここで焦って動いちゃダメなんだよね」

慶は自分にいい聞かせる。

希実ちゃんはニヤニヤ笑って見ているだけだ。手取り足取り教えるよりは、自分でやってみて失敗しながら覚えた方が身につく。そういっているような態度だ。

「慶ちゃん、希実ちゃん、こんばんは！」

ミエちゃんさんの朗らかな声がして慶と希実ちゃんが振り向く。

ああミエちゃんこんばんはと希実ちゃんが挨拶を返し、慶も続いて、

「ミエちゃんさん、こんばんは」

と片手を上げたとたん、バランスが崩れてハンモックがグラリと揺れる。

「うわッ」

慶は全身に力を入れて踏ん張り、不安定になったハンモックにギュッとしがみつく。危ういところだったが何とか転落は免れる。

「ハハハ、それ、私も最初は一回落ちたよ」

ミエちゃんさんが笑いながらやってくる。

「この人二回連続して落ちていま三回目。この調子だとまた落ちそうだよ」

希実ちゃんがあきれたように笑って首を振る。

慶は再度挑戦する。手順を声に出していい、その通りにハンモックに尻を乗せて全体重をあずける。

「本当だ。バランスがいい」

慶の身体が尻を下にしてくの字に折れ曲がり、すっぽりとハンモックに収まる。ハンモックがグラグラゆれずに安定する。慶は緊張を解いて両足を乗せ、全身を横たえる。

「うわあ楽ちん！　いい気持ち！　何事もリラックスだよねえ。力んで独り相撲取ってもうまくいかないって、つくづく分かっちゃった」

また車の音がして、そろそろ始めるよと師匠さんの声がする。慶はハーイと返事をして身体を起こして降りようとする。足が先！　と鋭く注意する希実ちゃんの声と同時にハンモックがクルリと回転して、

「ひゃあ！」

慶は悲鳴を上げてまた転げ落ちる。


すっかり夜の帳が下りて、ライトに照らされた一角だけが闇の中で明るく浮き上がっている。日が落ちるとさすがに涼しくなったが、秋が始まろうという夏の終わりなのでまだ寒いというほどではない。それにあったかい笑い声が絶えないバーベキューパーティーだから、夜の涼しさが気持ちいい。

コンパネテーブルを囲む面々は、慶、希実ちゃん、ミエちゃんさん、師匠さん、太郎ちゃんさん、チックさん、タカテンさん、マエジマブラザースさん二人の計九人で、ヒラガさんは家族とご飯を食べにいく約束があってこられないということだった。

「ああおいしかった！　上流のイワナは本当においしいですよね」

慶は満足してふうっと吐息をつく。

師匠さんが釣ってきたイワナは五匹だった。塩をたっぷりふってじっくりと焼き、焼き上がってから塩をこそげ落としてみんなで分け合って食べた。慶は希実ちゃんと半身ずつ食べた。いただきますとイワナに合掌してから頭から食べてしまった。食べ残してはイワナに悪い気がすると太郎ちゃんさんが頭から食べるのを見て、その通りだと思ってしまったのだ。じっくり焼いているので、頭も骨も柔らかくて食べやすかった。特に焦げ目のある頭は、カリカリと口の中で砕けて香ばしく、すごくおいしい。

「本当はここに、採れたてのマツタケが二十本はあるはずだったんだけどなあ。そしたら大豪華バーベキューになったのに」

と師匠さんがぼやく。

「ええ⁉　マツタケですか！　二十本もですか⁉　どうしてあるはずだったのに無いんですか？　宝くじが外れちゃったんですか⁉　それともまた競馬が外れちゃったんですか？」

慶は驚いて思わず身を乗り出す。高価なマツタケなんて、とてもじゃないが手が出ないので食べたことがない。それが、師匠さんが軽い口調で二十本というので心底驚いてしまった。

みんながドッと笑い、師匠さんが、

「慶ちゃん慶ちゃん。俺は宝くじも競馬も重賞レースしか買わないの。今はどっちも重賞レースが無いから、宝くじも競馬もマツタケが無いのとは関係ないの。確かにどっちも当たったことはないけどさ」

と苦笑する。マエジマブラザースさんのお兄さんが、宝くじ銀行と日本競馬会銀行に定期預金してるんだよねと茶化して、またまたみんなが笑う。

「競馬の重賞レースって聞いたことありますけど、宝くじにも重賞レースってあるんですか。知りませんでした。どんな宝くじなんですか？」

と慶はいう。宝くじを買ったことがないので本当にあると思ってしまう。とたんに太郎ちゃんさんが大笑いし、みんなが吹き出す。

「あのね、重賞レースっていうのは比喩。そんな宝くじはありません。競馬の重賞レースにひっかけてグリーンジャンボとかの賞金が多いのをそういってるだけ」

師匠さんがしょうがないなというように苦笑する。

「ですよねえ。宝くじが走る訳ないですよねえ。おかしいですよね、宝くじが走るなんて」

慶はおかしいと自分でいってケラケラ笑う。ビールを飲むといつも陽気になってしまう。

「何で？　宝くじが走るってどういう発想なの？　ちょっと大丈夫？　慶ちゃん？」

「ハハハハ、大丈夫ですよ。とにかく、マツタケを買おうと思っていた、何か大金が入ってくる予定がだめになったんですね」

慶がいうとみんながまた吹き出す。

「大金は関係無いんだってば。買うんじゃないの。採りにいくの」

「ええ⁉　マツタケ採れるんですか⁉」

慶は驚いて目を見開く。マツタケを採りにいくという人に初めて出会ったのだから無理もない。

「あれ？　毎年マツタケ採りにいってるっていわなかったっけ？　あ、そっか。慶ちゃんと知り合ったのは去年のマツタケシーズンが終わってからだから、いってなかったかも」

「はい、聞いてませんよ。聞いていたら心待ちにしちゃいますから」

「それって採ってきて食べさせろっていうこと？」

「ええ!?　そんなずうずうしいことは！　でも食べたいです。マツタケ一度も食べたことないから」

と慶は目を剝いてから、一転して照れ笑いを浮かべて肩をすくめる。

「マツタケ食ったことないの？　まかせなさい。ドカンと食べさせてあげるから」

師匠さんは自信満々にポンと胸を叩く。

「でも今日は無いですよね。やっぱりお金無くなっちゃったんですか？」

「だからね、違うんだってば。お金は関係無いっちゅうの。一昨日採りにいったけど一本も無かっただけなの……」

師匠さんはガックリと肩を落とし、みんなが大笑いする。

師匠さんは、八月に雨の日が少なかったので山が乾いていて、マツタケどころか雑キノコ、毒キノコもチラホラしか出ていないと嘆くのだった。

「そうじゃなければ貴重なツガマツタケを食べさせてあげたのに」

と師匠さんは残念そうにいう。

「ツガマツタケですか。マツタケの一種なんですか？」

初めて聞くキノコ名だ。

「何をいってるんだよ慶ちゃん。立派なマツタケだよ。それどころか標高の高い所にしか生えていないから、採りにいくのが大変で貴重なマツタケなの。栂の木の所に出るからツガマツタケって名前なんだけど、香りは普通のマツタケ以上なんだ。何しろ小指くらいの大きさのツガマツタケで、家中の空気がマツタケの香りになっちゃうんだから。俺の山の師匠なんて、五十本ぐらいも大量に採れた時に、帰りの車の中であまりに強烈な香りで気分が悪くなったっていうくらいすごいんだよ。一昨日、誰も山に入っていない感じだったから、条件がよければ本当に二十本は採れたんだけど、何しろ山が乾きすぎちゃってキノコというキノコがまるで生えていないんだもの。早く何日かまとめて雨が降ってくれないと、ツガマツタケのシーズンが終わっちまうから焦っちゃうよなあ」

と師匠さんはうらめしそうに夜空を見上げる。

「去年はけっこう採れましたよね。俺はゼロ本だったけどミエちゃんが一本採って、それで俺が危うく死ぬところで、てっきり死んだと思ったら生きていて、あれはびっくりしたなあ」

太郎ちゃんさんがのんびりとした口調でいって、ミエちゃんさんを見て笑う。

「おっとろしかったー！」

と師匠さんが盛大に目を剝いて続ける。

「尾根の際の所にいって、ガクっと切れ込んでいる所があって、真っ逆様の断崖絶壁になっているからよく確認して歩いてよって太郎ちゃんにいったら、分かった分かったと返事してすぐだもの。いきなり太郎ちゃんが尾根の向こう側にストンと落ちて消えたんだよ。うわあッ、死んじゃった！　って本当に青くなったもん。血の気がスーッと引いていくのが分かったもんね。マジでガクガク震えがきちゃったよ！　今思い出しても最悪の気分になっちゃう！」

といって師匠さんが身震いする。

「えー!?　太郎ちゃんさん死んじゃったんですか!?」

と慶は驚いてから、死んだ訳ないじゃない、ここにいるんだからさ、とみんなが口々にいって笑うのを目にして、

「あ、そうですよね。今生きているから死んだということではないですよね。ああよかった。びっくりしちゃった」

ホッと胸を撫で下ろす。

「酔っぱらってるの？　あんたビール何個飲んだのさ？　五、六個飲んだ？」

と希実ちゃんが呆れていう。

「まさか。まだ一個目を飲んでる」

「それでもう酔ってるの？　安上がりでいいじゃん」

希実ちゃんは面白そうに笑う。

確かに安上がりだ。夏休みの開放された気分なのでビールがおいしい。おいしいから少し飲んだだけでいい気分になってしまった。

「いやあ、本当に死んだと思いましたよ。断崖絶壁で、一気に百メートル以上も垂直に切れ込ん

でいる所だったですからね。ツガマツタケ探してキョロキョロしてて、前をよく見てなかったんですよ。師匠さんに気をつけろよっていわれて分かったたって返事して、あれ？　っと思ったら真っ逆様ですよ。足踏み外して。落ちていく時に、うわあ、こりゃあ死んだわと思いましたもん。そしたら突然動いていた景色が止まって、ああ、奈落の底に落ちて止まったんだ、ということは死んだんだなって思ったんですよ。ハハハハ」

太郎ちゃんさんは大口を開けて能天気に笑い飛ばす。

「ええ⁉　大丈夫だったんですか？　全身骨折とかの大怪我したんですか？」

慶はあんぐりと口を開けたまま固まる。奈落の底まで滑落したらただでは済まない。生きていたとしても生きるか死ぬかの大怪我をしているのが当たり前だ。

「いやそれが、ミエちゃんの、大丈夫？　って声がして、あれ？　ミエちゃんの声が聞こえるってことは生きてるってことだよなって上を見たら、五、六メートル上でミエちゃんが俺を覗き込んでいるんですよ。それでよく見たら、ちょうど受け皿みたいに丸くへこんだ所があって、そこにすっぽり俺の身体が収まっていたんですよ。身体動かしてみたら、どこも痛くも痒くも何ともなくて、大丈夫だよっていったら、今度はミエちゃんがけたたましく笑い出しちゃったんですよ」

といいながら太郎ちゃんさんも、けたたましくハハハハハ！　と大声で笑う。

師匠さんが思い出したくもないというように顔をしかめて、

「もうさ、あと何十センチかどっちかにずれて落ちていたら、本当に死んでたかもしれないっていう際どいところで助かったんだよ。俺はもう全身の力が抜けちゃって、そしたらクラクラーッて貧血になっちゃって、立っていられなくてへたりこんじゃったもの」

とうなだれていう。

「いやそれがミエちゃんは、俺が死んだかもしれないってのにキャッキャ、キャッキャって笑い転げているんすよ。やっとの思いで師匠さんとミエちゃんがいる所に登ったのに、ミエちゃんは腹を抱えてまだキャッキャって笑っているんすよ。師匠さんは真っ青な顔してぶっ倒れているっていうのに、何でミエちゃんは笑ってんだろうって腹立ちましたよ。俺が死ぬ思いしたのがそんなにおかしいのかって」

と太郎ちゃんさんが憮然とする。ミエちゃんさんはキャッキャと思い出し笑いをし始める。

「俺もさ、もう気絶しそうなくらいショックを受けているっていうのに、ミエちゃんが涙を流してキャッキャ笑い転げてるから、何なんだよって気になって、気持ちよく気絶できないんだよ」

師匠さんがミエちゃんさんを横にらみする。

ミエちゃんさんは、師匠さんがしゃべっている最中にもキャッキャと思い出し笑いを続け、ついには腹を抱えて笑い出して涙を流し始める。

「えー？　ミエちゃんさん、太郎ちゃんさんが死んじゃったかもしれなかったのに、何でそんなにおかしかったんですか？」

慶は不思議に思って尋ねる。

「それはさ、好きな人とか身内が九死に一生を得るところに出くわすと、人間って自然に笑ってしまうっていう現象だよ」

黙々と肉を食べ続けていたチックさんがボソリという。

「え？　ということはミエちゃんが太郎ちゃんを好きってことなの？」

「それを通り越して、ミエちゃんと太郎ちゃんって身内になったの？」

とマエジマブラザースのお兄さんと弟さんが続けざまにいう。

「違う違う。だってさ、太郎ちゃんったら」

ミエちゃんさんはそこまでいうと、また思い出し笑いをしてキャッキャと笑う。

「だめだこりゃ。ミエちゃんが笑い出すとしばらく使いもんにならねえ。焼き鳥焼いちゃうよ」

師匠さんが角長七輪に、鶏肉とネギの串刺しを何本か乗せる。ジュッとおいしそうな音がする。ソーセージ乗せますとタカテンさんが網にソーセージも乗せる。

「どうしてミエちゃんさんは、太郎ちゃんさんが死ぬ思いをしたっていうのに笑っちゃったんですか？」

慶は師匠さんと太郎ちゃんさんを交互に見ていう。気になって仕方がない。

「知らないよ。もう気絶しそうだったんだから、ショックがでかくてそんなこと尋ねる暇無かったもん」

「俺だって知らないですよ。とにかくミエちゃんがキャッキャ笑い転げるから、俺は何だか悲しくなっちゃって、それにミエちゃん見てたらおかしくなっちゃって、悲しいのにおかしいって不思議な気分になったら、理由を聞く元気が無くなっちゃったもの」

師匠さんと太郎ちゃんさんがしゃべっている間もミエちゃんさんの笑いは止まらず、一人で笑

い続ける。慶は、

「ミエちゃんさん、大丈夫ですか？　私も一緒に笑ってあげましょうか？」

と声をかける。

みんながポカンと慶を見つめる。この人は何をいいだすのやらという怪訝な表情だ。チックさんがみんなを代表するように、

「慶ちゃん何で？　何でミエちゃんと一緒に笑ってあげるの？」

と小首を傾げる。

「だって、誰も笑ってくれなくて一人で笑ってるって、何だかさみしいじゃないですか。それに一緒に笑ってやれば、何となく笑いが収まるんじゃないかと思ったんです」

慶がそういうと、ミエちゃんさんの笑いは益々勢いを増す。トンチンカンな慶の説明が火に油を注いだようだ。何で？　と今度は師匠さんが慶にいう。

「ミエちゃんは楽しいから笑っているんでしょうが？　それに何で一緒に笑ってやればミエちゃんの笑いが収まるのさ？」

「だから、何となくそう思ったんです」

思わない！　とみんなが口々にいって苦笑する。

「えー？　そうですかあ？　じゃあ試しに一緒に笑ってみますね」

といって慶は笑い出し、ミエちゃんさんと目と目が合うと、互いの笑い顔を見て吹き出してしまう。

みんなが釣られて笑い出し、慶ちゃん変なやつ！　ミエちゃんも変なやつ！　などといい合いながら笑い続ける。

しばらくしてやっと笑いが収まり、ミエちゃんさんが山で笑った訳を話し出す。

「だってさ、太郎ちゃんがかわいい悲鳴を上げるんだもの。足を踏み外して断崖絶壁を落ちる時って、男の人なら普通はウワア！　とかギャー！　とか叫ばない？　それが太郎ちゃんたら『キャア』ってかわいい悲鳴なんだもの。人一倍大きな太郎ちゃんが女学生とかオカマさんみたいに『キャア』ってかわいい悲鳴だったから、太郎ちゃんが助かったと分かってホッとしたら、そのオカマさんみたいな悲鳴がものすごくおかしくなって、笑いが止まらなくなっちゃったのよ」

「そりゃあ確かに笑っちゃうよなあ。太郎ちゃん、本当にオカマみたいに『キャア』ハートマークつき、みたいな悲鳴上げたの？」

とチックさんが笑いながらいう。

「そんなの覚えている訳ないでしょうが。もう死ぬか生きるかってクソ忙しい時に、悲鳴のことまで覚えてる暇ないよ。だけど俺が『キャア』ハートマークつきって感じで悲鳴上げたら、そりゃあ確かにおかしいよなあ、ハハハハ」

「俺もショック状態だったから、太郎ちゃんの悲鳴のことなんか全ッ然覚えていない。よく耳に残っていたよねミエちゃんは」

「だって、太郎ちゃんの最後の声だから忘れまいって、真剣に思っちゃったんだもの」

ミエちゃんさんはクスクス笑う。

「そんなオカマみたいな、ハートマークつきの悲鳴なんか、最後の声として覚えてほしくないなあ。俺がオカマだったたってことになるじゃない、ハハハハ」

「本当はオカマ？」

と希実ちゃんがズバリと切り込んで太郎ちゃんさんをじっと見つめ、みんなも一斉に太郎ちゃんさんを振り向く。

「な、何てことというんすか、って、ハートマークつきのキャアなんて悲鳴上げるならそうかもしれないすね、ハハハハ」

太郎ちゃんさんが笑い出し、みんなが絶対にそうだ、百九十一センチのオカマで売り出したらメジャーデビューできると囃し立てて笑う。

「だけど慶ちゃんって本当に人思いでやさしいよねえ。それに明るいし、頑張り屋だし、十代の頃から大モテだったでしょう」

とミエちゃんさんが確信に満ちたようにうなずきながらいう。

「いいえ。全然モテませんでした。引きこもりでしたから。山梨にきてからですよ、引きこもりじゃなくなったのは」

慶はいってから小さく笑う。十代、二十代の頃を思い出すと気恥ずかしさが先に立つ。

「嘘⁉」

すかさず師匠さんが目を剝く。

「信じられない！　冗談でしょう？」

とミエちゃんさんも驚く。みんなが一斉に慶を振り向く。一様に信じられないという表情だ。一人、希実ちゃんだけが淡々と七輪のソーセージをひっくり返している。希実ちゃんには以前そのことを話したことがあるのだ。

「本当なんです。ネクラでいいところひとつもなくて、もう自分に自信がなくてどうしようもなかったんです。友達もいなくて、やりたいことも、好きなことも見つけられなくて、だからずっと部屋にいて悶々としてたんです」

「えー⁉　それって今の慶ちゃんとまるで別人じゃないですか？　そんなの信じろったって信じられないよなあ」

と太郎ちゃんさんが呆然とするようにいい、

「そうですよねえ。そんなにコロっと、百八十度も違う人間になれるものなんですかねえ？」

とタカテンさんが小首を傾げる。

「本当ですよねえ。自分でもあの頃のことを思うと、まるで正反対の人間になった今の自分が不思議なんです。でも本当に引きこもりやってたんですよ。だから全然モテませんでした」

と慶は笑う。

「絶対に嘘だ！」

師匠さんが断言して続ける。

「引きこもりやってたのは本当かもしれないけど、ひとつもいいところがないとか、モテないっていうのは嘘だ。だってネクラな慶ちゃんって、何か憂いがありそうでそれはそれでモテそうじゃん？」

「いいえ。本当にいいとこひとつもなかったんです。だから引っ込み思案で、モテるなんてことはなかったんですよ。本が好きになったのも、引きこもりだったからなんです。それで子供の頃に憧れた山梨の景色の中でひっそりと静かに暮らしたいって思って、本が好きだったのでこっちの図書館に就職したんです。でもネクラだったので、子供たちに本の読み聞かせがうまくできなくて、二年で辞めなくてはいけなかったんですけどね」

と慶は自嘲気味に笑う。

「そりゃあ確かに、ネクラな引きこもりじゃ子供たちに本を読み聞かせるのはヘタクソだったろうなあ」

と焼き鳥を頬張りながらチックさんがいう。

「じゃあ、図書館の二年のタタリっていうのは、慶ちゃんの引きこもりが原因だったのかあ。だけど慶ちゃんが引きこもりだったっていうのは、本当に信じられないよなあ」

太郎ちゃんさんがまじまじと慶を見ていうと、みんなも信じられないと声を揃える。

「本当なんです。あの頃、ラブレターを書いていればって、本当に後悔するんです。でも、こっちにきていろいろあってラブレターを書けるようになったんだから、やっぱりこっちにきてよかったなあってつくづく思うんです。本当に山梨にきてよかった……」

慶はしみじみという。

「ええ!?　ラブレター書いてるの!?　慶ちゃんが？」

太郎ちゃんさんが驚いて目を見張る。みんながまた一斉に慶を振り向く。やはり驚いて大きく目を見開いている。みんなの顔にショックがありありと浮かんでいる。

「はい。書いているんです」

慶はさらりという。

「慶ちゃんってあなどれないよなあ。大人しそうな感じだから、ラブレター書くなんて積極的には見えないけどなあ」

とチックさんがいって口を開けたまま固まる。食べかけの焼き鳥を手に持ったままだ。

「別に積極的じゃないんです。自分のためなんです。ラブレターを書かないと、私ってまた引きこもりになっちゃいそうなんです」

「慶ちゃん慶ちゃん、ちょっと待って。ラブレターを書くってことは十分に積極的ってことだよ」

師匠さんが盛大に目を剝きながら、

「ということは、好きな人がいるってことだよね？」

と身を乗り出す。

「はい。もちろんです。大好きな人はいっぱいいます」

「ええ⁉　そんなにいっぱいラブレター書いてるの⁉」

師匠さんは目をパチクリさせる。

「違いますよ。ラブレター書くのは一人だけです」

慶がいうと、希実ちゃんがこらえきれないというようにケラケラ笑い出す。みんなが怪訝そうに希実ちゃんを見やる。

「希実ちゃん、ここって笑うところなの？」

マエジマブラザースのお兄さんが希実ちゃんにいう。腑に落ちないといいたそうな表情だ。

「だってさ、みんな慶ちゃんが男にラブレター書いてるって決めつけてるから、話がまるでかみ合ってなくておかしいんだもの」

と希実ちゃんは笑う。

「はあ？　ということはあれなの？　慶ちゃんが好きだっていうのは男じゃなくて女の人なの？」

太郎ちゃんさんが思わずというように、師匠さんに負けないぐらいに身を乗り出す。

「はい。そうなんです」

慶はこともなげにうなずく。

「ええ!?　慶ちゃんって、同性愛者？」

師匠さんが、太郎ちゃんさんよりもさらに前へ身を乗り出す。

またまた希実ちゃんが笑い出す。みんなは呆気にとられて固まっている。

「同性愛者じゃありませんよ」

と慶は笑う。

「だけどさ、女の人にラブレター書くんでしょう？」

とタカテンさんが納得できないというように眉根を寄せる。

「はい。女の人は女の人でも、私に書いているんです。自分にラブレターを書いているってだけなんです」

慶は照れくさそうに笑う。

「は？　何ですと？　自分にラブレター書いてる？　何で？」

と師匠さんがまた目をパチクリさせる。自分にラブレターを書くなんて初めて聞いたと顔に書いてある。驚きと、訳が分からないという思いが絡み合った、複雑な表情をしている。

「私って、本当にいいところがひとつもなくて、自分のこと嫌いだったんです。山梨にきて、図書館を二年で辞めて、それで落ち込んで、別のところに就職したけどまた二年で辞めて、それはリストラされてしまったんだけど、もっともっと落ち込んで、私は本当にダメだなあって自分が嫌になったんです。そんな私を慰めてくれたのは、いつまで見ていても見飽きないここの景色だったんです。八ヶ岳とか、南アルプスの山々、なだらかな丘から続く遠くの甲府盆地、夜明けや夕方の景色、いろんな緑の新緑と五月の清々しい光と風、涼やかな夏、さわやかな空と紅葉のきれいな秋、キンと冷たい、いっそ気持ちのいい冬の空気と真白な雪」

慶はそういうとホッと吐息をつくように笑いを漏らす。

「大事なことを忘れているよ」

希実ちゃんが七輪の上のソーセージに箸を伸ばしながらいう。

「あ、そうだった。朝ごはんだ。山梨にきて朝が大好きになって、朝ごはんを作って食べるのがものすごく幸せって思うようになったんです。そしたら気分よく一日を迎えることができるようになったんです。気分がよくなって気持ちが落ち着いてきたら、自分に嫌われている自分がかわいそうになっちゃって。南アルプスが見渡せる所で朝ごはんを食べていた時に、自分のここが好きだっていうのがひとつもないんだろうかって、考えちゃったんです」

「ふうん。自分の好きなところかあ。俺はあるかなあ」

と太郎ちゃんさんがうめくようにいって首をひねり、師匠さんはある？ と振り向く。

「俺？ うーん、そういわれると考えちゃうよなあ。っていうか、そんなの考えたことねえから分かんねえよなあ。チックはどうよ？」

「俺も考えたことない」

チックさんが首を振る。

マエジマブラザースの二人とタカテンさんとミエちゃんさんも、いいところってあるのかなあと口々にいって考え込む。

「みなさんは自分のことを嫌いでないからいいんですよ。私は嫌いだったんで、いいところって本当にひとつもないんだろうかって考えたんですから」

と慶はいう。

とミエちゃんさんがいう。

「それであったの？」

「はい。考えても全然なくて、ああやっぱりいいところってひとつもないんだってガッカリしかけて、ミルクティーを飲もうとして、そうだ、食べ物飲み物に好き嫌いがなくて、何でもおいしいって食べたり飲める自分がいいなあって、やっとひとつ自分を好きだって思えることが見つかったんです。それに食べ物飲み物は残さずに食べたり飲むってことも。そんなのは別にいいことでも何でもないかもしれないけど、でも私はそんな私がいいなって思っちゃったんです。何でもおいしいって食べられる自分が好きだなあって。ただの食いしん坊ってだけなんですけどね」

慶はうれしそうにいってから照れ笑いをする。

「何だ、そんなことでいいなら、俺も食いしん坊の自分が好きだなあ」

太郎ちゃんさんがホッとしたように笑う。

「俺もだなあ。何食ってもうまいもんなあ」

チックさんがうれしそうに笑みを浮かべてうなずく。すかさず太郎ちゃんさんが、

「チックは食い過ぎだよ。だってこの前一緒に焼き肉屋にいってものすごく食って満足して、帰り道に豚カツ屋があって、煮カツ丼うまそうだなあっていったら食おうっていうから一緒に食って、それでチックが家に帰ったら鉄板焼きの焼き肉やっていたんだってさ。普通は焼き肉腹一杯と煮カツ丼まで食ったらもう食わないよね。それをチックはどれどれって食卓に座って、また食ったっていうんだから食い過ぎだよなあ」

と突っ込みを入れて笑う。

「太郎ちゃんにいわれたくないよ。焼き肉食った後で、煮カツ丼うまそうだなあってよだれをたらしそうな顔で普通はいわないよ。太郎ちゃんがいわなかったら俺は食わなかったよ。それに一緒に俺んちにきてたら、太郎ちゃんは絶対に鉄板焼き肉食ってたから」

「そりゃあまあ、チックんとこはグルメ家族だから、うまそうだよなあ、食いたかったなあ」

太郎ちゃんさんが思いを巡らすようにいって笑う。

「あんたたちはどっちもどっち。本当に底無しの食いしん坊だよね」

と希実ちゃんが呆れていい、みんながどっと笑う。

「慶ちゃん慶ちゃん。それでラブレターって、食いしん坊のあんたが好きって自分に書いたってことなの？」

と師匠さんが尋ねる。ラブレターのことに興味津々な顔つきだ。

慶はまさかと笑い、

「それだけでラブレター書きませんよ。ひとつ好きなところが見つかったら欲が出ちゃって、もっとないかなあって考えたんです。そしたら普段は気がつかないでいる、好きなとこがいくつか見つかったんです」

「いくつかって、どんなこと？」

「フフフ、恥ずかしいから内緒です。何だそんなことかって笑われちゃいますから」

「そうだよなあ。自分の好きなところって、他人にいうのは何となく恥ずかしいよなあ」

太郎ちゃんさんがいうと、

「あ、あれって俺のいいとこかも」

と師匠さんがハッとして背筋を伸ばす。

「ええ!?　師匠さんにいいとこあったんだ？」

太郎ちゃんさんが大袈裟に驚いて見せる。

「そうだよなあ、バカな俺にいいとこなんてって、オイッ、誰がバカなんだよ！」

「ハハハハ、冗談ですよ。師匠さんってこう見えてもやさしいんですよね。マツタケ採ってきてもイワナ釣ってきても必ずみんなに食べさせてくれるし、俺のキノコハウス建てる時も一カ月間毎日手伝ってくれたんですよ。普通の人じゃなかなかできないですよね」

「そうそう、普通の人じゃゃね。バカじゃなけりゃできないって、だから誰がバカなんだよ！」

「くだらない漫才はいいから、師匠さんのいいところって何なの？」

とミエちゃんさんが苦笑しながらいう。みんなが笑いながら、そうそう、何がいいところ？　何んなのさ？　と師匠さんを振り向く。

「いや、やっぱり慶ちゃんがいうように恥ずかしいからいわない」

師匠さんは照れくさそうに首を振る。

「そこまでいっていわないのは男らしくないなあ。いっちゃいなさいよ」

とチックさんがそそのかす。

「そうそう、俺はオカマちゃんだからね、いえないいえないキャア照れくさいハートマークつきって、俺は太郎ちゃんじゃないっつうの！」

師匠さんは早口でいって目を剝く。

「まあまあ。そんなに照れなくてもいいから、みんなが聞きたいっていってるんだから教えてよ。お願い」

ミエちゃんさんが師匠さんをなだめる。

師匠さんは何度も、笑わない？　とみんなに念を押してから、おずおずとしゃべり始める。

「あのね、んー、よしッ、いっちゃう。献血。年一回は必ず献血しようって決めてるんだよ。社会のためにこんなことしかできないけど、それで誰かが喜んでくれるかもしれないしさ。ちっちゃないいとこで恥ずかしいなあ。うわあ！　笑われちゃうよなあ！　だからいいたくなかったんだってば！」

と師匠さんは盛んに照れまくる。

みんなはじっと師匠さんを見つめている。

「あれ？　何で笑わないんだ？　笑うのを通り越してものすごくバカにしてるってこと？」

師匠さんが不安そうにみんなを見回す。

へー、献血か。毎年か。そんなことしてんだ。できそうでできないよなあ。みんなが感心して口を開くと、

「師匠さん、すごいですッ」

慶が声を震わせていい、その声にみんなが一斉に慶を振り向く。慶の目に涙が盛り上がっている。

「献血をする人って、私尊敬しちゃいます。しかも毎年だなんて、本当に尊敬しちゃいます。私、献血ってダメなんです。できないんです。だから献血する人って、みんな偉いなあって尊敬しちゃいます」

慶は泣き笑いをしながら手で涙を拭く。

「慶ちゃん慶ちゃん。どうしたの？　おれの献血なんてちっとも偉いことじゃないよ。それはいいけど、慶ちゃんは何で献血がダメなのさ？」

と師匠さんが慶を見つめる。

「私、献血の途中でいつも気を失ってしまうんです。それで献血はやめた方がいいってお医者さんにいわれてしまったんです」

慶は照れくさそうに笑いながら、ハンカチを取り出して涙を拭く。

「え？　何で？　貧血ってこと？」

「はい。いつもすごいドキドキしちゃって、それで血を取られているんだって思うと急に気分が悪くなっちゃって、目の前が真っ暗になっちゃうんです。気がついたらいつもベッドに寝ているんです。こんなことではいけないって三回挑戦したんですけど、三回とも失神しちゃって。貧血で気を失うのを軽くみない方がいいってお医者さんがいって、それでやめなさいっていわれたんです」

「へー、そんな人もいるんだ。献血で失神するなんて初めて聞いたけど、根性あるよね。三回も挑戦するなんてさ」

とマエジマブラザースの弟さんが半ば呆れるようにいう。

「私って何もいいとこがないって思っていた時で、献血もできないなんて自分が情けなくてしょうがなかったんです。だから三回挑戦したけど、やっぱりダメでした。だから献血ができる人って本当に偉いって思うんです」

「そんなことで偉いっていわれるとうれしくなっちゃうよなあ。慶ちゃんは褒め上手だよなあ。そんなに褒められると、中央競馬にお金を寄付して、世のため人のために微力をつくしてるってこともいいたくなっちゃうよなあ」

「寄付じゃなくて、ただ単に負け続けているってことじゃん。勝ってみんなにおごってくれたら偉いっていってあげる」

と希実ちゃんがバッサリ切り捨てる。みんながそうだそうだと囃し立てて笑う。

「でも師匠さんの話を聞いて、もう一回献血に挑戦してみたくなっちゃいました。やってみます」

と慶は決意をしてうなずく。

やめた方がいいとみんなが口々にいうと、

「献血はいいとして、ラブレターのことに話を戻すけどさ、自分の好きなところをいくつも発見して、それでラブレターを書いたってこと？」

と師匠さんが慶に尋ねる。

「そうですね。いいところっていうか、自分を好きなところをポッポッ発見して、そしたら何だか、私って私が気づいていないい好きなとこが結構あるなあって思って、うれしくなって書いてみたんです。忘れそうだったので。こんなとこは嫌いだけど、こんなとこは好きだよって。そうやって書いたら、嫌いなとこもあるけど私のこと好きだよって書きたくなっちゃったんです。それで好きだよって書いたら、あ、これってラブレターだって気づいちゃって、初めてラブレター書いたってうれしくなっちゃったんです。自分へのラブレターですけどね。自分にラブレター書くなんて照れくさくなっちゃいましたけど、でも自分のこと好きだって初めて思っちゃったからうれしかったなあ」

慶は照れ笑いしながらもうれしそうに笑う。

「なるほどねえ。慶ちゃんらしいわよねえ。自分にラブレターなんて。そんなこと書く人って誰もいないもんね」

とミエちゃんさんがいう。

「そうだよなあ。俺はミエちゃんにならラブレター書けるけど、自分にラブレターなんて絶対に書けないよなあ」

太郎ちゃんさんが臆面もなくいう。

「何？　何何？　今何ていった？　ミエちゃんにならラブレター書ける？」

と師匠さんが鋭く反応する。

「いや、だから、それは例えばっていうことで、誰かにラブレターは書けるけど自分には書けないってことですよ。ハハハハ」

太郎ちゃんさんはミエちゃんさんの反応を伺うようにチラチラ見やりながら、頭を掻いて照れ笑いをする。

「どうせ書くなら、誰かにじゃなくて私に書いてよ。アハハハ」

ミエちゃんさんが朗らかに笑う。

オオオ！　とどよめきが沸き起こり、慶もみんなと一緒になってミエちゃんさんに笑顔を向ける。

「それって、ラブレター書いてって催促してるってことですか？」

とタカテンさんが目を丸くする。

「アハハハ、違う違う。誰かにならら書けるっていうからいったまでよ。それに太郎ちゃんがラブレター書くなんて考えられないもん。絶対に書けないよ」

ミエちゃんさんは照れくさそうに笑いながら手を振る。

「ミエちゃんにならら書けるって、太郎ちゃんいったばっかりじゃない。太郎ちゃん、ミエちゃんに熱烈なラブレター書いてあげなよ」

師匠さんがニヤニヤ笑っていう。

「そうだよ。愛してるって一億も書いてあるラブレターってどうよ。世界一長いラブレターだって、ギネスブックが認定してくれるようなさ」

チックさんが面白がって笑うと、太郎ちゃんさんが、

「ハハハハ、そんなに書いてたら、書き上げたら爺さんになっちゃうじゃない。っていうか、長すぎて途中で死んでしまうかも。それじゃラブレター書いてる意味がないよなあ」

と大口を開けて笑う。

ミエちゃんさんがケラケラと笑って、

「そんなに長くかかるラブレターなんて、いくら熱烈でも待ってられなーい。それで慶ちゃん、

自分にラブレター書いてから、以前の慶ちゃんとは違う今の慶ちゃんになったっていうの？」

とみんなの矛先を慶に向ける。

「そうなんです。自分を好きになったら何だか楽しくなっちゃって、自分を素直に出せるようになったんです。そうしたら友達もできるようになって、それでみなさんのおかげで朝ごはん屋さんのお店も出すことができたんです。だから本当に、自分にラブレターを書いてからまるで違う人生になっちゃったんです。自分を好きじゃなければ、誰かを好きになったり、誰かが好きになって友達になってくれないのかもしれませんよねえ。自分を好きになるっていうことは、人生を好きになるっていうことかもしれないって、つくづく思うんです。それで毎年、誕生日に自分へのラブレター書いているんです。自分を好きだっていうことを忘れちゃうと大変ですから。あ、すみません。一人でペラペラしゃべっちゃって。夏休みなんでタガが外れちゃってるんです。ビールもおいしいし」

慶は恐縮する。それでもうれしそうに笑う。

へー、とみんなが感心した声を上げて、まじまじと慶を見つめる。慶はいきなりみんなに見つめられて目をパチクリさせてしまう。

「何ですか？　私、何かおかしなことといいました？」

慶は不安げにみんなの顔を見回す。ビールを飲んでいい気分になったので、ペラペラしゃべりすぎた。

「慶ちゃんてやっぱりあなどれない人だよねえ。大人しそうなわりにはすごいこというから油断できないなあ」

といつも淡々としゃべるチックさんが、珍しくうめくようにいう。みんなが本当だよなあと口々にいう。

「え？　私、やっぱり変なこといっちゃいました？　もしかして、恥ずかしいことじゃないですよね……」

慶は恐々という感じで声を細めていう。

みんながずっこけて笑い、師匠さんが、

「慶ちゃん慶ちゃん、自分のしゃべったこと覚えてないの？　酔っぱらってる？　この三本の指、何本に見える？」

と右手の指を四本立てていう。

「師匠さんこそ酔っぱらってません？　四本の指立てて、三本っていってますよ」

と慶は笑う。

「何だ。ちゃんとしてるじゃない。だったら自分のしゃべったことを覚えているでしょうが。恥ずかしいどころか、すごいことサラっといったんだよ。自分を好きになるっていうのは人生を好きになるってことだって。誰か有名な人がいった言葉？」

「ああ、何だ、そのことですか」

慶はクスクス笑い、

「誰かがいったんじゃなくて、自分を好きになってから本当にそう思うようになったんです。ああよかった。変なことといったのかと思ってドッキリしちゃった。もう、驚かせないでくださいよ」

と笑いながらいう。

タカテンさんが真面目な顔つきで、

「驚いたのはこっちですよ。まさか慶さんがそんな哲学的なことというなんて。本当に人は見かけによらないですよねえ」

と慶を見て小首を傾げる。

「そうなんだよね。慶ちゃんはほんのたまにしっかりしたことというんだよね」

希実ちゃんが慶を見てニヤニヤ笑う。

「えー!? それっていつもは間抜けってことなの! でもその通りだよね」

慶は希実ちゃんに文句をいってから自分で納得して、またクスクス笑う。

ゆかいな仲間に囲まれているのがうれしい。以前の自分なら考えられなかったことだ。自分を好きになったり、自分にラブレターを書けるようになったのは、南アルプスと八ヶ岳の景色のおかげだとみんなを見回し、夜空の星を見上げる。

「俺も慶ちゃんと同じだよなあ。やっぱりここの景色と、いい人に引き寄せられて住むようになって、それで今があるもんなあ」

と太郎ちゃんさんが感慨深そうにうなずく。

「太郎ちゃんさんは湘南の海のそばで生まれ育ったんでしたよね。どうしてこっちに住むようになったんですか？ 私と同じだって、私みたいに引きこもりやってたんですか？」

慶がそういうとミエちゃんさんが即座に、

「太郎ちゃんが引きこもりな訳ないわよ。一人でしゃべって一人で笑っている、にぎやかなネアカなんだもの。しかも大食らいで百九十一センチのオカマの引きこもりって、聞いたことないよ」

とケラケラ笑い飛ばす。

「だからオカマじゃないってば」

と太郎ちゃんさんは鷹揚に笑う。

「俺がこっちにきたのは、オヤジの仲のいい知り合いの人が、ずいぶん前に東京の会社を定年退職して、こっちに戻って家業を継いだんだよ。元々農家の出身の人だったんだ。キノコとか野菜を栽培する農家でさ。大学時代にその人の所に遊びにきて、ここはいい所だなあって思ったんだよね。それでその人の手伝いをしたりして、農業って面白いなあって思ってたんだ。大学卒業して、何だかそのまま会社に就職するってのが気が進まなくて、一年間ニュージーランドを車で旅してたんですよ。農場で働いたりしながら。それが面白かったんだよなあ。農業って面白いなあって思って、それで日本に帰ってきて、農業やろうかなあと思って、以前手伝いしたことがあるこっちの人の所で修業したいっていったら、いいよっていってくれて、それでその人の所で働き始めたんだよ。そしたらやっぱり農業が面白くて、それで独立して今があるんだけど、慶ちゃんみたいにここの景色といい人たちに支えられて今があるって感じなんだよなあ。だから慶ちゃんと同じだっていったんだよ。ここの景色って、メリハリがあって一年中飽きないんだよなあ。師匠さんみたいな変な人もいっぱいいて飽きないし」

「ちょっと太郎ちゃん。変じゃなくて面白い人の間違いでしょう?」

と師匠さんがいうと、いや変な人だよとみんなが笑う。

「だけど、見飽きないかもしれないけど、ニュージーランドの景色の方がきれいでしょう?」

マエジマブラザースの弟さんが太郎ちゃんさんにいう。

「どっちもきれいだけど、俺はここの方が見飽きないいんだよなあ」

「確かに飽きないよね」

と希実ちゃんがいう。

「私、合計で二年近くスイスへ有機農法の勉強しにいってたんだ。すっごくきれいで感激する景色だったけど、帰ってきたらここの景色だってすっごくいいって思えたもん。南アルプスと甲斐駒ヶ岳、八ヶ岳、秩父連山、甲府盆地に富士山、天気がよければ雪をかぶった北アルプスも見えるし、変化があって見飽きないんだよね。それに太郎ちゃんがいうように、面白い人も変な人もいて飽きないわよね」

「だよねえ。山梨の人って面白いよなあ。みんな個性的で、キャラが立ってる人ばっかりだもん。顔も一度見たら忘れられないっていうくらいの破壊された顔で個性的だし。ハハハハ」

太郎ちゃんさんがみんなを見回して面白そうに笑う。

「そんなこといってるけど、太郎ちゃんだって十分すぎるくらい変な人だよ。顔もボルトが五、六個外れているんじゃないかってくらいに個性的だしさ」

とチックさんが口をはさむ。

ハハハハと太郎ちゃんさんがけたたましく笑い出す。

「俺よりも変な人のチックにいわれたくないよなあ。チックよりは顔も性格もまともだと思うけどなあ」

どっちも超変人の超破壊された顔だと師匠さんが決めつけてから慶を向く。

「慶ちゃんだって変わってるっちゃ変わってるよね。大人しそうだけど大胆なことというしさ。それに早朝が大好きっていうのも超変わってるよね」

「ですよね。でも慶さんは変な人だけどいい人だから、お客はみんないい人ばっかりでしょう？類は友を呼ぶっていうから」

とタカテンさんが慶にいう。

「そんなことないですよ。変っていうか、面白い人っていうか、困った人もたまにきますよ」

例えば？　どんな人？　とミエちゃんさんと師匠さんが続けざまにいう。

「この前はピンクにしなきゃダメっていう人がきました」

慶は苦笑いしながらいう。

「何だって？　ピンク？」

「お色気ってこと？」

師匠さんと太郎ちゃんさんが眉根を上げて色めき立ち、

「朝からエロジジイがくるの？」

希実ちゃんが顔をしかめていう。

「違いますよ。女の人ですよ。五十歳ぐらいの人で三回きたんだけど、いつも店内を見回してピンクにしなきゃダメっていうんです」

「は？　何で？」

師匠さんが小首を傾げる。みんなもどういうことだろうと慶を見つめる。

「内装はピンクの方が断然いいからそうしなさいって。その方がおいしく食べられるっていうんです」

「ピンクの内装？　まあ好き好きだからいいけど、朝からピンクだと落ち着かないっていう人もいるだろうなあ」

と太郎ちゃんさんが笑う。

「店の内装をピンクにしろっていうのは確かに変なやつだよなあ。その他には？」

とチックさんがいう。

「モーニングビールをくれとか、熱燗のお酒をくれという人もいますよ。アルコール類は無いんですっていうと、何で飲食店に酒が無いんだ、買ってこいって怒る人もいます」

「酔っぱらい？」

「酔っている人もほんのたまにいますけど、モーニングビールっていう人はしらふの人ですね。ビールが大好きで、朝起きて飲みたいって思うんでしょうねえ。御勘定の時にサイフをポンと置いて、勝手にお金を取ってくれっていうお客さんとか、百円しか無いとか、お金を忘れたとか、この次一緒に払うからとか、いろんな人がいます」

「ええ⁉　サイフをポンと置いて勝手にお金を取ってくれっていうの？」

とミエちゃんさんが目を丸くする。

「そうなんですよ。そういうことはできませんっていうと、客が取ってくれっていってるんだからいう通りにしろって怒るんです」

「アルツハイマーでお金の勘定ができないとか、目が悪くてお金が数えられないとか、そういう人じゃないんでしょう？」

タカテンさんが呆れ返った表情でいう。

「はい。普通の感じのおじさんなんですけどね。お客さんとはいっても、他人のサイフからお金を抜き取る訳にはいかないですから、本当に困っちゃうんです」

と慶は苦笑する。

「それでどうなったの？」

と師匠さんがいう。

「お金を取る気がないのかっていうから、お客様のサイフからお金をもらう訳にはいきませんっていったんです」

「そりゃそうだよな。お金を多く取られたとか何とかっていちゃもんつけられて、トラブルになるかもしれないからなあ」

とチックさんがいう。

「そうかなあ。取ってくれっていうんだから、取ってもいいんじゃないかなあ。勘定はこれこれですから、これだけもらいますってサイフから取ったお金をそいつに見せてさ」

と太郎ちゃんさんがいう。

「それはダメよ太郎ちゃん。能天気な太郎ちゃんらしくていいけど、そういうのって何かすっきりしないよ。やっぱり慶ちゃんみたいに、そういうことはできないってちゃんといって、その人からお金をもらわなきゃダメだよ」

ミエちゃんさんが太郎ちゃんさんを叱るようにきっぱりとした口調でいう。

「そうかなあ。取ってくれっていってんだから、ハーイもらいますって軽くやっちゃえばいいんじゃないかなあ」

太郎ちゃんさんがぼやくような口調でいうと、慶がクスクス笑いだす。

「何？　慶ちゃん、どうしたの？」

と師匠さんがいってみんなが慶を振り向く。

「私も最初は太郎ちゃんさんがいったみたいに、軽く返事してサイフからお金をもらおうとしたんです。でもミエちゃんさんがいったみたいに何かスッキリしない感じがして、それでちょっと迷って、やっぱりお客さんのサイフから直接お金をもらうのはよくないって気がしたんです。私も本質は能天気なので、ミエちゃんさんに叱られたみたいで笑ってしまったんです」

「だよねえ。軽くやっちゃえば、悩まなくてもよかったんだよ」

と太郎ちゃんさんがホッとしたように笑う。

「それで、結局どうしちゃったのさ？」

と師匠さんがいう。

「はい。いくらいってもダメで、他のお客さんに迷惑になりそうでしたので、こういう形でお代をもらう訳にはいきませんっていったら、お金をもらう気がないんだから払わないっていうから、はい結構です、ありがとうございましたって帰ってもらいました」

慶はしょうがないというように微苦笑する。

「ええ⁉　帰しちゃったの？」

「それって、新手の無銭飲食じゃないの？」

「堂々たる無銭飲食だな」

「愉快犯かもね。相手を困らせて楽しむっていう」

みんなが口々にいって驚く。

「クソ野郎だな。バカがいるよなあ。腹立つなあ」

師匠さんが憤懣やる方ないというように吐き捨てる。

「そのサイフポンおじさん、時々くるの？」

と希実ちゃんが慶をにらみつけていう。師匠さんと同じで、その場に居合わせたらただじゃおかないという雰囲気だ。

慶は、ううん、と首を振ってから、

「その時にきたきりで、もうきていないよ」

という。

またくるかもしれない、いやもう警戒されるからこないだろうとみんながいい合い、

「それで慶ちゃん。百円だけしか無いっていう客とか、お金が無いっていう人とか、この次持ってくるっていう人はどうしたんですか？　まさか、はいはいって、サイフポンおじさんと同じように帰したんじゃないでしょうね？」

と太郎ちゃんさんがいう。

「はい。この次でいいですって帰ってもらいました。無いっていうのはしょうがないですからねえ」

と慶はあっけらかんと笑う。

とたんにみんなが、だまされてる、なめられてる、警察に電話しなくちゃ、ひどい人がいるよねえと憤慨する。

「それで慶ちゃん。その人たちは、ちゃんとあとでお金持ってきた？」

と師匠さんが懐疑的な声を出す。

「いいえ。まだ一人もきていません。でもいいんです」

「よくないわよ慶ちゃん。そんなことじゃ商売になんないじゃない。ちゃんとお金をもらわなくちゃお店潰れちゃうよ」

希実ちゃんが鋭い視線で慶を見やる。

「でも、そういう人はたまにだよ。そんなお客さんばっかりだとお店はやっていけないけど、いつもって訳じゃないし、ほとんどのお客さんはみんないい人たちばかりだよ。たとえだまされて

たとしても、その人が朝ごはんを食べておいしかったって思ってくれればいいんだ」

慶は穏やかに笑う。慶ちゃんはやさしすぎるよなあと、みんなが半ばあきれ顔で笑う。

希実ちゃんが小首を振りながら、

「たとえだまされてもって、だまされたに決まってるよ。まあ、あんたらしいけどさ。あんたがそれでいいなら文句はないけどね」

という。しょうがないなあとあきらめ顔で苦笑する。

「慶ちゃんは人を信じちゃうとこがあるよなあ。振り込めサギにもコロッとだまされちゃう感じだよね」

とマエジマブラザースのお兄さんがいう。

「この人はさ、人を信じることにしてるんだって。人を信じることに決めたら、友達もいっぱいできたんだってさ」

希実ちゃんが笑って慶を見る。さっきまでとは打って変わってやさしい笑顔だ。

へえ、とみんなが感心して声を漏らす。

「人を信じるかあ。確かにそいつを信じなければ友達づきあいはできないよなあ。誰かを好きになるっていうのも、信じられるからだもんなあ」

太郎ちゃんさんが納得してうなずき、ちらっとミエちゃんさんに視線を向ける。すかさず師匠さんが、

「いま誰かを好きになるっていった時、ミエちゃんを見なかった?」

とニヤニヤ笑う。見た見たとみんなが囃し立てる。太郎ちゃんさんはうろたえ、チラチラとミエちゃんさんを見やりながら、

「えー!?　俺見ましたっけ？　いやあ、記憶にないなあ。みんなの勘違いじゃないかなあ」

と盛大に照れて、アハハハと豪快にごまかし笑いをする。ミエちゃんさんも太郎ちゃんさんに釣られてアハハハと照れて笑い出す。

「まあ二人で勝手に照れてなさいよ。それで慶ちゃん、人を信じることに決めたって、何かきっかけがあったの？」

と師匠さんが慶にいう。

「自分にラブレター書いてからなんです。自分を好きになったら人も好きになって、自分も人も、信じなければ何も始まらないって思ったんです。世の中には嘘をつく人も、悪い人もいるけれど、でも疑ってばかりじゃつまらないなあと思って。いい人もいっぱいいるって。そしたら友達がいっぱいできて、楽しい毎日をすごせるようになったんです。でも、振り込めサギにはひっかかりませんよ。大金を持っていませんから、ひっかかりようがないだけなんですけどね」

慶はクスクスと自嘲の笑いをもらす。

「慶ちゃんといると、何だか心がピュアになっちゃうよなあ。だけど慶ちゃんと別れると、あっという間に元の濁った心になっちゃうけどさ」

マエジマブラザースのお兄さんが笑うと、

「本当だよね。その歳でこんだけピュアなのも珍しいよね」

と弟さんが慶を見やって続ける。

「だけど自分を好きになるって、考えたことないよなあ。人を信じるとかさ」

と太郎ちゃんさんがいう。

「みなさんは元々自分が好きだからそんなこと考えないだけなんですよ。私は自分を嫌いだったからそう思ったんですから。その歳でっていわれると恥ずかしいんですけど、しょうがないですよね、この歳でそんな当たり前のことに気づいてしまったんですから」

慶は情けなさそうに笑う。

「それはいいんだけど、希実ちゃんがいったように、人を信じすぎてお金は今度でいいっていうのは、ちょっと考えもんだよなあ」

チックさんがいって焼き鳥を頬張る。

そうだよなあ、やっぱり商売なんだからなあとみんながうなずく。

「大丈夫です。こう見えても鬼のような商売人なんですよ。ちょっと自分が嫌になるくらいの冷血鬼なんですから」

「嘘だ。慶ちゃんが冷血鬼になれる訳がないよ。冷血鬼ってどんなこと？　絶対に勘違いしているから」

と師匠さん。

「そんなことないですよ。兄弟の子供さんがよく店にくるんです。お姉ちゃんが小学二年生で、弟ちゃんが保育園の年中さん。土曜日と日曜日はほとんどっていうくらいくるんですけど、ウイークデイもたまに朝早くくるんです。初めの頃はお母さんと一緒にきていたんですが、最近は二人だけでくるんです。どういう事情があるのか分からないんですけど、二人だけで六百円にぎりしめてやってきてトーストセットを二つ注文するんです。飲み物はお姉ちゃんが野菜ジュース、弟ちゃんが果物ジュースって決まってるんです。それでトーストセットとジュースを出すんです」

慶の目に涙が盛り上がる。涙が頬を伝って流れて、慶はすみませんといって笑顔を取り繕い、涙を拭く。

「慶ちゃん慶ちゃん。切なくなる話なの？」

「私が人でなしなので情けなくなるんです」

「何で？　注文通りに出しているんでしょう？」

師匠さんは訳が分からないという表情で慶に尋ねる。

みんなが慶を見据える。全員が師匠さんと同じように合点がいかないという表情だ。

「それはそうなんですけど、卵焼きを出してあげることができないんです」

「サービスでってこと？」

とチックさんがいう。

「はい。ある日弟ちゃんが、卵焼き食べたいってお姉ちゃんにいったんです。お姉ちゃんはお金がないんだからダメだよっていって、弟ちゃんはさみしそうにうつむいてしまったんです。差し出がましいことをしてはいけないって分かっていたんですけど、どうしても知らんぷりできなくて卵焼きを作って出したんです。お姉ちゃんが驚いたけど、お得意様へのサービスですから遠慮しないで食べてくださいっていったら、コクンとうなずいてくれて食べてくれたんです。その子たちが帰って、それでお客さんの一人が帰る時に、卵焼きっていくらなの？　って聞くから五十円ですっていったら、じゃあこれって、御勘定よりも百円多く出したんです。初めてのお客さんで男の人でした。ぼくが子供たちのために卵焼きを二個頼もうと思っていたから、ぼくがお金を払いたいっていってくれたんです」

　慶がそういうと、ミエちゃんさんが、

「それのどこが人でなしなの？　慶ちゃんもそのお客さんも、人でなしどころか人情味豊かじゃない」

　と口を挟み、みんながそうだよなと声を漏らす。

「私が人でなしなんです。次の日の朝に、その子たちのお母さんがものすごい剣幕で店にやってきて、卵焼きの値段はいくらなのって怒鳴られてしまったんです。余計なことはするなって。ほどこしを受けるつもりはないからお金を払うってものすごい剣幕で怒ったんです」

「そうかあ。その子たちがお母さんに、卵焼きをごちそうになったっていったんだなあ」

　太郎ちゃんさんが沈んだ声でそういうと、師匠さんが、

「たぶんお姉ちゃんが、弟が卵焼き食べたいっていったら、店の人が出してくれたっていったんだろうなあ」

　といって小さくため息をつく。

「それであんたはどうしたのさ？」

と希実ちゃんが慶にいう。

「申し訳ありませんでしたってひたすら謝り続けて、私のせいできっとあの子たちが怒られたに違いない、申し訳ないことをしてしまったと涙が止まらなくなって」

慶の目からまた涙があふれ出る。

「慶ちゃん泣き上戸？　さっきまで笑っていたから笑い上戸だと思っていたけどなあ」

チックさんが笑うと、

「泣き笑いしてるから、笑い上戸で泣き上戸ってことか。やっかいな酔っぱらいだなあ」

と師匠さんが茶化して笑う。

「でもさ、自分のせいで子供が母親に怒られたっていうことが、人でなしってことなの？　卵焼きを出せないからっていってたけど、どういうことなのさ」

希実ちゃんが落ち着き払っていう。

「それが、もうその子たちはこないだろうって思っていたら、ちゃんとやってきてくれたんです。朝ごはん食べる所がこの近くにはないから、それで仕方なくきてくれたんだと思うんですけど。いつもと変わりなく二人でトーストセットを注文してくれて、もう本当にうれしくなって、この前はごめんなさいねって謝って、お母さんに怒られた？　って聞いたらウンってコクンとうなずいたんです。お母さんの気持ちも分かるんだよね。ツネさんにその子たちのことを聞いたら、両親が離婚して、お母さんが昼も夜も働いて一生懸命子供たちを育てているっていうんです。だから疲れて、たまに朝ごはんを作ってあげられないことがあるのかもしれないから、慶ちゃんの所で食べさせてるんだろうねえってツネさんにいわれたんです。プライドのある立派なお母さんなんです。だから私の軽率な好意が、お母さんのプライドを傷つけてしまったんです。お客さんはいろんな事情があるだろうし、その事情に他人が勝手に入り込んだら迷惑だろうし、その子たちが注文したもの以外は出さないでくれってお母さんが怒るのも無理はないって納得したんです。だけども、弟ちゃんはまだ小さいから、見ていると卵焼きを食べたいのが分かるんですよねえ。卵焼きを作って食べさせてあげたいんだけど、お母さんのプライドを傷つけたらいけないって、心を鬼にして卵焼きを作ってあげないんです。だけど弟ちゃんを見ているとかわいそうになって、本当に人でなしだなあって自分が嫌になって、ものすごい自己嫌悪に陥っちゃうんです」

慶はそういってさみしそうに笑う。

みんながむずかしい顔をして慶を見ている。善行は受け手によっては迷惑になることもあるから、本当にやっかいだよなあという顔つきだ。

「何だ。簡単な解決方法があるじゃない」

太郎ちゃんさんがあっけらかんという。

みんなが一斉に太郎ちゃんさんを振り向く。一様に、簡単な解決方法なんてあるのだろうか？という顔つきだ。

「トーストセットのメニューを卵つきにすればいいんじゃない？　卵焼き、目玉焼き、ゆで卵つきってさ。好きなのを選べますって」

「あっ、そうですよね。そうすればいいんだ。何で気がつかなかったんだろう」

慶はパッと顔を輝かせる。それだと堂々と卵焼きを出してあげられる。

「慶ちゃん、待て待て待て」

と師匠さんが早口でいって慶に手を振る。

「反対じゃないんだけど、そんなことしていいの？　商売のことを考えれば他のメニューとの値段のバランスが崩れちゃうじゃない」

そうだよね、とチックさんが続ける。

「それに慶ちゃんのお店は儲けが少ないんだから、五十円の卵をサービスにするとまたまた儲けがなくなっちゃうよね」

「卵なら大丈夫なんだよね」

と太郎ちゃんさんが鷹揚に笑って、まかしとけというようにうなずく。

「あ、分かった！」

ミエちゃんさんがニッコリ笑う。それから、

「でもまだ八個で、その内の半分は太郎ちゃんが食べちゃうから四個ぐらいになっちゃうんだよね。毎日四個じゃ足りないわよね？」

と慶にいう。

「四個って、卵ですか？」

と慶は太郎ちゃんさんとミエちゃんさんを交互に見る。

「卵が四個？　何それ？　二人だけの秘密ってやつなの？」

師匠さんが訝しげにいう。

「みんなちょっときてくださいよ。見てほしいものがあるんだよね」

といって太郎ちゃんさんが立ち上がる。

懐中電灯を持って歩く太郎ちゃんさんの後を、慶とみんながぞろぞろついていく。キノコハウスの奥の真っ暗な空間に、金網で囲った一角がある。懐中電灯に照らされた金網は太くて頑丈なやつで、天井にも張ってある。五メートル四方の金網で、中は地面が剝き出しになっている。奥に大きな木箱が足場を組んで乗せてある。

「鶏を飼い始めたんですよ。いま八羽で毎日卵を八個生んじゃって、ミエちゃんにもあげるんだけど、毎日八個じゃ二人で食い切れなくて、余って大変なんですよ」

と太郎ちゃんさんが笑いながらいう。

「えー⁉　生みたての卵ですか！　食べたーい！」

慶の声が弾ける。慶は生みたての卵を食べたことがない。仕入れている卵は生みたてかもしれないけど、それを確かめることができないから分からないのだ。太郎ちゃんさんの卵なら確実に生みたてだと分かる。

「慶ちゃん慶ちゃん。食べたいじゃないでしょう？　慶ちゃんが食べてどうするのさ。店の料理にどうかってことだよね、太郎ちゃん？」

と師匠さんが笑う。

「そうなんですけど、確かに四個じゃ少ないですよね。だけどこれからもっと増やすんですよ。

二十羽以上飼ってて、毎日二十個ぐらいは生ませようと思ってるんですよ。だから慶ちゃんが卵を引き取ってくれるとこっちも助かるんだよね。もちろんタダでいいからさ」

「ええ⁉　タダって訳にはいきませんよ。ちゃんとお金を払いますから分けてください。うわあ、生みたて生みたて！」

「太郎ちゃん、ここで養鶏所を始めようっていうの？」

とマエジマブラザースのお兄さんがいう。

「違うんだよね。ここを農園にしたいんだよね。鶏にヤギにヒツジとか飼って。動物がいっぱいいるって、何だか楽しそうでいいじゃないですか。ヤギのミルクでチーズ作って食べたらうまそうだしさ」

「うわあ、それいいなあ。農園で朝ごはん食べたらおいしそう！」

慶の声がまた弾ける。楽しそうに笑う。

ミエちゃんさんがうれしそうに、

「でしょう。農園で暮らすって、おいしいものが食べられて楽しそうだよね」

と朗らかな声でいう。慶は、ですよねえと応じて笑顔でうなずく。

「だからね慶ちゃん。あんたは店があるでしょう？　朝ごはん屋さんが農園に朝ごはん食べにきてどうするのさ」

師匠さんが呆れたようにいう。

「あ、そうですよね。お店のこと忘れてました。でも太郎ちゃんさん、ありがとうございます。

卵はちゃんとお金を払いますから引き取らせてください。それよりも太郎ちゃんさんのおかげで、トーストに卵がついているメニューにすればいいんだと気づきました。弟ちゃんに卵焼き食べさせられます。ありがとうございます。よかった。本当によかったです。ああ、ホッとしました」

慶は太郎ちゃんさんにニッコリと笑う。

秋

さらさらと秋の風が流れていく。

窓の外の楓が見事に赤く色づき、風に揺れて青空に映えている。

慶は厨房の窓から八ヶ岳を眺める。黄色や赤の色とりどりの紅葉に染まっているが、中腹より上では紅葉も終わりを迎えてくすんだ枯色が目立つ。透明な朝の光りが紅葉を浮き立たせて鮮やかに輝いている。

日曜日。朝六時半。さわやかな秋晴れの朝だ。

薪ストーブが燃えている『朝ごはん屋・おはようございます』の店内には、秋・冬時間の六時開店と同時にやってきた『テニスハウス・まきば』のクラブ員さん達八人が、土間の真ん中の長テーブルに陣取って食事の真っ最中だ。甲府の小瀬スポーツ公園で行われる、テニスの県大会選手権に出場するのだという。それぞれが自宅から『テニスハウス・まきば』まで車でやってきて、二台の車に分乗して出かける途中に慶の店に寄ったのだ。

「慶ちゃん。悪いね、ごはんお代わり。それと生卵一個ね」

とヨシトモさんが茶碗を持ち上げていう。ヨシトモさんは『テニスハウス・まきば』のオーナーだ。

「はーい。分かりました。今いきます」

慶は返事して、ごはん茶碗を持って羽釜カマドへと向かう。

「ちょっとヨシトモさん、試合前にそんなに食べて大丈夫？」

とチヅコさんの心配声が厨房の中に届く。チヅコさんはヨシトモさんの奥さんだ。

「大丈夫なんだよチヅコさん。俺とヨシトモさんのダブルスの試合は、たぶん十時半ぐらいだからね。途中で食べるよりは今食べておいた方がいいんだよ」

とミズカミさんがいう。ミズカミさんはクラブ員の会長さんで、時々朝ごはんを食べに店にきてくれる。

「あ、そうだったわね。すっかり忘れてた。最近何だか忘れやすいのよね。ゲームしていても、あれ？　いまゲームカウント何だっけ？　ってしょっちゅう忘れちゃうもの」

チヅコさんが苦笑する。

「大丈夫。みんなそうだから。もうホントに『まきば』のみんなはプレーに一生懸命になりすぎちゃって、若いのも年寄りもみんなゲームカウントが分かんなくなっちゃうんだもの。コートに入ってる四人共なんだもの。大丈夫？　って心配になっちゃう。あたしもだけど」

とミズエさんが笑う。

ミズエさんは元気な人で、背が高くてスラリとしている。長坂の慶のアパートの近くに家があり、顔見知りの間柄だ。

「ホンダさんだけだよなあ、絶対にスコアを忘れないのは。一番年取ってるホンダさんが一番しっかりしているんだから、俺たちは情けないよなあ」

とミズカミさんが苦笑する。

慶はお盆を持って土間を歩いていく。

ホンダさんのことは、ご主人さんと時々店にきてくれるので慶にも分かる。七十歳になったといっていたが、立ち居振る舞いがしゃんとして若々しいので、七十歳という年齢にはとても見えない。花木が大好きで、花の苗や挿し木のポットを持ってきてプレゼントしてくれる。それらが今、店の庭にけっこう植えられている。大きくなる来年が楽しみだ。

「ヨシトモさん、お代わりのごはんと生卵です」

慶はヨシトモさんの前にごはん茶碗と生卵の小鉢を置く。ヨシトモさんとチヅコさんも時々朝ごはんを食べにきてくれる。民宿も経営しているので毎日忙しいのだが、泊まりのお客さんがいない朝に二人でやってくるのだ。

「きにょう、無尽があって飲み過ぎちゃって、あんまり食べてないから腹がへってさ」

とヨシトモさんはいい訳するようにいって卵を割る。

慶がクスクス笑う。

「ほらヨシトモさん。また慶ちゃんに笑われちゃったじゃない。きにょうじゃなくて昨日」

とチヅコさんも笑う。

「すみません。でもヨシトモさんの、きにょう、っていうの、大好きなんです」

「あたしも好き。かわいいよね。六十のいい歳なのにかわいいもないんだけど、でも愛嬌があってかわいいって感じ。顔がおっかないから、よけいかわいく感じるよね」

といってミズエさんが笑うと、だよねとみんなが笑う。ヨシトモさんが苦笑しながら、

「子供の頃からこのいい方だから、なかなかきにょうってちゃんとしゃべれないんだよ」

とまた、きにょう、といってしまい、みんながどっと笑う。

「『まきば』のみなさんは本当にテニスが好きですよね。それだけ打ち込めるものがあるって、本当にステキです。うらやましいです」

と慶は感心してしきりにうなずく。

ミズエさんが、

「だってしょうがないじゃない。若い時は、恋、仕事、テニス、だったけど、年取っちゃったから恋が消えちゃって、仕事とテニスだけしか残ってないんだからさ」

と自嘲の笑いを漏らす。

「それはミズエちゃんだけでしょう。私たちと一緒にしないでよ。恋は消えちゃったけど、仕事とテニスの他にもあれこれあるんだからさ」

と初めて店にやってきた女の人が苦笑する。

「慶ちゃんもテニス始めましょうよ。楽しいわよ。まだ若いんだから、いまからやったらうまくなるわよ」

とチヅコさんがいう。

「とてもとても。私、運動したことないから、テニスなんてできそうもありません」

慶は手を振って笑う。

「大丈夫。俺だってそうだった。運動したことなくてもうまくなるから。それに健康的だよ。身体動かして、いい汗かいて、笑って、身体も心もすっきりするから」

とミズカミさんがいう。

「ミズカミさん。あとでうまいビール浴びるほど飲むためにも、ってのが抜けてる」

ミズエさんが茶化してみんなが笑う。

慶は考えておきますとその場を離れる。厨房に戻りかけると、ドアが開いて慶は顔を向ける。おはようございますと男女が入ってくる。

「サイトウさん、ヨウコさん、おはようございます。いらっしゃいませ。今週もいらっしゃっていたんですね」

と慶は会釈する。

サイトウさんとヨウコさんは夫婦だ。正確な年齢は分からないが、慶には五十歳前後に見える。東京に住んでいて、ほとんど毎週末小淵沢にやってくる。森の中に自分たちの土地があり、手作りで家を建てている。なるべく機械を使わずに、自分たちだけの手作業で家を建てたいのだという。梅雨時に初めて来店し、それからずっと週末にちょくちょくやってきてそのことを話してくれた。五年経ってやっと基礎が完成に近づいてきたと笑っていた。スコップとツルハシで穴を掘ったという。スコップでコンクリートをこねているので、一センチ高くするのに何カ月もかかったのだそうだ。夫婦の趣味でやっているから、のんびり楽しんでいるのだという。

この調子なら完成はいつになることやらと笑っていたが、楽しみがずっと続くからいいのだと二人とも屈託がない。泊まるのはテントだったり車の中で、キャンプをしにきているようなものだからレクリエーションなんだよと楽しそうだった。

「昨日からね。今朝はちょっと冷えたよねえ」

二人は薪ストーブの側にいって手を擦る。

「すぐお茶を持ってきますね」

慶は厨房に戻り、茶碗に野草茶を入れてお盆で持っていく。ストーブの側に立っている二人に手渡すと、

「和定食の1を二つね。卵はダシ巻きと生卵。焼き魚はシャケ?」

とヨウコさんがいう。

「はい。いつも同じですみません」

「そんなつもりでいったんじゃないのよ。カマド炊きごはんと炭火焼きシャケなんて、今時最高のごちそうなんだからうれしいのよ」

「そうそう。朝ごはんは必要なものだけで十分なんだけど、それがカマド炊きごはんと炭火焼きの魚なんだから最高の贅沢だよ」

「慶ちゃんの店を知ってから、ここで朝ごはんを食べるっていうのがこっちにくる目的の半分になっちゃったわよね」

「そうなんだよ。キャンプの朝ごはんは楽しいんだけど、ここの朝ごはんの方が断然うまいからなあ。だから、朝の楽しみはここの方の比重が大きくなっちゃったよ」

「そういってくれるとうれしいですけど、でも複雑です。朝の楽しみを少なくさせてしまってすみません」

「大丈夫。たまにはキャンプ朝ごはんを楽しんでいるからね」

サイトウさんが笑うと、ドアが開いて毛糸の帽子をかぶった女の人が顔を覗かせる。ダウンジャケットを着ている。

「おはよう慶ちゃん」

ノリさんだ。足元にはボーダーコリー犬のモクちゃんとシェットランド・シープドッグのシュンちゃんが行儀よくお座りしている。

「ノリさんおはようございます。モクちゃん、シュンちゃん、おはよう」

慶が手を差し伸べながら近づいていくと、モクちゃんとシュンちゃんがうれしそうに尻尾を振って頭を上げる。慶は二頭の犬の頭を撫でて、

「ノリさん中へどうぞ」

と店内に誘う。

ノリさんは慶の店から少し離れた所に住んでいる。運動が大好きな二匹の犬のために朝夕の長距離散歩を欠かさない。日曜日は旦那さんと子供さんが朝寝坊するから、散歩の途中にこの店で朝ごはんを食べるのが楽しみになったといっていた。

ノリさんは店内を見回して、おはようございますと『まきば』さんのみんなに挨拶をする。『まきば』さんのみんなが挨拶を返し、チヅコさんが、

「モクちゃん、シュンちゃん。午後からコートにおいでね。そしたら大好きなテニスを見られるからね」

とワンちゃんたちに声をかける。

「モクちゃんとシュンちゃん、テニスが好きなんですか?」

と慶はいう。テニスが好きな犬なんて聞いたことがない。

「そうなのよ。動くものに興味があるから、『まきば』さんを通る散歩コースが大好きなのよ。コートの脇に座り込んじゃってずっとボールを見ているんだよね」

とノリさんがモクちゃんとシュンちゃんを見て笑う。

「それがさ、このワンちゃんたち、ボールの行方に合わせて顔の動きが見事にシンクロするんだよね。それがかわいいのよ」

とミズエさんが笑う。

「慶ちゃん、外で食べるね。急ぎ足で散歩したから暑くなっちゃって」

「でも外はまだ寒いですよ。中でどうぞ」

「平気平気。ダウン着てるし、このキンとした朝の空気が好きなのよ。この子たちも暑そうだし、朝日がきれいだから外がいいんだ。チーズトーストセット頂戴。紅茶、ミルクティーでね」

「分かりました。いまモクちゃんとシュンちゃんのお水持っていきますね」

「大丈夫。持ってきているから」

ノリさんは背中のデイパックを指さす。

慶は分かりましたといって厨房に歩く。野草茶の茶碗を外のテーブルのノリさんに持っていき、店内に戻ると『まきば』さんのみんながごちそうさまと口々にいって席を立つ。

「いまみんなから六百円ずつもらったから、それの掛ける八人と、それとヨシトモさんの生卵のプラス五十円の四千八百五十円でいいわよね。細かくて悪いんだけど」

チヅコさんが慶に手のひらいっぱいの硬貨を差し出す。

慶は硬貨を数えて確かにといい、

「ありがとうございます。試合、頑張ってくださいね」

と笑顔を向ける。

『まきば』さんの人たちが出ていき、テーブルの後片付けを手早くすませ、窓際のテーブルに座ったサイトウさんとヨウコさんに和定食1を、外のテーブルにいるノリさんに洋定食のBを運び終わり、洗い物をしているとドアが開いてツネさんが入ってくる。

「慶ちゃん、おはよう。今朝は冷えたねえ」

ツネさんは真っ直ぐにカウンターを目指してやってくる。

「ツネさん、おはようございます。今日はお一人ですか?」

ツネさんはよく友達とやってくる。慶の店で待ち合わせをしていることが多い。その時はテーブルに座るので、カウンターにやってくるのは一人の時だけだ。

「今日は一人。たまには慶ちゃんの顔を見ながら朝ごはんを食べたくてね。慶ちゃんの笑い顔を見ながら食べる朝ごはんは、本当においしいんだよ」

ツネさんはそういってカウンターのイスに座る。

「ツネさん、いつも励ましてくれてありがとうございます。ツネさんにそういってもらえると元気出ます」

「私の方が元気出るさよ。洋定食のCをもらうね」

「はい。ありがとうございます。いま野草茶出しますね」

「慶ちゃん。洋定食のC、やっぱりメニューを卵つきに変えなくてよかったと思うよ」

とツネさんがいう。

慶はどうなんでしょうかねえといってポットから茶碗に野草茶を入れ、ツネさんの前に置く。

慶が女の子と男の子のことで、洋定食のCに卵料理をつけるかどうかで悩んだことをツネさんは知っている。太郎ちゃんさんが、そんなに悩んでいるならメニューを卵料理つきにすればいいといってくれたとうれしそうにツネさんにいったのだ。何日かあとにやってきたツネさんに、いろいろ考えたけど今のままのメニューにすると慶はいい、ツネさんはそうかねといっただけだった。

「あの時は卵ぐらいって思ったけんど、だんだんに、母親のことを考えるとそれでよかったたって気がしてきたさよ」

ツネさんはうなずきながらいう。

「すごく迷ったんですけど、そうした方がいいような気がして……。でも、本当によかったのかどうか」

慶は自信なさげに小さく笑う。

「よかったと思うよ。しっかり者の母親だから、あの子たちは慶ちゃんとこで卵食べなくても家でちゃんと栄養摂ってるよ」

「はい。私もそう思います。でもやっぱり、よかったかどうかは自信ありません。トースト、いつものようにあんまり焼かなくていいですか？」

「いい加減でいいさよ。あんまり焦げなければいいんだから」

慶は分かりましたとトーストをオーブントースターに入れる。コーヒー豆を挽き始めると、

「薪はいつ運ぶことになったかね？」

とツネさんが声をかける。

「はい。もう少ししたら師匠さんと太郎ちゃんさんがやってきて、日にちを決めることになっています」

薪ストーブ用の薪とカマド用の薪を、木こりのナカタニさんの土場から運ぶことになっている。

ナカタニさんは、ツネさんの弟さんの孝明さんの友人だ。孝明さんが紹介してくれて、格安の値段で薪を分けてもらうことになっている。ナカタニさんは広い土場に丸太を山のように集積している。売り物にならない丸太を薪にして積み上げてあり、知り合いに格安で譲っている。

「元々は家とか事務所で使う薪だしさ、それで儲けようとは思っちゃいんから気にしんでいいよ」

慶が値段を聞いてその安さに驚き、恐縮すると、ナカタニさんはそういって大様に笑うのだった。秋に入ってすぐに、慶は希実ちゃんの軽トラックを借りて一度薪を運んだ。一冬分の薪を確保しなければならないので何度か運ぼうと思っていたのだが、そのことを知った師匠さんと太郎ちゃんさんが、みんなに声をかけて一気にやっちゃおうと申し出てくれた。一人で何回か運ぶから大丈夫ですと辞退したのだが、そういうことはみんなで一気にやった方が効率がいいし楽だし、それにバカいいながらやるから面白いしといってくれたのだった。

「そうかね。そりゃあよかったじゃん。力仕事は男手があると計《はか》がいくから助かるじゃんね」

とツネさんは笑う。

「みなさんに助けてもらってばかりで情けないんですけど、師匠さんたちの親切をありがたく受けさせてもらうことにしました」

慶は挽いたコーヒー豆をペーパーフィルターのドリップにあける。

「情けないことはないさよ。慶ちゃんから頼んだこんじゃないんだからねえ。友達の親切はありがたく受けるもんだよ。だけど時代が変わればあれこれ変わるもんだねえ。昔はどこの家でも、煮炊きも暖を取るのも薪とかシバでね、だから山がきれいだったんだよ。枯れたり倒れたりした木とか、間伐材やシバを薪にしてたからね。いまはガスとか電気とか灯油で便利になっちゃって、山に入る人が少なくなったから、山がほったらかしになっちゃって荒れ放題っていうじゃんねえ。生活が便利になったのはいいんだけど、山が荒れるっていうのも何だかさみしいねえ」

「そうなんですか。安い輸入材に押されて木材が売れなくなって、それで山が荒れているとばかり思っていました。そういうこともあったんですねえ」

慶はツネさんにうなずき、ヤカンのお湯をドリップに注いで蒸らしてからコーヒーを淹れる。いい香りがふんわりと立ち上る。

「だから昔は他人の山に勝手に入ることはいけないってこんでね。小さな枝一本でも大事な燃料だったんだよ。シバ刈りなんかは生活の大事なひとつでね」

「本当ですよねえ。カマドを使うようになってから、小さな枯れ枝も大事な燃料だって気づきました。あ、いい焼き具合です」

慶は声に出していい、トースターからパンを二つ取り出して皿に乗せる。きつね色の薄い焼き色で、ツネさんの好みの焼き色だ。

「お待たせしました」

トーストと、ジャム各種、蜂蜜、メープルシロップ、バターのセットをツネさんの前に並べ、コーヒーを置く。

「慶ちゃんがいい焼き具合っていうと、おいしそうな感じがしていいよねえ」

とツネさんが笑う。

「すみません。うれしくなってつい口に出ちゃうんです。作る私がそんなこといっちゃいけないって分かっているんですけど」

「いいさよ。それでおいしさが増すんだからさ。さあて、本当においしそうだ。いただくとするかね」

ツネさんはイチゴジャムをスプーンですくってトーストに乗せて食べる。

店内に朝日が差し込んで明るい。サイトウさんとヨウコさんが座っている窓際のテーブルが大きなスポットライトを浴びたように輝いている。窓には薄いシェードがあるのだが、二人は朝日が顔にかからない程度に下げている。談笑しながら食べている二人は、朝日を浴びて幸せそうに輝いている。

「慶ちゃん、干し柿作ったことあるかね？」

とツネさんがいう。

「やってみたいと思うんですけど、作ったことがないんです」

「そうかね。じゃあやってみるといいさ。ほら、駐車場の向こうに柿の木があるけど、あれはうちの木だから、もう少ししたら採って皮をむいて軒下に吊るせばいいさよ」

「ええ⁉　本当にいいんですか？　干し柿、自分で作って食べたいってずっと思っていたんです。軒下に干し柿を吊るすのって、すごくきれいでいい雰囲気ですよねえ。一度やってみたかったんです」

「今はあんまり作る家がなくなったけど、前はここいらへんのどの家でも干し柿吊るして、そりゃあきれいだったもんさ。昔は甘いものがなかったから子供たちも喜んで食べたけんど、今は食べ物がいろいろあるからあんまり作らなくなったんだろうねえ」

「私、干し柿大好きなんです。毎年買って食べているんですよ」

「ほうかね。慶ちゃんは都会育ちだから、ケーキとか和菓子とか、しゃれたお菓子の方が口に合うんじゃないのかね」

ツネさんはそういいながら、うれしそうに慶に笑いかける。

「ケーキも和菓子も好きなんですけど、干し柿は大好きなんです。自然の甘さってやさしくてすっごくおいしいんです。身体が喜ぶっていう甘さですよね。うわあ、楽しみです」

「採り方を教えてあげるけんど、全部採らんで、鳥のためにポツンポツンと残して置いてやらんとね。熟した柿が好きな鳥もいるんだよ」

「そうなんですか。それで分かりました。柿の木って、いっぱい残っている木もあれば、ポツンポツンと残っている木もありますよね。あのポツンポツンは鳥のために残してあったんですね。みなさんやさしいんですねえ」

「鳥は害虫を食べてくれるから、ありがとうってお礼に残してやるんだよ」

とツネさんは笑う。

ドアが開いて男の人が入ってきた。中肉中背、五十半ばの年格好だ。前に一度来た客だとすぐに分かったが、慶はよく確かめようと一瞬の間を置いてから、

「おはようございます。いらっしゃいませ」

と明るく声をかける。間違いない。忘れられない顔だ。表情のない顔だが、どこかすさんだ冷たい影がある。サイフポンおじさんだ。

サイフポンおじさんは無言で窓辺のテーブルに座る。慶は野草茶を持ってテーブルに向かう。サイフポンおじさんは汚いものをつまむようなしぐさでメニューを眺めている。

「今日は冷えましたね。決まりましたら声をかけてください」

慶はサイフポンおじさんに笑顔を向け、テーブルに茶碗を置いて厨房に戻る。戻るとすぐに、

「おおい」

サイフポンおじさんがぞんざいに声を上げた。指を曲げて呼んでいる。横柄な態度だ。サイトウさんとヨウコさん、それにツネさんが訝しげにサイフポンおじさんを振り向く。

「はーい。今伺います」

慶は厨房を出てテーブルに向かう。

するとドアが開いて、

「慶ちゃんおはよう」

「おはようございます、慶ちゃん」

「おはようございます」

師匠さんと太郎ちゃんさん、それにタカテンさんが笑顔で入ってくる。

「おはようございます。師匠さん、太郎ちゃんさん、タカテンさん、いらっしゃいませ」

慶が三人に挨拶を返すと、師匠さんたちが顔見知りのサイトウさんとヨウコさん、ツネさんと

笑顔で挨拶を交わす。

「おい。早くきてくれよ」

サイフポンおじさんが不機嫌な声で慶を呼ぶ。

師匠さんの顔色が変わる。店に入ってきたら、慶の店には珍しい不機嫌な声がいきなりぶつかってきたので無理はない。太郎ちゃんさんとタカテンさんの笑顔も固まってしまう。それでも慶が、

「すみません。お決まりですか」

と不機嫌な声の主に笑顔で応じたので、三人は気を取り直して真ん中の大テーブルの端に座る。

「和定食1と洋定食Aだ。ダシ巻き卵と目玉焼きにしてくれよな。分かった？」

サイフポンおじさんはぶっきらぼうにいう。

「はい。和定食1と洋定食Aですね。どなたかと待ち合わせですか？」

「一人だ。二つ食っちゃ悪いのか？」

サイフポンおじさんは慶をにらみ上げる。

「いいえ。待ち合わせでしたら、その方がいらっしゃってから一緒にお出しした方がいいかもしれないと思ってお聞きしたんです。では二つ一緒に持ってきていいですか？　それともどちらかを先にお持ちしましょうか？」

「何もいってないんだから、一緒に持ってくるのが当たり前だろうが」

サイフポンおじさんはムッとした表情で独り言のようにぶつくさいう。

「分かりました。では二つ一緒に持ってきますね」

慶は笑顔で答える。店に招き入れて注文を聞いたからにはお客さんだ。今日はちゃんと自分で払ってくれるかもしれない。慶は大テーブルにいる師匠さんたちの所に向かう。

「この前はごちそうさまでした。採りたてのマツタケ、やっぱりすっごくおいしかったです」

慶はみんなに会釈する。

二週間前の午後、翌日の仕込みをしていると、師匠さんと太郎ちゃんさんとタカテンさん、それにミエちゃんさんが一緒にやってきてツガマツタケを差し出した。朝から山に入ったという。十六本もあったので、四人の他にツネさん、フミさん、ユキさん、希実ちゃん、ヒロコさんの家族、チックさん、マエジマブラザースさんに声をかけて、夕方からマツタケづくしの楽しい宴を持った。ツネさんがカマドでマツタケごはんを炊いてくれた。フミさんがマツタケのお吸い物を、ユキさんがベーコンとマツタケの炒めものを、ミエちゃんさんがマツタケオムレツを作ってくれた。ベーコンはヒロコさんのご主人が手作りしたもので、卵は太郎ちゃんさんが生みたてを持ってきてくれた。師匠さんが七輪でマツタケを焼き、店の中がマツタケの芳しい香りに満ちた。

慶の声にカウンターのツネさんが振り向き、

「ホントにおいしかったよう。朝採った新鮮なマツタケは本当にいい香りじゃんねえ。ごちそうさまでした」

といって笑顔でお辞儀をする。

「いえいえ、こっちこそおいしいマツタケごはん、ごちそうさまでした。やっぱりカマドで炊くと違いますね。いままでで一番うまかったです」

師匠さんが会釈を返す。

「今日もマツタケ狩りかね？」

「雑キノコです。キノコ鍋やるんですよ。もしかしたら最後のマツタケがあるかもしれないと、淡い期待を持っているんですけどね」

と師匠さんが笑う。

慶は三人の注文を聞いて厨房に入る。すぐにタカテンさんがカウンターまでやってきて、

「野草茶、三人分持っていきますね」

という。すみません、ありがとうございますと慶が笑うと、ドアが開いておはようございますとヒロコさんが入ってくる。ご主人とサヨちゃんも一緒だ。ヒロコさんはみんなと挨拶を交わしてから、サイフポンおじさんに目を止めて笑顔が固まる。それから厨房の慶に目で語りかける。サイフポンおじさんのことはヒロコさんも知っている。夏の間働いてもらった時にサイフポンおじさんがやってきたのだ。慶はうなずいて大丈夫とサインを送る。

「サヨちゃんおはよう。今日は保育園休みだね」

と太郎ちゃんさんが笑いかける。

「うん。今日は記念日だから、レストランとね、それから海にいくんだよ！」

サヨちゃんが張り切っていう。顔が光り輝いている。

「レストランか。いいな。何食べるの？」

「朝ごはんだよ。サヨちゃん、レストラン三回目なんだよ。それで海は初めてだから超うれしいんだ」

「レストランってここのこと?」

「そうだよ! 三回目なんだよ!」

サヨちゃんが自慢げにいってヒロコさんとご主人が苦笑する。

「海、どこにいくの?」

「ドライブするんだよ。ドライブして海にいくの」

「そうかあ。そうだよね。ドライブしなきゃいけないよね。初めての海かあ。いいなあ。よかったね」

「うん。だからお父さんとお母さんが結婚してくれてありがとうっていったんだよ」

とサヨちゃんがヒロコさんとご主人を振り向いて笑う。ヒロコさんとご主人はニコニコ笑っている。

「どうして? あ、そうかあ。海に連れていってくれるからうれしかったんだ」

「それもあるけど、サヨちゃんを産んでくれてうれしかったからだよ」

サヨちゃんの屈託のない澄んだ声が、朝日が差し込む明るい店内に響いて弾ける。サイフポンおじさんのせいで冷たくなった空気が一気にあたたかくなった。みんなが笑顔でサヨちゃんを見ている。サイフポンおじさんも仏頂面ながらサヨちゃんを見つめている。

ヒロコさんたちは大テーブルの空いている席に座った。

「記念日って、お二人の結婚記念日なんですか？」

慶はヒロコさんとご主人を交互に見ていう。

「いいえ。そうじゃないんですけどね」

ヒロコさんが笑う。うれしそうだ。

「あのね、お父さんが毎日絵を描いたりお勉強してたのが本になったんだよ。だから記念日で海にいくんだよ」

とサヨちゃんがいう。

「は？　絵？　お勉強？　どういうこと？」

師匠さんが首をひねる。

慶にも訳が分からない。絵を描いて勉強していたことが本になったとはどういうことなのだろう。

「子供にとっては、机に座って何かを書いたり考え事をしているのは勉強しているということなんです。だから勉強なんですよ」

ヒロコさんはそういって笑い、ちゃんと座りなさいとサヨちゃんのイスをテーブルに近づける。

「本になったって、何かを書いたんですか？」

慶は野草茶を持っていってヒロコさんのご主人に笑顔を向ける。ご主人はいい出しにくそうにためらっていたが、

「十年振りに絵本を書いたんです。それが本になったので、復活記念に海にいこうということに

なったんです。だから記念日なんですよ」

といいう。

「え？　ということは、絵本作家さんなんですか？」

「十年さぼっていた、というのがつきますけどね」

とヒロコさんのご主人は照れたように笑う。その笑い顔を見て慶はあっとひらめく。図書館員の時に、子供たちに絵本を読み聞かせた時の記憶が甦る。読み聞かせは苦手だったけれど、読み聞かせの本にしていた大好きだった絵本がある。その著者の写真の笑顔がヒロコさんのご主人に重なる。

「あの、『あしたもあおうね』のモリサトチヒロさんですか？」

と慶は声を弾ませる。間違いない、絶対だと確信に満ちた瞳を輝かせる。

「はい。そうです。読んでくれたんですか。そうか、写真が載っていたんだ。それで分かったのか」

「うわあ、『あしたもあおうね』大好きなんです。本棚にあります。モリサトチヒロさんだって分かったのは、今絵本作家さんだと聞いて気がついたんです。まさかヒロコさんのご主人がモリサトチヒロさんだなんて、うわあ、感激です」

慶は胸の前で手を合わせる。興奮を抑えきれない。

「慶ちゃん、どんな物語なの？」

とツネさんがいう。慶はツネさんを振り向いてから、

「仲良し仲間がいて、いろんなことを話したり、笑ったり、ケンカしたり、でも仲直りして、おはようとか、こんにちはとか、さよならとか、またあしたねとか、そういうことがいえる友達がいるってすてきだなという物語なんです。読み聞かせはヘタッピーでしたけど、でも大好きな絵本なんです。図書館にいた頃に、子供たちによく読み聞かせしてたんです」

とみんなを見回していう。

「へえー。また明日か。考えたことなかったけど、そうだよなあ。おはようとか、また明日っていえる誰かがいなければ、生きててつまらないですよね」

と太郎ちゃんさんがいう。

「だよなあ。おはようって、慶ちゃんにいったり、いってもらいたくて、この店にくる人ってけっこういると思うよ。慶ちゃんの明るいおはようございますを聞くと元気出るもんなあ。またきたくなっちゃうんだよね」

師匠さんがいうと、みんなが本当だよねえと口々にいい出す。サイトウさんとヨウコさんも笑ってうなずいている。慶はじっと見ているサイフポンおじさんと目が合い、

「すみません。すぐ作ります。興奮して話に夢中になっちゃいました」

と満面の笑顔を向けて詫びる。サイフポンおじさんは驚いたように目を瞬かせる。慶に明るい笑顔を向けられるとは思っていなかったのでどぎまぎしたようだ。

ヒロコさんたちは揃って洋定食Aを注文し、慶は急ぎ足で厨房に戻る。

サイフポンおじさんに和定食1と洋定食Aを出し、師匠さんに洋定食Cのトーストセット、太

郎ちゃんさんに洋定食Aとチーズトースト、タカテンさんに和定食1を持っていくと、サイトウさんとヨウコさんがごちそうさまと席を立つ。

サイトウさんとヨウコさんは、『あしたもあおうね』をもじって、明日は会えないけど来週も会おうねと慶にいい、みんなに挨拶をしてから出ていく。ヒロコさんたちに洋定食Aを出すと、外のテーブルにいたノリさんとワンちゃんたちが帰っていった。

慶が外のテーブルの片付けをして店内に戻ると、

「慶ちゃん、薪運ぶの来週の日曜日の午後でいい？」

と師匠さんが声をかける。

「来週ならチックが軽トラ出せるって。そうすると太郎ちゃんと希実ちゃんの軽トラと合わせて三台になるから、あっという間に終わっちゃうよ。二回も運べば十分だよね」

「はい。十分すぎます。すみません。ありがとうございます」

この前運んだ薪がまだたっぷりあるので、来週まで薪が無くなるということはない。

「一日中燃やしていたとしてもたぶんひと冬持つと思うけど、足りなくなったらまた運べばいいからさ」

「はい。ありがとうございます」

「軽トラ三台で二回も運べばひと冬は持つさよ。よく乾燥してるっていうから、薪割りするのも楽だと思うよ」

とツネさんがいう。

「慶ちゃん、斧で薪割りするの？」

師匠さんが少し驚いていう。慶は華奢な身体つきなので、斧を振り上げることが想像できないという顔つきだ。

「はい。だいぶうまくなりました。最初は何度も自分の足を割りそうになって怖かったですけど、今はバッチリです。パチン！　ときれいに割れた時なんか、ナイス！　って声が出ちゃうほど楽しくて、もうワクワクしちゃいます」

「へー、慶さん、見かけによらず力があるんですね」

とタカテンさんが意外そうな表情をする。

「力はそんなにいらないって、ツネさんに教えてもらったんです。力任せに振り下ろさなくても、斧の頭の重さを感じて振り下ろすだけでいいって。そうすると本当にうまく割れるんです。といっても、まだ空振りすることもありますけどね」

と慶は笑う。

「ゴルフと同じですね。ゴルフもヘッドを利かせて打つと、力を入れなくても飛ぶんですよ」

タカテンさんが小さくクラブを振るしぐさをしながらいう。

「君、君。あのね、分かったようなことといってるけど、いつも力みまくってミスショット連発してない？　知らない人が聞いたらものすごく上手な人だと勘違いしちゃうよ？」

師匠さんが即座に茶々を入れる。

「だから、頭では分かっているんだけど、その通りやるのは難しいっていおうとしてたんですよ。

ひろしさんだって俺より力みまくって振ってるじゃないですか」

とタカテンさんが笑う。

「俺はゴルフ場に力みにいってるからいいの。ゴルフやって、力んでもうまくいかないって納得して、その戒めを、何事も力んじゃいかんって毎日の生活に生かしてるんだから。学習能力高いよなあ。偉いなあ俺って」

と師匠さんが気取る。

「ハハハハ、だったらゴルフにも生かして力まなきゃいいじゃないですか」

太郎ちゃんさんが笑い出す。

「そうなんだよね。いっつもそのことを反省するんだけど、すぐ忘れちゃうんだよね。本当に俺ってアホだよなあ」

と師匠さんがしょげる。

「ハハハハハ。一人で自分を持ち上げたりずり落としたり、本当に師匠さんはアホな自分を楽しんでるよなあ。毎日飽きないでしょう」

「はい。おかげさまで、って俺よりもアホなことをいって自分を楽しんでいる太郎ちゃんにいわれたくないよ！」

師匠さんが目を吊り上げてみんなが笑う。

「でも本当にみなさんは、いつもリラックスして自分を楽しんでますよねえ。何でもそうですよね。力んじゃうまくいかないですよね。夏に太郎ちゃんさんの畑でハンモック乗った時につくづく分かりました。最初は力んじゃってバランス崩して乗れなかったんです。あんまり力まなくなったらバランス取れてうまく乗れたんです。リラックスしているとバランス取れて、何事もうまくいくんでしょうねえ」

「ハハハハ、俺と師匠さんはリラックスしすぎで逆にバランス取れてないのかも。笑っちゃうようなドジばっかりしてるもんなあ」

「そうそう、俺たちアホだからね、って太郎ちゃん、俺を一緒にしないでくれる？　ま、アホだけど笑えるからいいか。で、慶ちゃん、薪運び、来週の日曜日、一時からってことでいいよね。みんなに声をかけておくから」

「はい。お願いします。ありがとうございます」

慶は頭を下げてから厨房に戻る。

洗い物をしていると男女二人ずつの四人のお客さんがやってきて窓側のテーブルに座る。若いカップルと中年のカップルで、初めてのお客さんだった。薪ストーブの暖かさにうれしそうな声を上げ、慶が野草茶を持っていくと紅葉狩りに東京からやってきたという。二組のカップルは和定食1と洋定食Aを二つずつ注文する。

慶が四人の注文を作って持っていき、厨房に戻ると、サイフポンおじさんが立ち上がってカウンターにやってきた。

「お帰りですか？」

慶は笑顔で応じる。サイフポンおじさんの向こうで、ヒロコさんが心配そうに見つめているのが見える。

「ああ……」

サイフポンおじさんは表情の無い顔でサイフを取り出す。

慶はサイフポンおじさんのテーブルを見やる。和定食も洋定食もきれいに食べている。慶はニッコリと笑う。この前は半分も食べ残したし嫌な思いをさせられたけれど、今日はきれいに食べてくれたことがうれしい。おいしかったのかもしれない。

「いくら……」

サイフポンおじさんは手の平のサイフを見つめたままボソリという。この前は不敵な笑みを浮かべてじっと慶を見つめていた。今朝やってきた時もこの前と同じで毒気を含んでいたが、今は表情が無いものの毒気が消えた顔つきになっている。

「ありがとうございました。千二百円頂きます」

慶は笑顔で答える。

サイフポンおじさんはじっとサイフを見つめたまま動かない。この前はポンとサイフをカウンターに投げ出して金を取ってくれといった。今日もそういう展開になるのかもしれない。そうなる前に、と慶は思い切って口を開く。

「この前はすみませんでした。サイフからお金を取ってほしいというお客様は初めてだったものですから、どうしていいか分からなかったんです。申し訳ありませんでした。今日は大丈夫です。お取りしましょうか?」

と慶はいう。

サイフポンおじさんは驚いて慶を見つめる。慶は笑ったままサイフポンおじさんを見続ける。

サイフポンおじさんは慶から視線を外して、おずおずとサイフをカウンターに置き、

「じゃあ、この前の分も取ってくれよ」

と慶を上目づかいに見る。

サイフポンおじさんの向こうで、師匠さんと太郎ちゃんさんが同時に腰を浮かす。笑顔が消えている。慶がいっていたサイフポンおじさんだと気づいたみたいだ。すぐにでも慶のところにやってきそうな勢いだ。

「この前の分はいいんです。私が受け取れなかったのがいけないんですから。すみませんでした。今日の分をありがたく頂きます。そうさせてください。お願いします」

慶が笑顔を向けると、サイフポンおじさんは神妙にうなずく。小銭のポケットも開けていいかと聞くとサイフポンおじさんはまたうなずく。

「ツネさんすみません。間違いがあるとこちらの方に申し訳ありませんから、確かめてもらってもいいですか?」

「ああ、いいさよ」

慶はサイフから千円札一枚と、百円玉を二個取り出し、サイフポンおじさんとツネさんに確かめてもらう。それからサイフポンおじさんにサイフを手渡す。師匠さんと太郎ちゃんさんがもう大丈夫だというように、やっと浮かした腰をイスに戻す。

「確かに頂きました。ありがとうございます」

慶はサイフポンおじさんに頭を下げ、サイフポンおじさんが無言でポケットにサイフをしまうと、

「またいらしてくださいね」

とニッコリ笑いかける。

サイフポンおじさんは意外そうな顔つきで慶を見る。そんな言葉をかけられるとは思っていなかったのだろう。明るい笑顔の慶をじっと見つめていたが、表情を変えずに小さくうなずき、店を出ていく。バツが悪そうに背中を丸めているサイフポンおじさんに、ありがとうございましたと慶はまた声をかける。それから、出ていくとすぐに、

「すみません。お騒がせいたしました」

と慶はみんなに頭を下げる。店の中がホッとした空気に満ちた。

「いまのがサイフポンおじさん？」

と師匠さんが慶にいう。慶は笑って小さくうなずく。

「あのおじさん知ってますよ」

と太郎ちゃんさんがいう。

「スーパーのレジでいちゃもんつけてたんですよ。そしたら俺の知り合いの人がいて、あの人は昔飲食店をやってたって教えてくれたんですよ。変な人で、キレやすくて客とのケンカが絶えなくて、それで店をやめたらしいんですよ」

「そりゃダメだ。客とケンカばかりしてちゃ商売に向かないよなあ」

と師匠さんがあきれる。

「それがまた変な客が多くきたらしいんですけどね。変な客は変な店に集まりやすいんだろうなあ。店をやっていた時にいちゃもんつけられたことを、今はスーパーとか他の店でやって面白がっているらしいんすよ。昔の仕返しやってるのかなあ」

「根性ひん曲がってるなあ。またいちゃもんつけて面白がろうとしてきたけど、太郎ちゃんがおっかない顔してたからびびってしまったんだよ、きっと」

「ハハハハ、何いってんですか。師匠さんの方がものすごくおっかない顔してたじゃないですか。そうじゃなくてもおっかない顔してんだから」

「顔のことはほっといてくれる？　俺は非武装中立、いつもニコニコ平和主義なんだからね。ほら」

師匠さんがぐんにゃり顔を歪める。タカテンさんが笑いながら、

「やめてくださいよ。せっかくうまい朝ごはん食べてるのに、そんな気持ちの悪い顔見せないでくださいよ。だけどあのおじさん、いちゃもんつけないですんなり帰っていったのは、サヨちゃんと慶さんの明るさでいちゃもんつけにくくなったんでしょうね」

と師匠さんをへこませてからいうと、ツネさんが、

「みんなが楽しそうだし、いいことといってたし、それに慶ちゃんがやさしく相手してやったから、胸に応えたんだよ」

とうなずきながらいう。

「慶ちゃん度胸いいよなあ。またサイフをポンと投げられるかもしれないのに店に入れるんだからなあ。それに笑顔でやさしくしてやるし」

師匠さんが感心顔でいう。

「そんなことないですよ。どうしようかとドキドキしちゃいました。でも、今日はサイフポンをしないで、ちゃんとお金を払ってくれるかもしれないって思っちゃったんです。でもサイフポンしましたけどね」

「今日はどうして、おじさんのいう通りにお金をサイフから取ったの？」

と師匠さんがいう。

「この前はびっくりしたし、それに意地悪されそうな感じでしたけど、今日は取ってくれないと困るっていう感じでした。だから頂こうと思ったんです。きっとこの前は、構えすぎた私にも落ち度があったんですね」

慶は微苦笑を浮かべる。

「あのおじさん、またきそうな気がするなあ」

と太郎ちゃんさんがいって続ける。

「慶ちゃんにやさしい言葉をかけられて、それに笑顔を向けられてうれしかったんじゃないかなあ。いままでそんな経験したことなさそうだしさ。本当は自分でお金を出して渡したかったけど、前のことがあって照れくさくてできなくて、結局サイフポンしちゃったんだよね。だけどまたきたいので、慶ちゃんには嫌われたくないから、お願いだからお金取ってっていう気持ちが殊勝な態度に表れたんじゃないのかなあ」

「そうだよなあ。あんな感じじゃ話し相手もいなさそうだし、慶ちゃんだけじゃないのかなあ、ちゃんと相手してくれたのは。だからやさしくしてもらいたくて絶対またくるよ。どうする慶ちゃん？」

師匠さんが心配顔をする。

「ウエルカムですよ。他のお客様に迷惑になるようなことをしなければ、大切なお客様ですから。といっても他のお客様と同じようにしか相手できませんけどね」

「でもサイフポンおじさん、慶ちゃんの笑顔とやさしさにノックアウトされたって感じだから、またやってきたとしてももう意地悪しないと思いますけどね」

と太郎ちゃんさんがいう。

少ししてキノコ狩りに出かける師匠さんと太郎ちゃんさんとタカテンさんが、前日に慶に注文してあったおにぎりを持って出ていく。すぐに海までドライブするというモリサトチヒロさんとヒロコさんとサヨちゃんが立ち上がり、うれしさを抑えきれずに飛び跳ねるサヨちゃんを慶はいってらっしゃいと送り出す。サヨちゃんたちがいってしまってから、

「ちょうどいい時に、ヒロコさんの旦那さんの絵本作家さんが現れてくれたよねえ。慶ちゃんが『あしたもあおうね』の話をしてからだよ、あのサイフをポンと投げる男の人の顔から険が消えたのは。師匠さんがいうように友だちがいないんだろうねえ」

とツネさんがいう。

「そうですか。サイフポンおじさんの気持ち、分かります。友達がいないと生きていてもつまらないですもんねえ。私がそうでしたから。友達いなくても楽しいっていう人はいるかもしれませんけど、私は友達がいなかった時はつまらなかったですから」

「慶ちゃんは幸せさよ。友達がいっぱいいるじゃんねえ」

とツネさんは笑う。

「本当ですよねえ。おこがましいですけど、ツネさんも大切なお友達です」

慶はカウンターのツネさんに笑顔を向け、大テーブルの後片付けを始める。

「そりゃあうれしいこんだねえ。慶ちゃんみたいな若い人から、こんな年寄りを友達といってもらえると、何だか若くなった気分がしてうれしくなっちゃうさよ」

「ツネさんは若いですよ。畑仕事の時は私よりも元気ですもん。それにツネさんは本当に大切な人なんです。私にとっては大恩人ですから。いつも感謝しています。本当にありがとうございます」

慶はテーブルを拭く手を止めてツネさんに笑顔を向ける。ツネさんと出会わなければ店を開くことができなかった。カマド炊きごはんという目玉商品も考えつかなかっただろう。

「慶ちゃん、やだよう。友達だと思ってくれるだけでいいさよ。恩人なんていわれたら恥ずかしくなっちゃうよう」

ツネさんは照れ笑いをして盛んに手を振る。

ドアが開いて、

「慶ちゃんおはよう」

希実ちゃんが入ってくる。ジャンパーに長靴だ。

「おはよう希実ちゃん。仕事中？」

「畑仕事の途中なんだけど、お腹がすいちゃったからきちゃったよ。最近慶ちゃんの朝ごはん食べてないから、久し振りに食べたくなったしさ。洋定食A、卵焼きで頂戴。ツネさんおはようございます」

希実ちゃんはツネさんに挨拶してカウンターに歩く。ツネさんが挨拶を返すと、希実ちゃんはツネさんの隣に座る。男女二組のカップルがごちそうさまと立ち上がり、お金を払いにやってきた年配の女の人がおいしかったと笑顔を見せる。男女二組のカップルがドアを開けて出ていくと、入れ替わるように女の子と男の子が入ってくる。卵焼きのことで母親が怒鳴り込んできた姉弟だ。

慶はパッと顔を輝かせ、厨房を出て姉弟に歩み寄る。

「おはようございます。久し振りねえ。元気だった？」

「うん。おはようございます。あの、お母さん、ここで食べてって。朝、家に電話がかかってきて、早番の人が急にこられなくなったからっていっちゃったんだ」

「そうなの。ありがとうございます。うれしいです。お母さん、ご苦労さまだよねえ」

「あの、卵焼き、五十円ですよね？」

お姉ちゃんが慶を見上げて尋ねる。

慶は一瞬言葉に詰まる。お姉ちゃんに卵焼きの値段を聞かれたのは初めてのことだ。

「はい。卵焼きは五十円です」

「じゃあ、トーストセット二つと卵焼き二つ。七百円でいいですか?」

「はい。七百円です」

「ああよかった」

お姉ちゃんがホッとしたように表情をゆるめて弟ちゃんを見る。弟ちゃんがうれしそうに笑う。

「トーストセット二つと卵焼き二つですね。ありがとうございます。お腹すいてるよね?」

慶は目を細めて笑う。うれしくてたまらない時の笑顔だ。弟ちゃんが大きくうなずき、お姉ちゃんも同時に小さくうなずく。

「じゃあ急いで作りますね。野菜ジュースと果物ジュースでいいですよね。あそこのカウンターはどう? みんなと一緒だから、お話しながら食べられるよ。でも二人だけの方がよければ、テーブルの好きな所に座ってください」

慶がそういうと、お姉ちゃんがどうすると弟ちゃんにいう。

「よかったらこっちにおいでよ。みんなと一緒の方がおいしいさよ」

ツネさんがお姉ちゃんと弟ちゃんを誘う。

姉弟が躊躇っていると、希実ちゃんが、

「おいでおいで。一緒に食べよう」

ときっぱりした口調でいって手招きする。

お姉ちゃんがいこうかと弟ちゃんを促すと、弟ちゃんがうんとうなずく。希実ちゃんが席をあけて二人を真ん中に座らせてやる。慶は二人が座るのを見届けてから、さっき帰っていった二組のカップルがいたテーブルの後片付けを始める。笑顔がこぼれる。姉弟が初めて卵焼きを注文してくれたことがうれしい。こぼれる笑顔から涙もこぼれ始める。

希実ちゃんがやってきて、

「手伝うよ。泣いている暇ないよ。あの二人に早く作ってあげなくちゃ。私のはあとでいいから、あの二人のを先に作ってやりなよ」

とテーブルに残っている皿に手を伸ばす。

「ありがとう、希実ちゃん。涙が勝手に出てきちゃうんだよね」

慶は泣き笑いをしながらいう。

「そう。よかったね。卵焼き、張り切って作ってあげなよ」

希実ちゃんが笑う。やさしい笑顔だ。

「うん」

慶はうなずき、涙を手で拭く。希実ちゃんに笑顔を見せてから厨房に入っていく。

お姉ちゃんと弟ちゃんにトーストを焼き、卵焼きを作る。卵焼きは卵を三個使って焼き、それを二つに分ける。少しだけ分量が多いプチ特製だ。そのぐらいのサービスならお姉ちゃんと弟ちゃんは気づかないだろう。本当は二個ずつにしたかったが、卵焼きが大きすぎると気づかれてしまい、お姉ちゃんと弟ちゃんにいらぬ気づかいをさせることになるかもしれない。

「はい、どうぞ。お待たせしました」

慶はツネさんと希実ちゃんに友達のことを話しているお姉ちゃんと弟ちゃんの前に、トーストセットと卵焼きを置く。

それから急いで希実ちゃんの洋定食Aを作ってカウンターに出すと、ドアが開いて、

「おはよう」

「おはようございます」

と明るい声が店内に響き渡る。大友さんと奥さんだ。ご主人の大友さんは建築設計士さんだ。横浜に住んでいたのだが、景色と気候が大好きな八ヶ岳の麓で暮らしたいと、十年前に家族で引っ越してきたという。慶の店には夏前から何度か来店してくれた。夏の終わりに旦那さんがくも膜下出血で倒れ、幸い症状は軽くて一命を取り止めたと慶は人伝に聞いていた。それ以来の来店だ。

「おはようございます大友さん、奥様！　お久し振りです。お元気になられたんですね。うわあ、よかったです」

慶は厨房から出て、南アルプスが見渡せる窓際のテーブルに座った大友さんご夫妻に歩み寄る。

「この前退院したばかりなんだよ。でも症状が軽くて済んで助かったよ。後遺症もほとんど出なくて、今はもう前と同じ状態に戻ったよ。まだ無理はできないけどね」

と大友さんは笑う。

「それがね。とにかく退院する前から、慶ちゃんのとこに朝ごはん食べにいきたいってずっとい

ってたのよ。カマド炊きごはんが食べたいってうるさいぐらいだったの」

奥さんが苦笑する。

「おいしいものを食べるってことが、どれだけ幸せなことかっていうのが病気をして初めて分かったよ。豪華じゃなくていいんだよ。いつもあるものだけどおいしいっていうやつ。カミさんの朝ごはんはもちろんおいしいけど、たまには慶ちゃんのカマド炊きごはんで、生卵をかけて食べたくなるんだよ」

と大友さんは慶を見上げてうれしそうに笑う。

「たまになんて嘘よ。まだ家でゆっくりしてた方がいいのに、慶ちゃんの朝ごはんを食べたいってあんまりうるさくいうから、しょうがないから連れてきちゃったのよ。私も久し振りに慶ちゃんの朝ごはん食べたかったんだけどね」

と奥さんが笑う。

「それはいいんだけどさ、慶ちゃん、犬を飼わなくちゃだめだよ」

大友さんが真顔でいう。すぐに奥さんがクスクス笑い出す。

「犬ですか？」

慶は不思議そうな顔つきで大友さんと奥さんを交互に見つめる。だしぬけに犬を飼えとはどういうことだろう。

「いざという時に犬が一番頼りになるんだよ。ぼくが倒れた時、犬がいなかったら死んでいたかもしれないんだ。うちはさ、外で犬を飼っているんだけど、そいつがぼくがおかしいって気づいてうちのやつらに知らせてくれたんだよ。まったく、ぼくが目の前に倒れているっていうのに、うちのやつらは誰も気づかないんだからやになっちゃうよ」

大友さんがぼやいて奥さんをうらめしそうににらむ。奥さんはクスクス笑い続けている。

「目の前って、どこで倒れたんですか？」

「玄関の横のテラスの前だよ。デッキを広げようと作業を始めたら、いきなり後頭部をバットでガン！ とぶん殴られたような衝撃受けて倒れてね。本当に誰かにぶん殴られたと思ったよ。クソッ誰だ！ って頭にきて起き上がろうとしたんだけど、身体が動かないんだよ。周りを見回したけど誰もいなくて、これはおかしいって思って、脳出血じゃないかってピンときたんだよ。こりゃあまずいって、うちのやつらを呼ぼうとしたんだけど声が出ないんだ。まあでも玄関脇だから誰か気づいてくれると思ったんだよ。息子が出てきたけど、ぼくをチラッと見て物置にいってぼくに声をかけていっちゃってさ。次に娘が出てきてやれやれと思ったら、『いってきます』って、またぼくをチラッと見て家の中に入っていっちゃったんだよ。次がこいつ」

大友さんは奥さんを指さす。奥さんはクスクス笑い続けている。

「あろうことか、倒れているぼくをまたいで洗濯籠を抱えてテラスにいっちゃったんだよ。信じられる？」

「ええ？ またいでいっちゃったんですか？」

慶は驚いて奥さんを見やる。

奥さんはクスクス笑いながら、

「だってちょうどステップの前に寝ていたから、またがないとテラスに上れないんだもの。この人は疲れるといつでもどこでもすぐ横になって眠っちゃうのよ。あーあ、またこんな所で寝ちゃって、しょうがないわねとしか思えなかったのよ。だから私がこの人が倒れていると気がつかなかったのは、この人の普段の行いのせいなのよ」

と慶に訴えるようにいう。

「だけど、普通、寝てるか具合悪くて倒れてるかの違いは分かるでしょうが。それで洗濯干し終わったらまたぼくをまたいでいっちゃったんだよ。信じられないよね? そしたらさ、犬がぼくの所にやってきて、クウーン、クウーンって悲しそうな声出してピタリと寄り添ってくれてさ。それでワオーン! ワオーン! って吠え立ててくれて、やっとみんながおかしいって気づいたんだよ」

「よかったですよねえ」

「本当だよね。あの時犬が気づかなかったら、ぼくはずっとそこに倒れていて、手遅れになったかもしれないんだよ。だから命の恩人ならぬ命の恩犬なんだよ。慶ちゃん、犬だよ犬。人間は頼りにならないけど、犬はちゃんと気づいてくれるから。頼りになるから犬を飼いなさいよ」

「ワンちゃん、いいですよねえ。飼いたいんですけど、アパート住まいだからダメなんです。でもいずれは飼いたいですねえ」

と慶がいうと、大友さんは絶対に飼わなきゃだめだといってから和定食1で卵は生卵、奥さんもカマド炊きごはんが食べたいといって和定食1をダシ巻き卵で注文する。

大友さんご夫妻に和定食1を持っていき、厨房に戻りかけるとドアが開き、

「おはようございます」

と毛糸の帽子をかぶった女の人の笑顔が現れる。バラおばさんだ。

「おはようございます。今日も今朝いらっしゃったんですか？」

と慶は笑顔を向ける。

女の人は還暦を過ぎたぐらいの年齢で、開店当時から月に一度の割合で店にやってくる。いつも一人だ。名前が分からないので慶はその人のことを話す時はバラおばさんといっている。名古屋に住んでいて、花の苗を買いに日帰りで八ヶ岳までやってくるのだという。八ヶ岳南麓に沢山ある花を栽培している花屋さんには、名古屋ではお目にかかれない珍しい花がいっぱいあるのだそうで、早朝に名古屋からやってきて花を栽培しているハウス巡りをするのが楽しみなのだという。

「庭にあるバラはね、花が咲いたら水をいっぱいあげれば花持ちがいいの。ホースをバラの根元に置いて、チョロチョロと三十分ぐらいあげるのよ。その間に庭の手入れができるじゃない」

と教えてくれたのでバラおばさんといっている。

バラおばさんは、暗い内に出てきたけど車が少ないからのんびりできていいドライブだったと笑い、もうストーブの季節になっちゃったんだねえといって薪ストーブに歩み寄る。薪ストーブに手をかざして、

「名古屋はまだ寒くないけど、こっちはさすがに寒さが早いのねえ。でも高原だからスキッとし

て気持ちのいい寒さよねえ。薪ストーブのあったかさもうれしいし」

といってから、洋定食Aを日玉焼きでとオーダーして大テーブルに座る。それからおもむろに地図を広げて花屋さん巡りの順番を検討し始める。

慶がバラおばさんに洋定食Aを持っていき、厨房に戻りかけるとカウンターにいるお姉ちゃんと弟ちゃんが立ち上がる。お姉ちゃんが慶に七百円を渡し、ごちそうさまでしたと朗らかな声でいい、

「お話しながら食べたからおいしかった」

とニッコリ笑ってツネさんと希実ちゃんにうれしそうに微笑む。

「私も楽しかったさよ。ありがとうね。またね」

「お姉さんも楽しかった。いつかまた会えるといいね」

ツネさんと希実ちゃんが二人に笑い、

「ありがとうございました。寒くなったから風邪をひかないようにしてね」

と慶が二人に笑顔を向けると、

「今日はお友だちとお昼まで図書館にいて、お母さんがお昼に帰ってこれるっていうから、それからお洋服とかのお買い物にいくの」

お姉ちゃんがうれしそうにいい、

「ぼくはサッカーボールを買ってもらうんだよ」

と弟ちゃんが自慢げにいう。

慶とツネさんと希実ちゃんがよかったねといってお姉ちゃんと弟ちゃんを送り出し、

「さて。もう一働き。お昼、『ビーンズ』で煮カツ丼食べるけど、慶ちゃんつき合う？」

と希実ちゃんが立ち上がる。『ビーンズ』は小淵沢にある道の駅の中のレストランだ。

「いくいく。『ビーンズ』のかき揚げうどん、食べたいと思っていたんだ」

慶は希実ちゃんにうなずいて笑う。


小淵沢の道の駅の中にあるレストラン『ビーンズ』はほぼ満席の賑わいだ。家族連れが多く、子供たちの元気な声がそこかしこから聞こえている。

慶は食べ終えたかき揚げうどんの丼をトレイに乗せて食器返却口に置く。慶のあとから希実ちゃんが続く。

出口に向かって左側のアイスクリーム・コーナーから、ソフトクリームを二個持った女の人が客席に歩いていく。その背中に、

「ありがとうございました。ごゆっくりどうぞ」

とアイスクリーム・コーナーの中から店主のチヨさんが明るい声をかける。慶と希実ちゃんはチヨさんの所までいって、

「チヨさんごちそうさまです。いつもながらおいしかったです」

「ホント、おいしかったです。すごい人ですね」

と笑顔を向ける。

「慶ちゃん、希実ちゃん、ありがとうございます。おかげさまで忙しくさせてもらってます」

チヨさんはそういってから、慶と希実ちゃんに顔を寄せて、

「日曜日に暇だと困っちゃうんだけどね」

と小声でいって笑う。

「絶対にそんなことにはなりませんよ。ビーンズさんは手作り料理で何でもおいしいですから」

「慶ちゃんのお店も今朝は忙しかったでしょう。いい天気だから紅葉狩りのお客さんが多いものね。近いうちにカマド炊きごはん食べにいくね」

「わあ、うれしいです。ありがとうございます。あ、お客様です」

と慶はいって身体を引く。二人の若い男の人がやってきてアイスクリーム・コーナーの前に立った。

「いらっしゃいませ。何にしましょうか。慶ちゃん、希実ちゃん、またね」

とチヨさんが笑顔で手を振る。

慶と希実ちゃんは『ビーンズ』を出てから売店を一回りし、道の駅を出る。秋真っ盛りの青空が明るく輝いている。二人は駐車場の遠くに向かって歩き出す。駐車場が混んでいて、二人で乗ってきた希実ちゃんの軽トラックを遠くの駐車スペースに停めていた。駐車場を行き交う人々も大勢で、足湯に浸かっている人もいっぱいいる。

「すごく混んでるね。いい天気だものね。紅葉狩りの人たちだね」

慶は県外ナンバーが多い駐車スペースの車を見やりながらいう。

「今年は紅葉がきれいだからね。この前八ヶ岳を一回りしてきたけど、赤い色が鮮やかできれいだったよ」

希実ちゃんが慶と並んで歩きながらいう。

「八ヶ岳一周もいいよね。明日の午後、ツネさんを乗せてドライブにいくんだ。蓼科の方にいってみようっていってるんだけど、霧ヶ峰はもう紅葉終わっているよね」

「標高高いからね。終わっているかもしれないけど、あの枯れ葉色のくすんだ山も私は好きだよ。朝なら霧氷が見られたかもしれないけど、午後はどうかな」

前方から一組の家族連れらしい四人が談笑しながら歩いてくる。男の人は三十代の半ばぐらいで女の人は三十歳前後だろう。二人の男の子は小学校の低学年のようだ。男の子たちは興奮しているみたいで、いきなり走り出して追いかけっこを始める。男の人と女の人の周りをグルグル回る。やめなさいと女の人が笑いながらたしなめる。ショートカット。明るいブルーのジーンズ。やさしそうな笑みをたたえている。

男の人はグレーのウインドブレーカーを着ていて、スポーツマンらしいがっしりとした体型だ。走り回る男の子たちに向かって、

「こら、やめろ。車がくるから危ないぞ」

と苦笑しながら声をかける。少しハスキーだがよく通る声だ。

苦笑する男の人の声を聞いた慶は思わず息を呑んで立ち止まり、男の人の顔に視線が釘づけになる。

「どうしたのあんた？」

希実ちゃんが訝しげに眉を寄せる。

慶は答えない。じっと男の人を見続ける。

黒髪をすっきり刈り上げた短いヘアースタイル。真っ直ぐな眉毛。実直そうな角張ったアゴ。大きな目に太い笑い皺が目立つ目尻。十年前と変わっていない。

間違いない。彼だ。

『会えなくてさみしいと思うのは慶ちゃんだけだ』

慶の耳に、結婚しようとプロポーズされた時の声が甦る。

希実ちゃんが慶と一緒になって、慶の視線の先にいる男の人を見つめる。家族連れらしい四人は慶と希実ちゃんに徐々に近づいてくる。二人の男の子は走り回ったままだ。十メートルぐらいまで近づくと、男の人が何気なく慶と希実ちゃんに視線を投げ、笑顔が消え、目の色が変わって立ち止まる。慶を凝視して茫然自失となって立ち尽くす。

連れの女の人が男の人の異変に気づいて男の人を見上げた。それから男の人と見つめ合っている慶に視線を向ける。男の人の表情が固まっているので、女の人は少し不安げな顔つきだ。男の人と女の人が立ち止まったので、子供たちが走るのをやめて男の人と女の人の側に寄り添うように並んで立つ。

慶はその男の子たちを見つめる。彼に良く似ている。やはり四人は家族のようだ。慶は男の子たちに微笑む。十年前、自分に自信が持てないために彼のプロポーズを断った。自分のせいで今も彼は辛い日々を送っているのではと胸が痛くなることがある。その彼が目の前にいる。幸せそうな家族と一緒に。

慶は息を吸う。凍りついた心があたたかくなる。うれしくて笑顔になる。四人の所に急ぎ足で進む。

「すみません。失礼します」

慶は女の人に笑顔でお辞儀をしてから彼と向き合う。

「白藤さんですよね。島森慶です。お久し振りです」

と満面に笑みをたたえる。

「あ、やっぱり慶ちゃんか。似ているなあと思ったんだけど、やっぱりそうだったんだ。久し振りだね」

彼はぎこちなく笑う。まだ驚きが収まっていないみたいだ。

「はい。本当にお久し振りです。私もびっくりしちゃいました。まさかこんな所で会えるとは思ってもみませんでしたから。十年振りぐらいですよね。お元気そうですね」

「慶ちゃんも元気そうだね。それに、何だか、変わったね」

と彼はためらいがちにいう。

「そうなんです。前よりはちょっと明るくなっちゃいました。あの、奥様とお子様ですか?」

慶は女の人と男の子たちに軽く会釈をしていう。

「ああ、そうなんだよ。妻と子供たちだ。紅葉狩りにきたんだよ」

彼が妻と子供たちに笑顔を向ける。

慶は彼の妻に向き合い、

「突然お邪魔してすみませんでした。大学の後輩なんです。十年振りでしたから思わず声をかけてしまいました」

といって丁寧にお辞儀をする。

「そうですか。それは偶然でしたね。やはり紅葉狩りにいらしたんですか？」

彼の妻はにこやかに笑う。

「はい。友達ときました」

慶は希実ちゃんに手を向けて指し示す。希実ちゃんが彼と彼の妻に軽く会釈すると、

「ねえ、早くいこうよ」

「そうだよ。アイスクリーム」

二人の男の子が彼と彼の妻の手を引いて急かし、もうちょっと待ってねと彼の妻が男の子にやさしくいう。

「あ、すみません。お邪魔しちゃいました。申し訳ありません。これで失礼します。突然だったのでびっくりしましたけど、お会いできてよかったです。お元気で」

慶は彼に笑顔を向ける。笑顔がすてきなやさしい奥さんと元気な子供に囲まれて、幸せそうな彼の姿を見ることができて本当によかったと慶はうれしくなる。胸にわだかまっていたモヤモヤが晴れていくようで、ホッとした笑顔になる。

彼は何かいいたそうに一瞬ためらい、それから柔らかな笑顔を作り、

「ぼくもびっくりしたけど会えてよかったよ。慶ちゃんも元気でね」

とうなずきながらいう。

「はい。ありがとうございます。奥様、お邪魔して本当にすみませんでした。失礼します」

慶は彼の妻にお辞儀をする。

「いいえ。失礼します」

彼の妻は慶にお辞儀を返してから、二人の男の子と一緒に歩き出す。

「じゃあ」

彼は慶に小さく笑う。やはり何かいいたそうに去りがたい表情を浮かべたが、その思いを吹っ切るように慶に手を上げて歩き出す。

すれ違う刹那、

「お元気で」

と慶は彼にもう一度いう。もう二度と会うこともないのだという思いが胸を熱くする。未熟だった自分を愛してくれた彼の、幸せな今の姿を見ることができて本当によかったという思いと、十年前には申し訳ないことをしたという思いが交錯して目頭が熱くなる。慶は涙をこらえようと満面の笑顔を作る。

「慶ちゃんもね。じゃあ、さよなら」

彼はまた慶に手を上げていう。

去っていく彼と、彼の家族の後ろ姿を、慶は万感の思いで見送る。子供たちがまた追いかけっこを始める。彼と彼の妻の背中が幸せそうだ。彼がわずかに振り向き、慶が見つめていることに気づくと小さく手を上げる。彼の妻も振り向いて慶に会釈する。慶は深くお辞儀をしてから、彼に背を向けて歩き始める。

歩き出したとたんに、こらえていた涙があふれ出す。

希実ちゃんが慶と並んで歩調を合わせる。慶の涙を理解したように、

「よかったね」

とポツリという。

「希実ちゃん、リゾナーレの『丸山珈琲』さんでコーヒー飲もうよ。私のおごり！」

慶は涙を振り払うように希実ちゃんに笑顔を向ける。それから涙を手で拭う。

「うん。こういう時はおいしいコーヒーが一番だよね。スイーツ食べようよ。私がおごるよ」

希実ちゃんが慶に笑いかける。

「本当！　ガトーショコラにコーヒーマカロン食べていい？」

慶は泣き笑いでグシャグシャになった笑顔を輝かせる。

「二つも食べるの？　まあいいわ。好きなだけ食べなよ」

「やった！　季節のタルトはあるかなあ」

「まだ食べるの？　まあいいか。それにしても『丸山珈琲』のバリスタのスズキさんはすごいよね。世界バリスタ選手権で去年は五位、今年は四位だもんねえ。世界でだもん」

「うん。この前もごはん食べにきてくれて、まだまだ頑張るって張り切ってた。一生懸命頑張っているから、コーヒーもおいしいはずだよね」

「店長さんもバリスタの日本チャンピオンだったたって知ってた?」

「えー!? そうなんだ。知らなかった。だからおいしいんだ」

「慶ちゃんのコーヒーも私は好きだよ。いつも手抜きしないで真剣に淹れてくれるからね」

「そんなことないよ。私とは雲泥」

慶はそこまでいうと手で口を塞いで吹き出す。

「何よ?」

「ハハハ、学生の頃、雲泥の差を真面目にクモドロの差っていう子がいたの。その子はそう読むものだと思っていたんだけど、確かにクモドロの差の方が直接的で分かりやすいなあって、妙に納得したことを思い出しちゃった。フフフ」

慶が思い出し笑いをすると、希実ちゃんは傑作だねといって鼻でフフフと笑う。

慶は希実ちゃんの軽トラックの前までやってくると後ろを振り返る。彼の姿は見えない。大きな深呼吸をひとつ。それから、

「さあいこう」

と希実ちゃんに笑う。

涙は、もうない。

冬

薪ストーブの上で、大きなヤカンが湯気を立てている。南側の窓に、雪をかぶった甲斐駒ヶ岳が朝日に輝いている。厨房の窓があたたかな空気にくもって、真っ白な八ヶ岳の峰々がぼやけて見える。

東側の窓際のテーブルでは、早朝に東京を出てスキーにやってきたという、小さな子供を二人連れた家族が食事中で、南側のテーブルでは母と娘の二人がポツリポツリと言葉を交わしながら、雪に輝く南アルプスを眺めている。

慶は出来立ての和定食1を並べたお盆を持って、南側のテーブルにいる母と娘の所へと歩く。娘さんは高校生だとお母さんから聞いていた。土曜日なので学校は休みだ。

「お待たせしました。すぐにもうひとつお持ちしますね」

慶はテーブルにお盆を置く。カマド炊きごはんと味噌汁から、おいしそうな湯気が立ち上って揺れる。

この親子はほぼひと月ごとにやってくる。やってくると決まって長い時間店にいる。

「ごめんなさいね、いつも長居しちゃって。むずかしい年頃の娘だから、家だと口を開かないから話ができないのよね。口を開けばケンカ口調だし。私も頭にきちゃってまともな話ができないのよ。だけど、不思議にこの店にやってきて朝ごはんを食べると、娘も私も落ち着いて、ちゃんとお互いの話を聞けていいたいことを話すことができるのよねえ」

ひと月前、お母さんがそういって詫びた。慶は、気にしないでどうぞゆっくりしていってください、そんなふうにおっしゃってくれるとうれしいですと顔をほころばせた。朝ごはんを食べるだけの店ではなく、親子の会話の場所になっているということがうれしい。

慶はもうひとつの和定食1をお母さんの前に置き、どうぞごゆっくりしていってくださいと微笑む。

ドアが開いて、

「慶ちゃんおはよう！」

とミエちゃんさんが朗らかな声で入ってくる。店内の雰囲気が急にパッと明るくなった。

「ミエちゃんさん、おは……」

ようございます、という続きの言葉が慶の喉で急ブレーキがかかってしまう。

ミエちゃんさんは純白なウエディングドレスを翻してカウンター席に座る。慶は呆気にとられて口をポカンと開けてしまう。慶だけではなく、四人の家族連れと母と娘の二人連れも、ミエちゃんさんのウエディングドレス姿に茫然として目を奪われている。

慶はカウンター席に座ったミエちゃんさんをまじまじと見つめる。髪をきれいにアップして化粧も完璧だ。まるで美の女神か美しい妖精が出現したかのように微笑んでいる。

「あの、ミエちゃんさん、とってもきれいですけど、そんな格好でどうしたんですか？　あの、結婚するんですか？」

慶は途切れ途切れに言葉をこぼす。とまどいを隠せない。ミエちゃんさんが結婚するなんて誰からも聞いていない。

ミエちゃんさんは照れたように笑って、

「うーん、まだ分からないんだ。とにかく腹ごしらえ。慶ちゃんの朝ごはんを食べたら、きっと落ち着いてプロポーズできると思うんだ。和定食1をダシ巻き卵でちょうだい」

といって顔を赤くする。

「え？　プロポーズするんですか？　ミエちゃんさんがですか？」

慶はキョトンとしてしまう。プロポーズをするとはどういうことだろう。

「うん」

ミエちゃんさんは照れ笑いを浮かべたままうなずく。

「太郎ちゃんと結婚したいって決めたの。だから私からプロポーズしようと思って。ウエディングドレスを着たのは、本気だよって意思表示をしたかったの。私って、いつもヘラヘラしてるから、こういうことでもしないと自分も真剣になれない気がして。でもね、いざ太郎ちゃんの畑にいこうとしたんだけど、何だか落ち着かなくて。そしたら慶ちゃんの朝ごはんが頭に浮かんで、そうだ慶ちゃんの朝ごはんを食べれば落ち着くと思ったんだよね。だから慶ちゃんの朝ごはんを食べて気持ちを落ち着かせて、それからプロポーズしにいこうって決めたの」

「ミエちゃんさん……」

慶はミエちゃんさんを見つめて言葉に詰まる。のんびり屋の太郎ちゃんさんのプロポーズを待っていては、いつまで待つことになるか分からない。だからミエちゃんさんの方からプロポーズするということなのだろう。

ミエちゃんさんはたおやかに居住まいを正して慶と向き合う。

「プロポーズするって決心できたのは、慶ちゃんのおかげなんです。ありがとうございます」

ミエちゃんさんは慶に深々とお辞儀をする。

「え？　あの、でも私、何も……」

慶は思いも寄らないミエちゃんさんの言動に目をパチクリさせる。慶ちゃんのおかげでプロポーズすることを決心したといわれても、まるで心当たりがない。

「慶ちゃんみたいに私も自分にラブレター書いてみたんだ。自分を好きになったら人生が好きになったって慶ちゃんいってたから、私も自分の人生が好きになれるのかなあと思って。そしたらね、フフフ、自分にラブレター書いてたんだけど、途中から自然に太郎ちゃんのいいところを書き始めて、太郎ちゃんへのラブレターになっちゃった。それで決心しちゃったの、太郎ちゃんにプロポーズしようって。太郎ちゃんが好きな自分が好きだって気がついたんだよね。だから慶ちゃんのおかげなんです。自分にラブレター書かなかったら、太郎ちゃんにプロポーズしようって決心できなかったと思うんだ」

ミエちゃんさんは幸せそうに慶に微笑む。

「そういうことだったんですか。でも私のおかげじゃないですよ。ミエちゃんさんは自分にラブレター書かなくても、きっと太郎ちゃんさんにプロポーズしていたと思います。太郎ちゃんさん、のんびり屋さんですからね。ミエちゃんさんにプロポーズされるなんて、太郎ちゃんさんは世界一の幸せ者です。ウエディングドレスでプロポーズするなんて、ミエちゃんさん、最高にすてきです」

ミエちゃんさんに笑う慶の目がうるむ。

「ごちそうさまでした」

声がして慶は顔を向ける。東側のテーブルにいた家族連れの奥さんがカウンターの前に立っている。慶は慌てて涙を拭き、笑顔でありがとうございますと勘定を受け取る。勘定を済ませた家族連れがドアを開けて出ていくと、慶は改めてミエちゃんさんと向き合う。

「分かりました。和定食1ですね。そういうことなら、ミエちゃんさんのために気合いを入れて作っちゃいます」

「ありがとう。でも急がなくて大丈夫よ。私、ゆっくり食べて、落ち着いてからいきたいから」

ウエディングドレスのミエちゃんさんは婉然と微笑む。

慶は急いで東側のテーブルの後片付けをする。それからミエちゃんさんのために和定食1の盛りつけをする。カマド炊きごはんはまだあたたかい。

「慶ちゃんおはよう」

「おはようございます」

ドアが開いて大柄な二人の男の人が姿を現す。噂をすれば影がさす。師匠さんと太郎ちゃんさんだ。

「あ……」

慶は思わず立ちすくむ。気を取り直してぎこちない笑顔を作り、

「いらっしゃいませ。師匠さん、太郎ちゃんさん……、おはようございます」

と二人に会釈してからミエちゃんさんに視線を移す。ミエちゃんさんがプロポーズしにいこうとしている太郎ちゃんさんが店にやってきてしまった。いったいどうなるのだろうとミエちゃんさんの顔色をうかがう。

ミエちゃんさんは笑みを浮かべて慶に視線を返す。取り乱している様子は微塵も見られない。落ち着き払っている。

「あ……」

「あれ……、結婚式の人だ……」

師匠さんと太郎ちゃんさんは、カウンターのウエディングドレスの客に目を奪われて驚きの声を上げる。慶の店で純白のウエディングドレス姿の人と出くわすなんて、思いも寄らないことだ

という表情だ。二人共まだミエちゃんさんだと気づいていない。

ミエちゃんさんは目をつぶって大きく深呼吸をする。度胸を決めたようにニッコリと慶に笑う。それからおもむろに立ち上がる。後ろ手にイスを引き、ゆっくりと振り向いて、

「おはよう師匠さん、おはよう太郎ちゃん」

と挨拶してから、微笑みを浮かべて太郎ちゃんさんに真っ直ぐ向き合う。

師匠さんと太郎ちゃんさんはいつもとは別人のミエちゃんさんに、みるみる驚きの表情に変わってしまう。

「うわッ、嘘⁉　ミエちゃんだ！」

と師匠さんが目を剝く。

「ええ⁉　ど、どうしたのミエちゃん……」

太郎ちゃんさんは口をあんぐりと開けて固まる。息を吸うのも忘れて微動だにしない。心の底から驚いている様子だ。

「仮装大会……、なの？」

師匠さんは恐る恐る尋ねる。

ミエちゃんさんは小さく首を振る。

「ということは、もしかしてミエちゃん、結婚するっていうこと？」

と師匠さんが目を見張る。

ミエちゃんさんは微笑んだまま無言で太郎ちゃんさんを見つめている。太郎ちゃんさんは不安

げな表情を浮かべ、

「えー⁉　それは、ちょっと……、困っちゃうよなあ」

とうろたえて右手で髪の毛を搔きむしる。

慶は胸の高鳴りを抑えるように、胸に手を合わせてミエちゃんさんを見つめる。

ミエちゃんさんが太郎ちゃんさんを見つめているので、師匠さんは言葉を失ってミエちゃんさんと太郎ちゃんさんを見守る。南側の窓辺のテーブルにいる母と娘も、どうなることだろうと箸を止めて見つめている。

太郎ちゃんさんはあまりのことにすっかり動揺して、困っちゃうよなあとぶつくさ繰り返す。

「どうして困っちゃうの？」

とミエちゃんさんが詰め寄る。

「いや、だって、ミエちゃんが結婚するなんて聞いてなかったし、俺はてっきり、その」

しどろもどろの太郎ちゃんさんは、そこまでいうと途方に暮れたように肩を落として口を閉じる。少ししてモゴモゴと口を動かしてから、また困っちゃうよなあと呪文のように繰り返す。

「太郎ちゃん、てっきり何？」

ミエちゃんさんはやさしく微笑して太郎ちゃんさんを真っ直ぐ見つめる。

「いや、俺とミエちゃんは、てっきりその、俺はその、結婚したいなあって思っていたから、だから、うーん、困っちゃうよなあ」

「それってプロポーズ？」

「え？」

「私と結婚してくれるの？」

「いや、結婚したいけど、だってそのウエディングドレスは……」

「私、太郎ちゃんと結婚したい」

ミエちゃんさんは太郎ちゃんさんを見つめてきっぱりという。太郎ちゃんさんは雷に撃たれたようにびっくりして目を見開く。

「ええ？　いや、だけどそのウエディングドレスは……」

「ウエディングドレスなんか何よ。私、太郎ちゃんと結婚したい。結婚してくれるの？」

太郎ちゃんさんは瞬きをするのも忘れてミエちゃんさんを見つめる。慶と師匠さんとテーブル席の母子は固唾を呑んで見守る。慶は祈るように、胸の前で組んだ両手にギュッと力を入れて太郎ちゃんさんを見つめる。やがて太郎ちゃんさんは力強い表情でミエちゃんさんに視線を据える。度胸を決めたと顔に書いてある。

「ミエちゃん。俺、ミエちゃんと結婚したい。結婚してくれますか？」

太郎ちゃんさんが口を結ぶと、ミエちゃんさんがニッコリと笑ってうなずく。

「はい。結婚します。ありがとう、太郎ちゃん」

ミエちゃんさんは太郎ちゃんさんに一礼すると慶を振り向く。笑顔に涙があふれている。うまくいったというように茶目っ気たっぷりに笑って、ペロリと舌を出した。

店の真ん中に立った慶は、フウと息を吐く。いましがた店の大掃除が終わったばかりだ。一年の最後の日なので感謝を込めて隅々まできれいにした。休みなく動いたのでさすがに疲れた。窓がきれいになったので冬空がはっきり見える。

大晦日の午後、今にも雪が降ってきそうな寒い日で、雲が垂れ込めた窓の外は夕方のように暗い。慶は照明の灯った店内を見回し、

「ありがとうございました。来年もよろしくお願いします」

と声に出して微笑む。

薪ストーブの扉を開けて薪の残り具合を確かめる。薪が燃え尽きて小さなオキになっている。ヤカンのお湯も残り少ない。慶は薪を二本入れ足して扉を閉める。厨房にヤカンを持っていって水を足し、戻ってストーブの上に置く。明日の仕込みをしなければならないので暖かくしておきたい。

掃除し忘れた所がないかと気を配りながら厨房に入り、遅い昼食の支度をする。カマド炊きごはんもパンも全て売り切れてしまった。大晦日なのでお客さんは少ないだろうといつもより少なめに準備したのだが、目論見は早朝から外れてしまった。お客さんが早朝からひっきりなしだったのだ。九時を過ぎる頃にはカマド炊きごはんが無くなり、パンは最後のお客さんが洋定食を注文して無くなってしまった。和定食のブランチを食べにやってきた別荘の常連さんは、残ったご

はんを慶が自分で食べるために冷凍してあることを知っていて、そのごはんをレンジで温めてくれればいいからと鷹揚に笑って注文してくれた。その冷凍ごはんも無くなってしまった。自分の読みが甘いせいでお客さんに申し訳ないことをしたと慶は反省しながら、手早くシイタケ入りのうどん汁を作る。ワカメを水で戻して絞り、切り刻む。ネギもザクザクと切る。ネギが大好きなので多めに切る。

仕込みをしたり、料理をしている時間が好きだ。自分で食べる時もそうだけど、お客さんにおいしく食べて喜んでもらおうと一生懸命になってうれしくなる。お客さんがブログで慶の店のことを紹介した文言を思い出す。

『静かでステキな安らぎがある朝ごはん屋さん』

写真のキャプションにそう書いてあった。

仕込みや料理をしていると心が安らぐ。だから店のことをそう感じてくれるお客さんがいるのがうれしい。

慶は汁の中にうどんを入れて煮立たせ、火を止めて器に移し、ワカメとネギを散らす。シイタケの香りのする湯気がおいしそうに立ち上る。

慶はアツアツの器を両手で持って厨房を出る。大テーブルに器を置いて座る。一口食べて店内を見回す。静かだ。五月の開店から約半年。あっという間だった。いろいろな情景が甦る。この家を貸してくれたツネさん。思った通りに改築してくれた孝明さん。料理器材と料理を教えてくれたフミさん。店の経営と接客の知識を教えてくれたユキさん。夏の間手伝ってくれたヒロコさん。心の支えになってくれた希実ちゃん。店を出すことを後押ししてくれた師匠さん、太郎ちゃんさん、ミエちゃんさんたち。来店してくれたお客さんたち。静かなお客さん。にぎやかなお客さん。訳ありのお客さん。慶は一人一人を思い浮かべながらうどんを食べる。それらの人々のおかげで、大晦日を迎えることができて新しい年を迎えることができるとつくづくありがたく思う。

ふいにドアが開き、

「慶ちゃん、こんにちは。あれ、食事中だったかね」

とツネさんが顔を出す。

「うわあ、ツネさん、こんにちは。もう少ししたら挨拶に伺おうと思っていたんです。どうぞどうぞ、入ってください。もう食べ終わりましたから。コーヒーいかがですか？　いま淹れようと思っていたんです」

慶はツネさんを招き入れる。

「そりゃあうれしいこんだねえ。出来立てのお餅持ってきたよ」

ツネさんは紙袋を差し出していう。慶は受け取り、

「うわあ、ありがとうございます。まだあったかいじゃないですか。あ、鏡餅も入ってる。ツネさんありがとうございます」

小さな鏡餅を取り出して眺める。

「本当の出来立てホヤホヤの時は、大根おろしで食べるとだたらうまいんだけどねえ。挨拶って何だね？」

「今年お世話になったので、そのご挨拶です。あ、ちょっと待ってくださいね」

慶は厨房に走る。棚に置いてあった、きれいにラッピングされた小さな包みを持って戻る。

「ツネさん。今年一年本当にお世話になりました。ありがとうございました。来年もよろしくお願いします」

慶は深々と頭を下げる。

「これはほんの気持ちです。昨日作りました。チョコレートとクルミのパウンドケーキです。召し上がってください」

慶はラッピングされた包みをツネさんに差し出す。ツネさんは何も世話なんかしちゃいんよと手を振り、

「ほうかね、手作りケーキかね。慶ちゃんの手作りならおいしいだろうねえ。それじゃあせっかくだから、遠慮なく頂きますね。ありがとうございます。悪いじゃんねえ」

と押しいただく。

慶はツネさんを大テーブルに座らせる。厨房に戻ろうとするとまたドアが開く。

「慶ちゃんこんにちは。ああよかった、もう帰ったかと思っちゃった。ツネさん、こんにちは」

とフミさんが笑顔で入ってくる。ツネさんがこんにちはと挨拶を返す。

「わあ、フミさん、こんにちは。どうしたんですか、こんな時間に」

「おせちいっぱい作ったから持ってきたのよ」

フミさんは二段重ねの重箱をテーブルの上に置く。

「ええ⁉　いいんですか？　こんなに立派な重箱のおせち、本当にいいんですか？」

慶は驚きながらも顔を輝かせる。フミさんのおせち料理は豪華でおいしいと伝説になっている。その伝説のおせちが食べられるのだ。

「いいのよ。注文よりも余計に作っちゃっただけだから気にしなくていいからね。じゃあね。これからおせちを届けて回らなければならないんだ」

フミさんは慶とツネさんによいお年をといってあたふたと出ていく。慶は慌てて表に飛び出す。道端に停めた車に乗ったフミさんに手を振り、声を張り上げて、

「フミさん！　今年は本当にお世話になりました。ありがとうございます。よいお年を！　来年もよろしくお願いします！」

といってからお辞儀をする。運転席のフミさんは笑顔で手を振り返し、車をスタートさせる。ツネさんといいフミさんといい、うれしい気づかいが胸にしみる。今年は本当に大勢の人にお世話になった。この気持ちのいい景色にも。慶は雲が垂れ込めている空に向かって大きく深呼吸をする。

慶は厨房に戻って二人分のコーヒーを淹れ、大テーブルに持っていってツネさんと差し向かいに座る。

「慶ちゃんは料理の時もそうだけど、相変わらずコーヒーを淹れる時も、笑顔なんだけど真剣な顔つきだよねえ。見ているだけでおいしそうって気になっちゃうさ」

とツネさんが笑ってコーヒーを飲む。

「料理もコーヒー淹れるのも好きだから、つい真剣になっちゃうんですよねえ。もうちょっと余裕を持って優雅にやりたいんですけど、いつのことになるやらです」

と慶は苦笑する。

「今年は大変な一年だったよねえ。一日も休まず、朝早くから夜まで働いてよく頑張ったよ。本当はあんまりえらくて、お店を始めたことを後悔しちゃいんかね」

ツネさんは冗談めかしていう。

「それがツネさん、楽しくてしょうがないんです。朝が大好きだし、朝ごはんを作るのも食べるのも大好きだし、お客さんがおいしかったといってくれるのがうれしいし、やっと好きな仕事に出会えたってうれしくて、どんなに忙しくても後悔なんて少しもないんです。自分に就職して大正解でした」

慶は両手で抱えたコーヒーカップ越しにツネさんに笑う。

「ほうかね。慶ちゃんがうれしそうに働いているから、この店で朝ごはんを食べるのが楽しいって、私の友達もいってるさ」

「そういっていただけると本当にうれしいです。でも、それもこれもツネさんと出会ったからこそです。本当に感謝します。ありがとうございます」

「私も慶ちゃんと出会って本当によかったさよ。おかげで楽しくて元気になったもの。つくづく人の世は縁だって思うよねえ」

「ツネさんとかみなさんには本当に感謝してますけど、でも最近、自分にも感謝できるようになったんです。私って情けなかったことだらけとか、ダメだらけだったんですけど、今の私があるのはそういうことを経験したからなんだってつくづく思うんです。だからこれまでの自分に感謝したいんです」

「その通りだよねえ。今の自分は、昔のいろんなことがあった自分があるからだよねえ。私も自分に感謝しなくちゃねえ。あれま、やっぱり雪がちらついてきちゃったよ」

ツネさんが窓の外に顔を向けていう。いつの間にか小さな雪が降り始めている。

「雪っていいですよねえ。見ていると不思議に落ち着くから大好きなんです。でも雪かきが大変だからあんまり積もりませんように」

と慶は笑う。

ストーブの上のヤカンが音を立て始めた。

カマド炊きごはんが炊き上がった。おいしそうなふんわりとした匂いが厨房に満ちる。

二つの七輪の炭のおき具合もいい加減だ。

春菊としめじと湯葉の味噌汁の準備も整っている。

パンはすでに焼き上がって、大きな固まりのまま棚に並べてある。

ポットには野草茶がたっぷり入っている。

ツネさんの小さな鏡餅も厨房とカウンターに飾りつけた。

元日の朝、六時少し前。外はまだ暗い。

慶は厨房から店内を見回す。薪ストーブの上で大きなヤカンが湯気を上げている。正月なのでのんびり食べたいというお客さんがいるかもしれないと、いつもは使っていない囲炉裏の部屋を開放した。囲炉裏の部屋には灯油ストーブが赤々と燃え、囲炉裏には炭がおきている。

「うん。準備オーケー」

エプロン姿の慶は独りごちて微笑む。

クリスマスの頃から、正月はどうするの？　とお客さんたちに尋ねられた。休まずいつも通り営業しますと答えると、正月から慶ちゃんの朝ごはん食べられるのはうれしいなあ、よかったと喜んでくれた。初詣帰りに寄るからといってくれたお客さんもいた。師匠さんと太郎ちゃんさんとミエちゃんさんも初詣の帰りにやってくるという。そんなに大勢のお客さんがやってくるとは思えないが、正月からこの店に朝ごはんを食べにくるのを楽しみにしているお客さんがいるのは幸せだ。

慶は厨房を出て外に向かう。ドアを開けて外に出る。外照明に照らされた雪が白い。昨日の雪は小雪だったのでうっすらとしか積もっていない。雲が切れていて東の方に朝の気配が満ちている。もしかしたら初日の出が拝めるかもしれない。氷点下まで気温が下がったので、空気がキンと冷えていて吐く息が白い。慶は『朝ごはん屋・おはようございます』の看板に、営業中ですと書いてあるパネルを取りつける。

店内に戻って入り口の中に立ち、店内、厨房を見回し、

「今年もよろしくお願いします。頑張ろうね」

といってニッコリ笑う。

車の音が聞こえる。駐車場に停まったようだ。お客さんがやってきたらしい。今年初めてのお客さんだ。笑みがこぼれる。慶はカウンターの前に立ってお客さんを待ち受ける。今年も大好きな朝ごはん屋さんが始まる。

ドアが開いた。

「いらっしゃいませ。おはようございます」

慶は満面の笑顔を向ける。とたんに店内がパッと華やいだ。


（おわり）

本書は平成二十四年一月五日付から八月六日付の山梨日日新聞紙上に連載された「朝ごはん」（全二百十回）を加筆・訂正し、単行本化したものです。

■著者略歴

川上　健一　かわかみ・けんいち

1949年8月7日、青森県十和田市生まれ。1977年、「跳べ、ジョー! B・Bの魂が見てるぞ」で第28回小説現代新人賞を受賞しデビュー。『雨鱒の川』等多数の作品を発表した後、およそ11年間執筆から遠ざかる。その間、山梨県北杜市に移住し、2001年、『翼はいつまでも』を刊行して復活。同作で「本の雑誌」2001年度ベスト1、翌2002年に第17回坪田譲治文学賞を受賞。『ビトウィン』『四月になれば彼女は』『渾身』『祭囃子が聞こえる』など著書多数。

朝《あさ》ごはん

平成二十五年二月二十六日　初版第一刷発行

著　書　川上健一

発行所　山梨日日新聞社

〒400−8515

甲府市北口二丁目六−一〇

印刷所　電算印刷株式会社

製　本　渋谷文泉閣

ISBN978-4-89710-011-1